JN333316

西鶴の文芸と茶の湯

石塚修

思文閣出版

装幀　上野かおる（鷺草デザイン事務所）

目次

序章……三

第一部　俳諧師西鶴と茶の湯

第一章　俳諧師西鶴と茶の湯文化……一七
第一節　西鶴の茶の湯観……一七
第二節　『毛吹草』と茶の湯……一九
第三節　『俳諧類船集』と茶の湯……二四
第四節　『西鶴大矢数』と茶の湯……三六
第五節　おわりに……四二

第二章　西鶴の茶の湯文化への造詣……四六
第一節　「しをり」と「しほり」……四六
第二節　「茶の湯」と「しほらし」……五二
第三節　西鶴の「しほらし」……六三
第四節　おわりに……七九

第二部　西鶴作品にみられる茶の湯

第一章　『好色一代男』にみられる茶の湯文化
――巻五の一「後には様つけて呼」・巻七の一「其面影は雪むかし」を中心に――……八九
第一節　はじめに……八九
第二節　吉野の描写にみられる西鶴の美意識……九〇
第三節　吉野にみられる「わび」……九七
第四節　高橋にみられる「わび」……一〇三
第五節　おわりに……一一三

第二章　『西鶴諸国ばなし』と茶の湯
――巻五の一「灯挑に朝顔」に何を読むか――……一一八
第一節　はじめに……一一八
第二節　「灯挑に朝顔」の導入部と茶の湯伝書……一二〇
第三節　朝顔の茶の湯と「灯挑に朝顔」……一二四
第四節　朝顔の茶の湯の滑稽譚としての意味……一二七
第五節　おわりに……一三二

第三章　『武家義理物語』巻三の二「約束は雪の朝食」再考……一三六
――茶の湯との関連から――
第一節　はじめに……一三六
第二節　「約束は雪の朝食」の典拠の問題点……一三九
第三節　丈山と茶の湯……一四五
第四節　「約束は雪の朝食」と茶の湯とのかかわり……一五三
第五節　おわりに……一六五
第四章　『日本永代蔵』巻四の四「茶の十徳も一度に皆」考……一七一
第一節　はじめに……一七一
第二節　「茶の十徳も一度に皆」の発想の典拠……一七六
第三節　茶の湯資料からみた「茶の十徳」……一八四
第四節　西鶴の知りえた「十徳」……一九〇
第五節　おわりに……一九七
第五章　『日本永代蔵』の「目利き」譚……二〇三
――巻三の三「世はぬき取の観音の眼」・巻四の二「心を畳込古筆屏風」から――
第一節　はじめに……二〇三

第二節　『日本永代蔵』と茶の湯……二〇四
第三節　巻三の三「世はぬき取の観音の眼」と「目利き」……二〇九
第四節　巻四の二「心を畳込古筆屏風」と「目利き」……二二〇
第五節　おわりに……二三三
第六章　『西鶴名残の友』巻五の六「入れ歯は花の昔」にみる茶の湯文化……二三八
第一節　はじめに……二三八
第二節　「入れ歯は花の昔」にみられる茶道観……二四二
第三節　西鶴周辺の「わび茶」環境……二五一
第四節　おわりに……二五四
第七章　西鶴と「わび」……二五九
第一節　はじめに……二五九
第二節　「わび」とは何か……二六〇
第三節　西鶴の「わび」……二六三
第四節　おわりに……二七〇
終　章……二七六

参考文献一覧
初出一覧
あとがき

索引(人名・事項)

西鶴の文芸と茶の湯

序章　西鶴の茶の湯環境

ある作家が、その生きた時代において評価され活躍するには、いくつかの要因があろう。たとえば、その時代の風潮をその文芸で端的に表現し、多くの読者を得る場合もあろう。また、その時代の文化を巧妙に作品に取り込み、流行に敏感な読者を多く獲得した場合もあるかもしれない。

井原西鶴（寛永一九～元禄六年／一六四二～九三）は、浮世草子作家の嚆矢として、わが国の江戸時代前期、とくに元禄時代を代表する作家の一人である。西鶴が活躍した元禄時代は町人たちが経済的に裕福になり、和歌・能楽・香道・茶の湯などさまざまな文化的活動が発展し展開されていった時代であった。そうした文化的活動の活発化は、当然のことながら西鶴の文芸作品にも深く影響を与えていたはずであり、西鶴の作品にもそうした文化活動が受容されていたからこそ、より多くの読者を得られた可能性は高いと考えられる。

では、西鶴には果たして茶の湯の嗜みがあったのか。西鶴の文芸に茶の湯の影響があったとするには、まずはこの疑問を解明しなくてはなるまい。もしも西鶴が自身で茶の湯者を標榜していたり、その経歴に茶の湯との直接的なかかわりが確認できたならば、その答えはきわめて容易なものとなる。しかし、残念ながら現時点ではそうした方向から西鶴と茶の湯のかかわりを再構成することは困難である。西鶴の年譜を克明に追究した業績として知られる野間光辰『刪補西鶴年譜考證』(1)においても、そこには西鶴と茶の湯が直接に結びつく記事をたどることはできない。ひるがえって、その一事をもって西鶴には茶の湯を嗜む環境がまったく認められないと断言できるかというと、それもまた尚早の感は否めないのではなかろうか。

現代において、ある人が「茶の湯を嗜む」というとき、日常生活とはかなりかけ離れた空間や器物との接触を意味する。たとえば、茶の湯における炉を例としても、「炉開き」といった行事は現代では茶家でしか行われない特殊な習慣であるけれども、各戸に炉があることが一般的であった江戸時代には、それは茶家にかぎった営為ではなかった。東山御物に代表される舶載の唐物道具の茶入や茶壺、または棗など、当時にあっても茶の湯道具として特有の器物はあったけれども、水指・建水（湯こぼし）などは、ごくありふれた家庭用品でもあったわけである。「日常茶飯事」という語に代表されるように、茶の湯という営為はけっして日常生活から大きく乖離した存在ではなく、より身近であった。現代的な感覚で「茶人」というと、特殊な世界に精通している存在を指すように考えがちであるが、西鶴当時の茶の湯環境ではそうした感覚が一般的ではなかったと想定できる。もちろん数寄屋坊主のような職業茶人の存在はあったにせよ、みずからが「茶人」として活動してはいなくても文化人としての教養というレベルでの茶の湯に関する知識、それをかりに「茶の湯知」と表現してみると、西鶴の時代に文化人の持っていた「茶の湯知」は、現代と比べてかなり程度が高かったと想定することは可能であろう。

西鶴作品のなかには、茶の湯にまつわる話として推定できるものは四六例を数える。この数が全作品の割合として多いか少ないかは別として、西鶴が茶の湯にたいしてまったく関心や知識がなかったわけではないことを示すには十分な数であろう。西鶴はいわゆる茶人・数寄者といわれるような茶道愛好者ではなかった。しかし、西鶴の時代に茶の湯は芸術的志向によって愛好するのではなく、重要な社交術の一つとして、文化人の身につけるべき存在と考えられていたことも事実である。苗村丈伯『男重宝記』（元禄六・一六九三年刊）巻三には「茶湯立様喫様」の項目があり、立花、書状・献立の書き方、菓子の拵《あつら》え様《ざま》などと並び、茶の湯が武家の若者たちの当然の嗜みとして認知されていたことがわかる。[2] これは茶の湯が現代のように特定の愛好者たちだけに閉ざされた世界ではなく、社会的に広がりを持つ社会人としての交際のために必要とされる営みであったことを物語る。近世初期を代表する教育者である貝原益軒『三礼口訣』（元禄一二・一六九九年刊）にも「書礼口訣」「食礼口訣」とならんで「茶礼口訣」があり、このことも、茶の湯がある程度の地位のある武家や町人には常識として求められる教養であったことを示している。[3] そのため『日本永代蔵』巻一の三「波風静かに神通丸」に、

> 惣じて大坂の手前よろしき人、代々つづきしにはあらず。大かたは吉蔵・三助がなりあがり、銀持になり、其時をえて、詩歌・鞠・楊弓・琴・笛・鼓・香会・茶の湯も、おのづからに覚えてよき人付合、むかしの片言もうさりぬ

とあるように、成功を収めた町人たちは、必須の教養として茶の湯を学び、身につけていったのである。

また、かりに西鶴がいわゆる茶人と直接に接触し交流していなかったとしても、当時、旺盛に出版され始めた茶書を通しても「茶の湯知」を持ちえる環境も整いだしていたのである。筒井紘一氏によれば、江戸時代の茶書の刊行は寛永三（一六二六）年の『草人木』に始まるとされ、[4] その後、寛文八（一六六八）年の『細川三斎茶湯之書』（別名『細川茶湯書』）までの間に一三点の刊行が確認され、以降、寛文・延宝期には五点、貞享期に二点を数えるが、元禄期になると元禄三（一六九〇）年の『茶道便蒙抄』（山田宗徧・延宝八年成立）を始めとして一気に二五点となり、西鶴没年の元禄六（一六九三）年までの間に限っても五点を数えるほどである。写本まで加えると、元禄元年から六年までで二七点の茶書が確認される。[5] こうした出版の盛況の背景にはもちろん元禄三

年の利休百回忌が大きく影響していたのであろうが、この時期は社会全体として茶の湯への関心度が高まっていたことは事実である。

もちろんこれらの茶書のすべてが西鶴の目に触れたとは言いきれない。だが、少なくともこうした茶書の刊行が盛んななかで、茶の湯に関心を持ちさえすれば、必ずしも茶人と交流して実践の場をともなわなくても、茶書によって「茶の湯知」をえることが比較的容易な環境が整いつつあったことは確かであろう。さらに、こうした茶書は通読すると、点前や道具にかかわる記事ばかりが目につくようであるけれども、そこには千利休（大永二〜天正一九年／一五二二〜九一）の高弟であった山上宗二（天文一三〜天正一八年／一五四四〜九〇）の『山上宗二記』（天正一六・一五八八年頃成立か）に、

一、数寄雑談の事、古人申し旧《ふる》し候。名物の判、御茶の湯のうわさ、上手に二十ヶ年の越し習うべき事。[6]

とみられるような、「雑談」の系譜があることは筒井紘一氏も指摘する通りであり、この「雑談」と茶の湯との深いかかわりについては、小林幸夫氏による詳細な論考もある。[7] さらに、熊倉功夫氏は、

茶の湯では茶会の中での会話―数寄雑談―を大切にします。茶の湯をめぐる逸話や道具の話、茶の湯の心得、さらに茶会の趣向を推理することなど、古今東西の知識にいろどられた会話が自由にできないと茶人として認められません。そのために精粗さまざまの伝承が茶人の間で語られ、時によっては書きまとめられてきました。[8]

と、茶席の「雑談」の記録性について指摘している。

こうした環境にあって、西鶴が茶人として茶の湯の点前や道具に強い関心を持っていなかったとしても、分野を問わず「はなし」（雑談）に関心を抱き、茶の湯にまつわる「はなし」にも興味を持っていたとするなら、そ

れらとの接触においても「茶の湯知」をえることは容易であったわけである。『西鶴諸国ばなし』巻五の一「灯挑に朝顔」が、「知恵」「不思議」「義理」などと並び「茶の湯」というテーマめいた副題をつけて収められていることなども、西鶴は茶の湯にまつわる「はなし」に関心を寄せていた可能性を示す例といえるのではなかろうか。

そもそも茶の湯と文芸とはまったく無縁ではない。とくに連歌は茶の湯と深く結びついていた。(9)『山上宗二記』には、

一、紹鷗は三十の年まで連歌師に候、三條逍遙院殿、詠歌大概の序を聞き、即ち茶湯を分別して名人になられ候なり。さて後に是を密伝にす。弟子の印可仕るほどの仁へ仰せ伝えられ候なり。(10)

とあるように、当時は茶の湯には連歌からの影響があると考えられていた。文芸的には連歌師の伝統を継承した俳諧師たちが、同じ系譜に立つ茶の湯を意識していたことは十分に考えられる。吉江久彌氏は西鶴の芸道観を論ずるなかで、

ひたむきの修業によって終には何ものにも束縛せられない融通無礙の境に至るべき、まことの道を信念として主張しようとする気持ちが一貫していることは、容易に窺い知ることが出来る。……そしてこれには中世の芸道思想が流れ込んでいることを強く感ぜざるを得ないが、西鶴は彼自身の時代認識の上に体験的に彼の信念を形成したのであった。(11)　（傍点は吉江氏）

と指摘し、西鶴に中世文化の継承を認める。また神津朝夫氏も辻玄哉の連歌と茶の湯の関係から利休の「わび茶」を論じている。(12)

西鶴周辺には、このほかにも「茶の湯知」をもたらした可能性のある人的環境の存在が認められる。たとえば

『西鶴置土産』に「残いたか見はつる月を筆の隈」の追善句を寄せた池西言水（慶安三～享保七年／一六五〇～一七二二）はまさに茶人としても知られた存在であるし、同じく交際のあった上島鬼貫（万治四～元文三年／一六六一～一七三八）・宝井其角（寛文元～宝永四年／一六六一～一七〇七）なども茶の湯とのかかわりが深い人物として認定できる。

また西鶴自身が、元禄四（一六九一）年一二月二八日「歌水艶山両吟歌仙」に引点し、

月に雪の孕句やらん明日の空　　歌水（初折・発句）

　宵にふりにし朝の詠めことにおもしろき御一作

落葉淋しく暮かゝる路次　　艶山（初折・脇句）

　珍重　釜仕掛て友をまねく(13)

といった評をつけている例などは、西鶴が茶の湯文化と隣接していた可能性を示唆している。

この「落葉淋しく暮かゝる路次」の句への評に、西鶴の「茶の湯知」を持っていた可能性を読みとることができる。この句は茶事の終わりに客が茶室から露地に出たときの風情を詠んでいると考えられるからである。正午の茶事に招かれ、茶友と楽しく一会を愉しみ茶室を退出するとして、茶事は二刻（約四時間）が標準であるから午後四時頃になる。折しも秋の日であれば露地も暮れかかっている。この句はまさにその光景だと西鶴は評しているのである。客を招くために掃き浄めた露地には、茶事の間に落葉が散り敷かれ、それがまた茶事の名残りの風情を醸し出している句だとする。客も亭主もいずれも秋の日の茶事の終わりに別れを惜しみ、それが露地の寂しい風情とまさに一致していると西鶴は評するのである。

この露地の風情こそ、まさに利休に代表される「わび茶」の理想でもあった。『茶話指月集』（元禄一四・一七

〇一年刊）に、

さる方の朝茶湯に、利休その外まいられたるが、朝嵐に椋の落葉ちりつもりて、露路の面さながら山林の心ちす。休あとをかえりみ、何れもおもしろく候。されども亭主無功なれば、はき捨つるにてぞあらんという。あんのごとく、後の入りに一葉もなし。その時、休、惣じて露路の掃除は、朝の客ならば、宵にはかせ、昼ならば朝、その後はおち葉のつもるもそのまま掃かぬが功《（ママ）》者なり、といえり。[14]

とある記事と比べてみれば、極めてよく似ていることがわかるであろう。こうした句境に「珍重」と評した西鶴には、「茶の湯知」はもとより、さらに進んである一定の水準を満たす「茶の湯観」さえ持ちあわせていたのではないかと予感させられる。

本書の内容は以下の通りである。

第一部は、西鶴が浮世草子作家になる以前に活躍していた俳諧の世界と、茶の湯文化とのかかわりを探究した。西鶴は一五歳前後から俳諧を学び始めたとされ、やがて二一歳となった寛文二（一六六二）年には点を付けるまでの実力を持つようになり、寛文一三（一六七三）年、三二歳の時に『生玉万句』興行を催して俳諧師として大坂俳壇における地位を確立したと考えられている。鶴永から西鶴に改名したのもこの年のことである。『好色一代男』の刊行が天和二（一六八二）年、西鶴が四一歳の時であるから、彼が浮世草子作家として活躍する以前のおよそ一〇年間は俳諧師として活躍していたことになる。

西鶴の浮世草子にみられる茶の湯文化の影響を考える前提として、当時行われた俳諧書や西鶴の俳諧作品から茶の湯とかかわる事項を抽出し検証することで、俳諧師西鶴が持っていたであろう「茶の湯知」の範囲を想定してみた。俳諧師として活躍するなかで培われた西鶴の茶の湯への知識が、西鶴の浮世草子作品にも活かされていった可能性を考察するには、この領域を想定することはきわめて重要であると考えたからである。

第一部第一章では、西鶴の俳諧師としての基礎知識を形成する源泉となっていたと考えられる『毛吹草』や『類舩集』にみられる茶の湯に関する項目を精査し、『西鶴大矢数』において、そうした知識がどのように反映されたかを考察することで、西鶴の茶の湯の知識の基層を確認した。そして、その結果、西鶴にかぎらず、俳諧師として認められるためには茶の湯に関する相当な知識が前提として要求されることが判明した。

第二章では、第一章で検証した俳諧師の茶の湯に関する知識が、たんなる形式的な知識にとどまらず、俳諧師から浮世草子作家に転じた西鶴が文芸を創作するうえで、その感性の側面で多少なりとも影響をもたらしている可能性を、俳諧用語の一つでもあり、茶の湯関連語としても重要な一語ともなっている「しほらし」に注目して考察した。その結果、俳諧の付け句の批評語として西鶴が用いた「しほらし」は、茶の湯文化と深くかかわって用いられていることが明らかとなった。また、西鶴の「しほらし」の用法を、俳諧と浮世草子の用例を通して検討した結果、俳諧研究でしばしば「しほらし」を「しをらし」「しをり」と表記し、混用していることは文学研究上問題があることが指摘できた。

第二部では、四一歳で『好色一代男』を刊行して以降、俳諧師から浮世草子作家として文芸活動の中心を移して活躍していく西鶴が、第一部第一章で検証したような「茶の湯知」を駆使して作品の表現を構築していったことが、多くの読者を獲得した一つの要因となっている可能性を、各作品を通して考究した。

第二部第一章では西鶴の浮世草子としての処女作品であり、好色物の代表作である『好色一代男』の巻五の一「後には様つけて呼」および巻七の一「其面影は雪むかし」の二章を中心に、茶の湯との関係性の深さについて論じた。これらの章の中心人物である遊女吉野や高橋の描写において、西鶴の持っていたと想定される「茶の湯知」がそれぞれ深く影響を与え、とくに遊里という華美な世界で、あえて質素素朴を重んずる「わび茶」のしつらえを演出したことが、それぞれの章の描写のなかで効果的に活かされていることを検証した。

第二章では『西鶴諸国ばなし』巻五の一「挑灯に朝顔」の章をとりあげた。この章そのものが「茶の湯」にまつわる話であり、そこにおいて西鶴の「茶の湯知」がどこまで活かされて作品が書かれ、当時の茶の湯の実態を反映させて作品が構成されたかについて、元禄期に盛んに板行されるようになった茶の湯伝書を精査することで考察した。その結果、この章の話は、当時の茶の湯伝書に書かれ、一般的に知られていた茶の湯の作法のあり方を、意図的に不作法に転換することで、読者に対して当時の茶の湯のあり方について再考させるような構成になっていることがわかった。

第三章では武家物の代表作である『武家義理物語』巻三の二「約束は雪の朝食《あさめし》」の章をとりあげ、そこに描かれた石川丈山の小栗への対応のあり方が、章題には「朝食《あさめし》」と標榜されつつも、実は当時の茶の湯の作法にかなった対応であり、この章が茶の湯と深くかかわる話としても読者に受容された可能性が高いことを検証した。

第四章・第五章では、町人物を代表する『日本永代蔵』をとりあげた。

第四章では巻四の四「茶の十徳も一度に皆」で、この章の主人公である利助が非業の死を遂げる描写のあり方などが、章題にもなっている「茶の十徳」を強く意識して構成されていることを、「茶の十徳」の歴史的な変遷を追求しつつ解明した。

第五章では、巻三の三「世はぬき取の観音の眼」および巻四の二「心を畳込古筆屛風」の二章を、茶の湯と深いかかわりのある「目利き」という用語に注目して読み解いた。その結果、巻三の三には元禄時代における町人階層での茶の湯の盛行による茶道具の不足が強く影響していることが判明し、巻四の二「心を畳込古筆屛風」は、当時の長崎の貿易状況と、茶の湯の道具として当時新たに注目を集め始め市場価値を持ってきた「古筆」を取り巻く状況とが深くかかわって成立している章であることが明らかになった。

第六章では、西鶴の遺稿集の一つであり西鶴という名の冠せられた最後の作品ともなる『西鶴名残の友』の最終章である巻五の六「入れ歯は花の昔」をとりあげ、西鶴の作品に反映してきた彼の茶の湯観が、利休流の「わび茶」の持つ感性に収束し、それがこの最終章において結実している可能性を検証することで、西鶴の晩年に「わび」志向がみられることを考察した。

以上のように、西鶴の浮世草子の作品を、好色物・武家物・町人物、さらには遺稿集と、作品全般を見通すかたちで、それぞれの作品の描写や構成への茶の湯文化との影響関係を検証した結果、浮世草子作家としての西鶴には、茶の湯からの影響が少なからず認められるという結論にいたった。

では、西鶴が自己の文芸に茶の湯を取り入れて描くことで、西鶴自身がそこから得たものは何だったのか。それは、たんに彼自身が上級町人社会での交際を確保するのに必要であった社交術として求められた「茶の湯知」を披瀝するためであったのか。また、そこには同時代に生きた松尾芭蕉のように茶の湯の持つ精神的な側面からの影響は認められないのか。西鶴と芭蕉とは、もしかするとその最終的にたどり着いた精神的な世界はかなり似通ったところにあった可能性は考えられないのだろうか。

終章では、そのことについて、第二部での西鶴の作品と茶の湯の影響関係の検証において確認した彼の茶の湯観が、芭蕉の求めた「わび」に通じる可能性をまとめた。これは西鶴の作家としての単純な進化論に立つものではなく、西鶴の人生そのものとも深く関係づけて考えられるべき問題である。

西鶴が影響を受けた茶の湯文化は、千利休に代表される「わび茶」によるところが大きく、その美意識が作品に強く影響をもたらした可能性が高い。このことは、西鶴作品の人間観照の鋭さと深くかかわっていると考えられる。道具中心の茶の湯から、人間中心の茶の湯へと転換していった結果生まれた「わび茶」を西鶴が志向していったことは、とりもなおさず、西鶴の文芸創作の関心が人間に向けられていたこととも一致する。西鶴における茶の湯の受容は、そうした必然からもたらされた結果なのである。

（1）野間光辰『刪補西鶴年譜考證』（中央公論社、一九七八）。
（2）長友千代治校注『女重宝記・男重宝記』（社会思想社、一九九三）二六七～二七一頁。
（3）益軒会『益軒全集』一巻（国書刊行会、一九七三）三一五～三一八頁。
（4）筒井紘一「近世の茶書」（江戸時代前期茶書版行一覧）（『茶書の研究』、淡交社、一九九三）一六四～一六八頁。
（5）筒井紘一「茶書総覧」（同右）四五四～五一七頁。
（6）熊倉功夫校注『山上宗二記　付茶話指月集』（岩波書店、二〇〇六）九六頁。〈またこの一節は『新可笑記』巻二の五「兵法の奥は宮城野」の「茶の湯は……是ならひえて茶入の名を付けて　見る程には、おつ取て十年のけいこなくては成がたし」と類似している〉。
（7）小林幸夫「茶の湯と雑談」（『咄・雑談の伝承世界―近世説話の成立―』、三弥井書店、一九九六）四四～六六頁、
（8）熊倉功夫『現代語訳　南方録』（中央公論社、二〇〇九）八六四頁。
（9）戸田勝久「連歌師たちの茶の湯」（『武野紹鷗―茶と文藝―』、中央公論美術出版、二〇〇六）二七五～三七九頁。
（10）注（6）に同じ、一〇五頁。
（11）吉江久彌「西鶴の芸道観―『西鶴名残の友』を中心に」（『西鶴　人ごころの文学』、和泉書院、一九八八／初出・『西鶴論叢』、一九八五）九九頁。
（12）神津朝夫「抹殺された辻玄哉」（『千利休の「わび」とはなにか』、角川書店、二〇〇五）七八～一〇一頁。

(13)　注(1)に同じ、四三七〜四三八頁。〈なお「西鶴評点歌水艶山両吟歌仙巻」の本文は、潁原退蔵ほか『定本西鶴全集』一三巻（中央公論社、一九五〇）四〇四頁によった〉。

(14)　注(6)に同じ、一四二頁。

〔付記〕　西鶴作品の引用については、注記のない場合、麻生磯次・冨士昭雄訳注『決定版対訳西鶴全集』（明治書院）によった。

第一部

俳諧師西鶴と茶の湯

第一章　俳諧師西鶴と茶の湯文化

第一節　西鶴の茶の湯観

又茶の湯は、和朝の風俗、人のまじはり、心の花車になるのひとつなり。是に入ての徳は、常住万事に気の付所各別なり。武士も我役の一腰は其まゝ、此付合も手ぬきとはいひがたし、今の町人茶事は栄耀と心得、諸道具に金銀をつゐやし、数寄屋・長露路に、商ひはんじやうの地をせばめ、美食を好み、衣服をあらため、よろづにきようをつくし、此沓に家をうしなふ人、かしこき京都にもあまたなり。さはいへど、此事わきまへなきは、人間ふつゝかにして口をしき事のみ。あるひは欠茶碗にしても其心ざしひとつなり。元是作意なれば、一通り手をひかれ、其上の道理さへつまらば、何事にてもくるしからず。世のたのしみなるに、皆人心つくせし振舞にあひながら、其座を立ば、花の生やう、炭の形をそしりぬ。是ならひえて茶入の名を付て見る程には、おつ取て十年のけいこなくては成がたし。

これは『新可笑記』巻二の四「兵法の奥は宮城野」にみられる茶の湯に関する批評の部分である。西鶴の作品として具体的な「茶の湯観」が示されている点から、西鶴と茶の湯の関係を論ずるにあたり注目しておくべき部分であろう。前半では当時の町人たちの茶の湯のあり方にたいする批判が展開され、後半では茶の湯の心得がない人間は人間として物足りないとする、教養としての茶の湯の持つ意義について述べている。

　西鶴の作品でのこうした論評をまつまでもなく、茶の湯は当時の町人社会では広く注目を集め始めていた。そうしたなか、町人たちの間でも茶の湯の功罪が話題になっていたようで、西鶴より少し時代が下るが三井家三代高房（貞享元～寛延元年／一六八四～一七四八）が二代目高平らの言行を聞き書きした『町人考見録』（享保一一～一八年／一七二六～三三頃成立）を通覧しても、日野屋長左衛門・三井三郎右衛門・銀座（銀座の商人）といった有力町人たちの茶の湯への傾倒が彼らの没落の原因としてあげられている。日野屋長左衛門については、

……又は押小路の道具屋どもと出会、目利講、道具会に立まじり、吹そやされて当世道具を買求、自分はさまでこのまねど茶湯などを致し、終に問やの身もちをわすれ……(1)

であったとし、三井三郎左衛門（二代目俊近）も、

……曾て商人心は無レ之、さま〴〵ゑるようにくらし、茶湯道具数寄を致し、後は聚楽松屋町通に引籠……(2)

と没落の事情を紹介する。銀座の面々についても、

……世盛には夜普請を致して家蔵を建、見るをみまねに道具茶器も、われも〳〵と相もとめ……(3)

というありさまであったために、いずれも没落したのだと戒めをこめて紹介している。茶の湯は、当時の町人にとって交際のための教養として認知はされていたけれども、骨董趣味としての茶道具への傾倒は、町人には過分の行為として厳に慎むべきだという風潮は、先の『新可笑記』ならずとも町人一般が持っていたごく常識的な「茶の湯観」だったようである。またこれは、茶の湯が町人社会でいかに大切な社交術の一つであったかということを如実に示している。

先の『新可笑記』のような茶の湯観が示されていることは、西鶴が茶の湯にまったく無関心でなかった証左となろう。西鶴の経歴には残念ながら直接的な茶の湯の経験を伝えるものは認められないけれども、町人社会で生きていくうえで、茶の湯への関心や知識が多少なりとも芽生え、「茶の湯知」として獲得されていったことは、作品を通しても十分に想像できる。もちろんそのなかには、西鶴の出入りした遊里での茶の湯の見聞によってえられた知見もあったであろうが、俳諧とのかかわりから深まっていった可能性も大きいのではなかろうか。本章では、西鶴当時の俳諧師たちがおそらく目にしたと考えられる俳諧書から、茶の湯関連の知識の基礎になる可能性のあることがらを探り出すことで、俳諧師西鶴の茶の湯に関する知識の基層についての検証を試みようと考える。

第二節　『毛吹草』と茶の湯

正保二（一六四五）年刊、重頼編『毛吹草』は俳諧辞書として入門期に広く用いられた書物であるとされる。(4)その巻三の付合語のなかから茶の湯に関する項目をあげると以下のようになる（縦にイロハ順）。

芋頭…水差	抱く…茶壺	炉…焼物	路地…腰懸・笠・げた・雪・踏
盆　…茶湯・たばこ	床　…掛物・茶壺	蜻蛉…緒の結	
茶　…酔醒・染色・桑・うこぎ・枸杞・菴・弱鯉・奈良			乳　…茶壺
留守…茶引	渡　…茶壺	壁　…掛物	額　…数寄屋
釜　…炭	紙　…表具	棚　…袋	台　…天目

竹皮…羽箒・草履・笠・円座　蓮華…葉茶壺　染物…茶碗
躑躅…白炭　筒　…花　壺　…茶　釣　…釜
恙　…香炉　爪　…五徳　寝起…茶　棗　…茶入
茄子…茶入　蠟燭…数寄屋　昔　…茶　井戸…茶碗
鋸　…茶湯炭　覆　…茶園　官　…釜　楊枝…茶菓子
風呂…茶湯　袋　…茶入　小鷹…茶　縁　…茶磨
円座…腰懸・肩衝　手水…路地　霰　…釜　淡　…茶
網　…茶壺　扇置…墨跡見る　行灯…路地　暑　…濃茶
雪　…茶事　渋　…茶　屏風…炉の先　引　…茶
煤　…古筆の物　簀子…路地の雪亭　炭　…正月の飾[5]

ここには、たとえば「芋」から「芋頭水指」、「台」から「台天目」、「蓮華」から「蓮華王茶壺」といった、あまり茶の湯に関する知識がなくても連想が容易である付合もみられるけれども、「蜻蛉」から茶入の仕覆の緒の結び目の呼称であり、天目茶碗の仕覆の緒を始末する場合の結び方でもある「蜻蛉結び」への連想のように、茶の湯の点前の知識がないとわかりにくいものも散見される。「扇置」から「墨跡見る」といった連想も、やはり床の前で扇子を置いて一礼する客の作法とかかわる例である。また「竹皮」が茶の湯の炭道具である「羽箒」の手持ちの部分に使われていることによる「竹皮」と「羽箒」の連想なども茶の湯に関するある程度以上の深い知識が求められる付合であろう。

また、『毛吹草』巻四には、諸国の名産物が示され、そこにも茶の湯にかかわる項目がいくつかある。

山城　土御門　風炉小板　長者町　囲炉裏縁　大炊御門　炉火箸　二条　釜鐶鎖　奈良鍛冶ト云当時京ニ住ス　茶入袋　釜座　鉄唐物金鋳物　坊門　茶筅　粗相物　空也堂ニテ鉢叩作之　油小路　土風炉　西洞院　杉細工茶具　烏丸　麸炙　数寄屋家具　東洞院三本木　茶柄杓　大津柄杓ト云当時京ニ住ス　誓願寺前　紙表具　宇治　茶　同磨　風炉灰

大和　煎茶　高山茶筅

河内　南庄堺　茶柄杓　風炉立土器　茶酌　数寄屋天井菰　茶磨粗相物也

摂津　住吉　水仙花　分テ当所ニ多シ　桐ノ箱ニ入テ諸方へ遣ス

旦過小路　囲炉裏　木綿織緒　箱掛物等ノ紐ニ用之

伊賀　焼物

美濃　瀬戸焼物　分テ葉茶壺ヲヤク　藤四郎ト云　伊勢天目ト云モ当国より出スト云

丹波　葉茶壺

幡摩　煎茶

備前　伊部焼物　酒瓶　塩壺　徳利　鉢等

長門　萩　焼物

筑前　芦屋釜

肥前　唐津今利ノ焼物

とくに「摂津」で「水仙」がとりあげられ、「桐ノ箱ニ入テ諸方へ遣ス」とあるのは、『男色大鑑』巻七の二「女方も為なる土佐日記」の「水仙の初咲に、壺入の客には雪むかしの口を切」の部分や、『好色盛衰記』巻一の五「夜の間の売家化物大臣」に、

河州倉橋といへる里に、水仙の早咲、毎年後の名月には、花はじめて白し。都の高家がたへあげての跡、民家の口切に出しぬ。花一りん金子壱歩にさだまつて、是を求め、茶の湯にあはせて、花屋より方々へ、一日づゝ貸銀取て借《(ママ)》ぬ。

とあるような、当時の口切りの茶事における水仙の花の珍重ぶりともあいまって、西鶴作品に描かれている水仙の花の文化的位置づけを裏づけるものとして注目できよう。

また、ここからは風炉小板・炉火箸・土風炉・茶柄杓・風炉灰・風炉立土器のように茶道具としては水屋道具に近いものにまで産地化が進んでいたことがわかる。おそらくそれらにまで主要産地が生まれるほど、茶の湯は隆盛期を迎えていたことの証しであろう。

さらに『毛吹草』巻二「世話」には、

いしうすきらんより茶うすきれ

こゝろの師とはなれ　こゝろの師とせざれ

という茶の湯にかかわると考えられることわざがみられる。「いしうすきらんより茶うすきれ」が茶の湯と関わっていることは茶の湯への特別な知識がなくともすぐにわかる。しかし「こゝろの師とはなれ　こゝろの師とせざれ」の方は一見しただけでは茶の湯と無関係のようにみえる。

次に示すのは、珠光（応永三〇〜文亀二年／一四二三〜一五〇二）による「珠光古市播磨法師宛一紙」（「心の文」）と称され、茶の湯ではよく知られている一文である。

此道、第一わろき事ハ、心のかまんかしやう（我慢我執）也、こふ者（功者）をはそねミ、初心の者をハ見くたす事、一段無勿躰事共也、こふしやにハちかつきて一言もなけき、又、初心の物をはいかにもそたつ（育つ）へき事也、此道の一大事ハ、和漢のさかいをまきらかす事、肝要肝要、ようしん（用心）あるへき事也、又、当時ひゑかるゝ（冷枯）と申て、初心の人躰がひせん物（備前）、しからき物（信楽）なとをもちて、人もゆるさぬたけくらむ事、言語道断也、かるゝと云事ハ、よき道具をもち、其あちわひをよくしりて、心の下地によりてたけくらミて、後まてひへやせ（冷瘦）てこそ面白くあるへき也、又、さハあれ共、一向かなハぬ人躰ハ、道具にハかからふ（拘）へからす候也、いか様のてとり（手取）風情にても、なけく所、肝要にて候、たゝかまんかしやうかわるき事にて候、又ハ、かまんなくてもならぬ道也、銘道ニいわく、心の師とハなれ、心を師とせされ、と古人もいわれし也。(6)

この最後には「心の師とハなれ、心を師とせされ」の一句が引かれているのである。永島福太郎氏はこの部分について「……これは仏教用語であり、歌道では『心を種として心を種とせざること』などと説かれている」(7)と解説している。実際に『日本国語大辞典　第二版』（小学館）では「こころの師となるとも心を師とせざれ」の項目があり、そこでは『北本涅槃経二八』の「願作心師、不師於心」によることわざとされ、『発心集』の「心の師とは成るとも、心を師とする事なかれ」や『十訓抄』の「心の師とは成るとも心を師とせざれ」、謡曲「熊坂」の「心の師とはなり、心の師とせざれ」の用例が紹介されている。(8)原拠は他の作品例とおそらく同じであろうけれども、「心の文」の読み下し方は『毛吹草』と同じなのである。この「心の文」は『松屋会記』（天文二〜

慶安三年／一五三三〜一六五〇）で知られる奈良の茶家松屋に名物として伝わり、多くの茶人たちに書写された形跡もあることから、[9] いささかでも茶の湯の知識があれば、この一句から「心の文」を連想することは、その語形からしてもけっして不可能ではなかったはずである。

このように俳諧の入門段階においても茶の湯の知識が皆無では付合は理解できないのである。まして、宗匠として俳諧の座を捌くとなれば、さらに深い知識が求められていた可能性は否めないのではなかろうか。

第三節　『俳諧類船集』と茶の湯

『俳諧類船集』（以下『類船集』）は、延宝四（一六七六）年刊行の貞門俳人梅盛による俳諧辞書でイロハ順に並べた語句それぞれに「付合語とそのヒントになる注記を加え」たもので「貞門・談林の連句を解釈するうえに不可欠の好資料」とされる。[10] この書物も西鶴が俳諧創作のためにおそらく目を通していた可能性の高い存在として考えられる。

『類船集』の特色は付合語の後に他の書物からの引用などの「注記」が付されている点である。ここではその付された解説から茶の湯に関する項目を引用しているものを、Ⅰ茶道全般にかかわるもの（茶）・Ⅱ道具にかかわるもの（道）・Ⅲ点前にかかわるもの（点）の三つに分類し、以下に示す[11]（付合語については必要と思われる場合のみ引用した）。

Ⅰ茶道全般にかかわるもの

茶①　団子　…おうぢうばの中よきが茶をせんじて昔物かたりこそゆかしけれ。

茶②　茶　元日　仏前　朝ぼらけ　初雪　弁当　親の目　彼岸　目さむる　酔さむる　染宮　弱る鯉　やみ目
舟　年寄　食後　やねふき　祖母　桑　うこぎ　枸杞　奈良　栂の尾　趙州　丹波　宇治

茶は能く散悶（いきどほりをちらす）といふも人事をいひ嫁をそしるわざなるや。陸羽と云ふ人はよく茶を飲事をしるゆへに茶をひきて家には形を作りて祭りしとぞ。東坡煎茶歌に蟹眼已に過ぎて魚眼生ず。颼《サッ》々として松風の鳴るを作らんと欲すと作れり。陸羽が茶経あり。盧仝が茶歌あり。姥祖父はよく飲物也。若輩の者茶をのめばうつけになるといひ伝へたり。

茶③　聟　…磯屋十郎治親は茶事をしらでとらへたり。

茶④　扣《たたく》…日高きこと丈五睡正に濃也、軍将門を扣て周公を驚かすと盧仝が茶歌なり。

茶⑤　摘　…茶……鮮して摘み芳を焙り村裏を旋すと茶歌にかけり。

茶⑥　袖引き　…こやのしゆくの遊女が袖をじつとひかへて茶つぼの狂言也。

茶⑦　数奇　…初雪

東山殿と申せし公方こそ茶湯をすき給ふて古器をあつめ給ひしとかや。数寄者上京におほくして下京にはすくなきとやらん。

茶⑧　藁屋　…茶湯者の植込をし長路地をとをし奥にほのかなるは中々さびたる物也。

茶⑨　接待　…七月二十四日六地蔵めぐりには道すがら接待あり。炎天の頃は水桶に茶わんをそへて往来の人にのませ侍るも接待の心なるとかや。

茶⑩　路地　…笠　げた　雪踏　松葉　石灯籠　雪　植木　栗石　涼風かよふ　隣堺　客　白牛

長路地細路地外路地内路地惣路地ともに珍客をまうくる道とかや。町屋にはあれとも大名家には有かもしらず。さればこそ隣堺の蔵の脇は皆路地なり。

茶⑪　蜜柑　…十夜の法事のとりおこなふ仏前のもり物にはことさら花やかなり料理過て後濃茶のまわりて亭主もくつろぎたる時鉢につみて出たる又一興なり。

茶⑫　指図　…名宗匠のこのみし数寄屋は中々ゆかしき物也。

茶⑬　繕《つくろふ》　…侘数奇の垣壁を所々仕なをしたる馳走のこゝろざしやさしく見え侍。

茶⑭　焼物　…茶碗……干菓子のたぐひに色々焼物有。

茶⑮　潜《くゞる》　…路地の中くゝりは物さびたるしつらひ也。

Ⅱ道具にかかわるもの

道①　題　…かけ物茶入其外の茶の道具にも名和尚たちの外題ありてこそ。

道②　箔　…茶入の蓋も物の本のへうしも皆薄紙にてはる也。

道③　揉　…茶うすは引木にもまるゝ□……

道④　茶筅　…結髪　鉢叩　大津　松　畑枝

極楽寺空也堂の所作とし京都に売りありきて田舎の茶筅はいれ□る事也。かこひの窓のあかりにてすゝぎてすかし見るこそ誠に馳走めきたる物なれ。和州の高山茶筅も又名物也。

道⑤　茶碗　…畳　放下師　湯漬食　煎茶　仏棚　墓原　公家　干飯　高麗　伊万里　長崎　瀬戸

盧仝が茶経に云一碗喉吻調ふ二碗孤悶を破ると有は此事なるべし。名匠のこのまれし唐木の棚にかざりしはうるはしからずや。深閨にある娘のけさう有を入しは見るもすゞしげ也。蒜をむきて茶碗に入たるとはいさぎよき事をいふと也。
道⑥　暖《あたたむ》…立花師は枝をあたゝめ茶湯者は茶杓をあたゝむる也。
道⑦　将軍…東山におはせし将軍は茶湯をすき古器をもてあそび給ひしぞかし。
道⑧　組…違棚に茶湯の道具をくみ合てかざる也。
道⑨　人形…茶碗に人形の手有。
道⑩　天目…天目山は甲州に有とかや。唐にも同名有と見えたり。ちがひ棚のつけやうにて勝手によりて風流も有。台子風炉釜のかざりやうこそ数奇のならひまち〳〵なりとぞ。茶碗天目といふ文字の平上去入をしらせ侍りとぞ。
道⑪　公家…古筆屏風手鑑などに公家こそおほくて見ぐるしからぬ物なれ。
道⑫　竹の筒…名和尚の茶杓はなをざりにおきがたし。

Ⅲ点前にかかわるもの
点①　輪…茶釜は鉄鐶をもてあくる。
点②　ふくさ…茶碗……
茶釜の蓋をとるには手もあつからで自由なり。
点③　畳…床　数寄屋……
茶器の置合は畳の目をかぞふるとかや。
点④　炉…茶の湯……

点⑤　宇治の茶師の家に数多炉をこしらへをく事有。……初雪の朝釜をたぎらせるは数奇のわざならん。
点⑥　はやる　…雪には茶湯時々におふじてはやる事也。
点⑦　炭　…茶湯事をはりて客も亭主の馳走をかんじて立かぬる時今一度炭をくこそ又一興なれ。
点⑧　怪我　…茶湯の亭主方は心あはたゝしきこそ尤馳走ぶりなれ。
点⑨　墨跡　…床　数寄屋……
　茶の湯の中立の間には墨跡をまきて花をするとかや。
点⑩　書院　…くさり釜のにえ音焼物の音などほのめけば客も馳走をかんし入侍る。
点⑪　響　…くさり釜のにえ音座敷にひゞくこそゆかしけれ。
点⑫　客人　…雪の夜釜をたぎらせて更行鐘を友とするにおもひの外なるぼくりのあし音して戸をたゝくこそ興にぜうするわざなり。
点⑬　俄《にはか》　…初雪に夜込来て路地の戸たゝくは釜に湯のたぎる音を聞かんと也。
点⑭　口吸《くちすふ》　…濃茶の末になりたるは残すくなくてゆかし。
点⑮　一折《ひとおり》　…水仙花のなげ入には葉のおりたる有もよし。
点⑯　禿　…昔は数奇のかよひに禿をつかひしとかや。
点⑰　脇指　…数寄屋へ入にはこしの物をさゝず。
点⑱　刀　…数寄屋の内へは刀をさゝすして入也。
点⑲　山県　…風炉の灰は山がたにとりつくろふもあり。
点⑳　蒔　…炉の中の灰は炭をせんとて先蒔なり。

このように、茶の湯全般が一五項目、茶道具が一二項目、点前が一九項目に分類することができた。茶①や茶⑨のように煎茶とのかかわり合いが深いものや、直接には「茶」という語が出てきていない項目もあるが、関連がありそうな項目については広く採録した。

通覧すると、茶②・茶④・道⑤で盧仝の茶歌や、点⑨・点⑩でのくさり釜、点④・点⑪・点⑫の雪の日の茶について繰り返し述べられていたり、点⑯・点⑰でも茶席への帯刀について、ほぼ同じ表現が繰り返されているなど、その単純な反復からみて、『類船集』は茶の湯に関してさして深い知識や関心に裏づけられて著わされていないかのような印象も受ける。

しかし、その一方で点前にかかわる解説が一九項目にもおよんでいることは看過できない。たとえば、点①・点⑥・点⑱・点⑲は炭点前に関する項目である。『利休茶湯書』（延宝八・一六八〇年刊）巻三には、炭点前について次のような記述がある。

一、風炉に炭を置、釜をかけ、亭主勝手へ入被申候者、上座の客何も御覧せられ候へと一礼してふろの有たゝミのそとの畳に畏り、ふろ前へにぢりよるなり(12)

また立花実山（明暦元～宝永五年／一六五五～一七〇八）『南方録』にも、

休云、昔隅切の炉までは、炭をつぎたる時、客衆見物すると云ことはなし。これ台子よりうつりたる折からなれば、台子にて炭見物なきまゝにてありける古風なりけるに、右切の向炉に成て、客の眼下なるゆへ、釜引あげたる時、炉中を見入て、火相に心を付、さて炭を次たるを見て、その座のべちゞめ、火のうつりを急ぎ、またはうつりを遠くする等の、主の心づかひに感をこし、挨拶しけることとなるを、ひとへに炭を饗膳のもりかたのやうに心得、主もそれを専にをきならべ、客もそのもり方を見物して、炭の出来、不出来を挨拶することになれり。大なるひがごとなり。しかれども、根本露地の茶の本意、湯あひ、火相、三炭の次第をもわきまへぬ輩は、さこそと覚ゆるなり(13)

とあり、炭点前は、喉の渇きをしのぐためにとりあえず茶を一服飲む程度の茶の湯の知識では理解できるものではなく、茶事の作法まで知らなければわからないものなのである。『類船集』の解説も、それをふまえてなされているると考えられる。また、点⑥には亭主が客との茶事の終わりを惜しんでなされる「立炭」（止炭・名残の炭）への言及がある。点⑱も風炉の「遠山」形の灰形について述べられており、これらも茶事の知識がないと理解できない。もちろん、ここに書かれている断片的な知識からだけでも、茶会の一部であるという程度のことは理解できようし、別段に深い茶の湯に関する知識がなくても茶の湯の作法であるということはわかるといえばわかる。しかし、こうした解説を目のあたりにした時、それが茶の湯のどこに位置づけられる作法であるかを知ろうとする好奇心を持つのもまた至極当然といえば当然のことではないだろうか。

点⑭も一見すると生け花の作法のように見うけられる。しかし、先の『利休茶湯書』には、

一、すいせんの一色生やう有、葉つかいにあしらい有事也、可尋也(14)

とあるように、水仙の花の生け方は茶の湯にとって特別な存在だったのである。『毛吹草』の「山城」の項目でも言及したけれども、『日本永代蔵』巻三の一「煎じやう常とはかはる問薬」の、

雪のうちには壺の口を切、水仙の初咲なげ入花のしほらしき事共、いつならひ初られしも見えざりしが、銀さへあれば何事もなる事ぞかし。

や、『諸艶大鑑』巻五の二「四匁七分の玉もいたづらに」の、

（大坂は）されども日本第一の大湊なればこそ、勧進能の金壱枚の桟敷もあけず、銀弐百枚の手水鉢も買て、肩つきひとつ、百貫目の質に取て、水仙の初咲を待心もあり。

の部分などにも水仙についての記述があり、水仙が茶の湯で重視される「口切りの茶事」に欠かせない花であることは、西鶴に十分に認知されていた可能性が高い。

また、点⑧の「中立ち」の作法についても、『好色一代男』巻七の一「其面影は雪むかし」に、

初雪の朝、俄に壺の口きりて……中立あつてのをとずれに、獅子踊の三味線を弾るゝ。……

とあることから、「初座→中立→後座」といった茶事の形式についても、西鶴のような俳諧師たちはおそらく知っていたと考えられる。

次に、『類舩集』の付合語から茶の湯についての知識がうかがえる事項をあげてみる（縦にイロハ順）。

窟　…茶の庵
一盃…茶
板　…風炉・古筆の裏うち
伊勢…天目
花…床・真壺・数寄者・炭
肌　…茶碗
柱　…掛物
番　…茶

笊籬《いかき》…茶摘
慇懃…数寄
入　…煎茶
壱岐…茶
萩　…茶碗
箸　…香炉・炭
馬場…煎茶
はく…挽茶

一文字…茶袋
抱　…茶壺
池田…炭
炉　…茶の湯
鉢扣《たたき》…茶筅
箒　…炭取・炉路
灰　…茶の湯
張　…茶壺

一字…掛物
頂　…茶碗
伊賀…土の焼物
路地…客
坊主《ぼうず》…茶入
初雪…茶の湯
判　…茶袋
虹　…掛物

錦　…茶碗
布袋…香炉・掛物
虎　…茶師
灯心…挽茶
茶　…目さむる・酔さむる・祖母・栂の尾・趙州・丹波・宇治
茶筅…結髪・鉢たたき・大津
乳　…茶壺
鈴《りん》　…茶の湯
音羽…土の焼物
割　…茶碗
肩　…茶入
掛物…床・書院・数寄屋
香物…朝茶
葛城…茶壺
棚　…数寄屋・袋・茶入
溜　…茶杓竹
料理…数寄・珍客・夜はなし
塚　…茶碗

俄　…客人
穂　…茶筅
供　…路地口
床　…すきや・書院・茶つぼ
軸　…掛物
白膠木《ぬるで》…茶碗
小野　…炭竈《すみがま》
渡　…茶壺
土器…風炉
紙袋…茶
掛　…墨跡・花生
竹の筒…花
俵…茶・宇治
丹波…葉茶壺
壺　…茶・信楽

にじる…数寄屋の戸口
墨跡…床・数寄屋・珍客
灯　…路地
茶碗…高麗・伊万里・瀬戸
違ひ…目利
乙御前…釜
和漢…土焼物
釜　…炭・風呂・茶の湯
掛金…花入
柿　…茶入の薬
飾　…茶具・書院・床
橘　…茶
畳　…床・数寄屋
蓮華…茶壺
礼　…茶の湯
筒　…井・花

盆　…茶の湯
灯籠…炉路
栂尾　…茶
筑前…芦屋釜・箱崎
盞《をゝい》　…風呂釜
輪　…炭
香　…茶の湯
壁　…掛物
柑子…花入の口
高麗…茶碗
薫物…数寄屋
手向　…茶湯《ちやたう》
染物…茶碗
爪　…茶

弦　…茶入
繕　…土の焼物・古道具
棗　…茶入
なだれ…茶入の薬
老人…せんじ茶
氏　…茶
呑　…茶
競《くらぶる》…古筆の目利
松葉…炉地・侘数寄
蓋　…茶入・手水鉢・釜・香炉
福　…茶
粉　…茶
円座…肩付の茶入・数寄の中立
手懸…墨跡
亭主…茶湯
朝　…茶わかす・数寄
網　…茶壺
飛鳥川…茶入

釣　…竹自在・花生・灯籠・棚・釜
詰　…茶
南天…炉（マヽ）地
南蛮…土の焼物
無常…茶
宇治…茶磨・茶
薬　…壺・茶入
藪　…茶の庵
窓　…数寄屋・風炉
ふるふ…茶の湯
小鷹…茶
手水…茶の湯・炉路
出来…茶の湯
霰　…茶・数寄屋の灰
行灯…数寄屋・炉地
朝原…若茶つむ

寝起…茶
長　…炉地
南京…染付の鉢
昔　…草庵・茶
井　…炉地
癖者…茶磨
楊枝…茶菓子
風呂…茶湯
袋　…茶入・茶碗
暦　…茶碗
腰掛…炉路
縁を結ぶ…茶木の露
手拭…上林
天目…伊勢・高麗
泡　…茶
あくび…茶磨
芦屋…釜

摘　…茶
茄子…茶入
媒《なかだち》…茶湯
長門…萩焼物
臼　…茶
鋸　…炉の炭
菓子…茶の湯
焼物…茶碗
ふくさ…茶碗
木葉…炉路
天井…数寄屋・釜の鎖
手前…茶湯
葵　…茶入
扇置…墨跡見る
暑《あつき》…濃茶
安部…茶

掃除…路地
障子…数寄屋・書院
絵　…茶碗
紐解…茶入出す
文字…茶袋
雪隠…炉路・数寄屋
煤　…古筆・表具
銘　…茶袋
燭台…数寄屋
火焼《ひたく》…釜かく
引　…茶・臼
目録…詰茶
せばき…数寄屋
救　…茶匙
甕　…釜
象戯…炉路
一口…濃茶の跡
響　…茶碗
揉　…茶
炭　…池田
雪《すすぐ》…茶筅
精進…古筆の目利
尻　…釜
彼岸…茶わかす
物語…茶飲伽《ちゃのみとぎ》
禅法…墨跡
数寄…初雪・足袋
(以上、表記は原文のまま)

これらを『毛吹草』と比較すると、その項目の圧倒的な多さがわかる。なかには「にじる」「媒＝中立」「扇置」「一口」といった茶の湯の点前を一般的に想像すればすぐにわかるような項目もみられるものの、『類船集』の茶の湯に関する項目を列挙してみると、さらに専門的な知識が求められる付合が多くなっていることがわかる。

たとえば釜に関する項目では、『山上宗二記』において、

一、紹鷗小霰の釜　関白様にあり。水二升上入る。天下一なり。この釜、信長公より宗二拝領仕り、関白様へ進上。

と紹介する、釜の胴回りに粒々が浮き出して鋳込まれている「霰釜」や、同書で続いて「一、乙ごぜの釜　関白様にあり、水四升八合入るか」[15]と紹介されている姥口の平釜「乙御前」、さらに「霰釜」よりも粒々が細かく、伝世の数も少ない「霙釜」までもが付合語として紹介されている。『毛吹草』では作数も多い「霰釜」まででとどまっていたものが、『類船集』では「霙釜」まで紹介しているということは、『類船集』ではかなり深い茶道具

の知識が前提とされていたためであると考えられよう。「柑子口」なども花入れや杓立てにみられる口造りであり、茶の湯と深くかかわる形状の一つである。

茶入にまつわる付合語もより多くみられるようになる。「紐解」で「茶入出す」としているのは点前の手続きにかかわってのことで、「柿」から「茶入の薬」となるのは赤茶色の鉄釉である柿釉を連想しているためであり、「茶入の薬」から「なだれ」を連想するのは茶入の表面に釉薬が流れて景をなすさまを「なだれ」と称することによる。さらには「飛鳥川」という茶入の具体的な銘までも示されている。この「飛鳥川」は瀬戸金華山窯の茶入で、小堀遠州（天正七～正保四年／一五七九～一六四七）によって見い出された「中興名物」といわれる茶道具の一つである。遠州が伏見で再見した折りに、昔みた時よりも古色を帯びていたところから、『古今和歌集』の春道列樹の、

昨日といひ今日とくらして飛鳥川ながれてはやき月日なりけり（冬・三四一）

の歌により銘を付けて秘蔵し、のちに遠州が公金流用の疑いを得たとき救ってくれた酒井忠勝に謝礼として贈られた茶入であるという。(16)

『諸艶大鑑』巻五の二「四匁七分の玉もいたづらに」の、

やう〳〵家に久しき飛鳥川の茶入を、妹が轆轤引にしづめ、定家の三首物の表具はづして、みだれ箱に畳込、すき紙と見せ、……茶入・懸物を江戸のうとくなる人に、判金五拾枚にかへて、……

という部分も、この付合の連想を背景としているのかもしれない。「円座」から「肩衝ノ茶入」という付合も、「畳付際が一段立ち上がって削り出されている状態」(17)を指す「利休円座」といわれる「唐物円座肩衝茶入」からの連想であろう。「蓮華」と「茶壺」の付合なども、『毛吹草』と同様に真壺「蓮華王」との連想であると考えら

れる。

俳諧の宗匠たちがこうした茶の湯の知識を持ち合わせることを求められていたとすれば、西鶴も同様にある程度の茶の湯の知識は持ち合わせていたと判断できる。宗匠として立机しているからには、当然のことながら付合のありようについては熟知していたはずだからである。とくに道具に関する知識は、俳諧の付合を理解するためには日常の家財道具と茶道具を器物として判別できる程度ではなく、「是ならひえて茶入の名を付て見る程」までに「目利き」なっておく必要すらあったのではないかと推測できる。

第四節　『西鶴大矢数』と茶の湯

西鶴の俳諧には、これまでみてきた俳諧書にあったような茶の湯の知識はどの程度反映されているのだろう。次に延宝九（一六八一）年の『西鶴大矢数』から、そのことについて検証することとする。連句の性格上、その一部をとりあげて解釈を試みることは問題が残るところであるが、ここでは茶の湯関連の語の読まれている句と前句との関わりに限って解釈を進めることとする。ただし、㋕㋗㋜については、後の句も茶の湯と関連深いと思われたため三句まで示した。

『西鶴大矢数』にみられる茶の湯と直接にかかわると考えられる句は以下の㋐から㋝であった。

㋐　巻　一　臂は根ふとの色になる草　（三折・裏　一〇）
　　　　　　月影も茶臼のごとく廻り行　（三折・裏　一一）
㋑　巻　三　むかしかたりに弥右衛門が春　（二折・裏　一四）

消えにけり茶釜のなのみ雪の泡　（三折・表　一）

㋒　巻　四　月花は今目前の二尊院　（三折・裏　一三）
茶杓は名物炉の名残なり　（三折・裏　一四）

㋓　巻　七　お茶一つ兼て進ぜう計也　（三折・表　一一）
京衆に爰をすみよしの松　（三折・表　一二）

㋔　巻　八　咲きにけり本朝よりも唐津の花　（名残・裏　七）
茶碗の焼出し草の下もえ　（挙句）

㋕　巻　九　尺八吹くもおためづく也　（三折・裏　八）
ひとつにはたのしみに成大茶の湯　（三折・裏　九）
露は時雨の亭をせて　（三折・裏　一〇）

㋖　巻一四　茶弁当朝日待得て汲ふやう　（三折・表　九）
志して加茂の山寺　（三折・表　一〇）

㋗　巻一五　岩が根の床端《ブチ》削て物数寄に　（二折・裏　九）
松の茶筅は亭主の手前　（二折・裏　一〇）
初雪ふつた所かおもしろい　（二折・裏　一一）

㋘　巻二六　身にしみる堺の大道　（三折・裏　一二）
初花も朱坐のごとくに移ろひて　（三折・裏　一三）

㋙　巻二九　兵は胴骨すへてすへにけり　（名残・裏　五）

ちつともこぼさぬ天目の水　（名残・裏　六）

㋚　巻三〇　塩竈や炉辺にうつす炭頭　（初折・表　発）

三津の浦より鴨の羽箒　（初折・表　脇）

㋛　巻三四　老の夢地体身持が大事也　（二折・表　三）

喜撰法師が高い炉路口　（二折・表　四）

㋜　巻三六　朝顔の盛まつ間の世界也　（初折・裏　九）

茶の湯ずきして袖の月影　（初折・裏　一〇）

はき替の足袋に移う秋の霜　（初折・裏　一一）

㋝　巻三八　極楽の光なりけり金一枚　（名残・表　五）

こゝろざす日の茶を詰にやる　（名残・表　六）

これらは『西鶴大矢数』の総句数からすれば多くはないけれども、これらの句を分析することで西鶴が先に検証した俳諧師一般が持つ茶の湯の知識を前提に句作をしたか否かを推測することは可能であると考える。ここでは茶道具についてとくに深い知識を前提にして付合がなされている、㋑㋒㋔㋕を検討する。

㋑の「弥右衛門」とは、前田金五郎『西鶴大矢数注釈』によれば、

狂言方大蔵流宗家当主の代々の通称。……また次句では、釜座名越家当主代々の通称に見立て替えた。(18)

と解釈されている。西鶴当時の名越家当主は名越昌乗であり、京都名越家の初代で名工として知られる名越三昌（通称・古浄味／?～寛永一五・一六三八年）の後を受け継ぎ名越家の隆盛期にあたる。ここで想定している

「弥右衛門」とは、「むかしがたり」に登場する「茶釜のな」のある人物、すなわち釜師として名声のある人で、おそらく古浄味と称された三昌を指すと考えられる。

『俳諧大句数』巻一〇にも、

弥右衛門一代庭のきれいさ
手のものの釜をしかけて茶の湯すき
あいさつかたき初雪の空[19]

とあるとする前田金五郎氏の指摘も考えあわせると、西鶴は、先の俳諧書のように釜の形を識別するにとどまらず、釜の作者についての知識も持ちあわせていた可能性をうかがわせる。

㋒の「二尊院」については、『西鶴大矢数注釈』では、細川三斎（永禄六～正保二年／一五六三～一六四五）作とも、千利休作ともされる茶杓の銘にみられるとする。[20]この銘の茶杓は、実際には本阿弥光甫（慶長六～天和二年／一六〇一～一六八二）の模作が伝わるのみで現在伝来しているものはないけれども、その形状はよく知られ、「二尊院型」の名も生じたほどであるとする。[21]「茶杓は名物」とはそれを受けての表現である。「炉の名残」について、前田金五郎氏は『西鶴大矢数注釈』で「三月末に茶室の炉を塞ぐ前に催す茶会を言う。四月からは風炉を用いる」とする。現在は「名残の茶事」とは口切りから使われてきた茶が少なくなる「名残」を惜しむ茶事のことであり、旧暦の九月頃から十月の炉開きにかけての頃に催される茶会のことを指す。前田氏は遠藤元閑の『茶湯三伝集』（元禄四・一六九一年刊）に「いろりの初は九月朔日頃より三月晦日頃まで、風炉の初は四月朔日頃より八月晦日頃まで」とあるとしている。『槐記』の享保一二（一七二七）年八月二一日の項には、山科道安（延宝五～延享三年／一六七七～一七四六）の「風炉ノ名残ト申ス事ハ、何トゾ其アシラヒアル事ニヤト伺フ」

にたいする近衛家熙（寛文七〜元文元年／一六六七〜一七三六）の答えとして「……風炉ノ名残ト言事ハ、先ハナシ」[22]とある。「炉の名残」とは現在でも炉の終わり頃に炉中が灰で埋まってくるため釣釜にしたり透木釜にして五徳をはずすという習いがあることから、おそらくは炉中の灰が冬を経て次第に上がり、まもなく初風炉を迎えるようすそのものを述べていると考えられる。

㋔は「唐津の花」から「唐津焼」、そして「茶碗」へと連想したわけであろうが、さらに「草の下もえ」へは『南方録』にある藤原家隆の、

花をのみ待つらむ人に山里の雪間の草の春を見せばや[23]

と相通じるすると、茶の湯とかかわる連想としてはむしろ自然となるのではなかろうか。

㋕については、『西鶴大矢数注釈』では「（前句を、尺八を吹くのも、主君への忠義だてである、と解して）その演奏も、一つには楽しみになることだ、大茶の湯の場では」との句意を示している。[24]もちろん「大茶の湯」とは豊臣秀吉が北野の森で天正一五（一五八七）年に催した茶会をふまえていると考えられる。とすると、この「尺八」とは、天正一八（一五九〇）年の小田原参陣のさいに利休が韮山の竹で作ったとされる「園城寺」「夜長」「尺八」の竹花入が想定されているとは考えられないだろうか。『茶話指月集』には、

この筒、韮山竹、小田原帰陣の時、千の少庵へ土産なり。筒の裏に、園城寺少庵と書付け有り。名判無し。又この同じ竹にて先ず尺八を剪り、太閤へ献ず。其の次いで音曲。已上三本何れも竹筒の名物なり。[25]

とあることからも、秀吉に献じられた「尺八」の竹花入と「おためづく也」が響きあうことになる。

『好色一代男』巻七の一「其面影は雪むかし」に「すこしうかれながら囲に入ば、竹の筒計懸られて、花のいらぬ事不思議に」とあったり、『諸艶大鑑』巻四の五「情懸しは春日野の釜」にも「石の割目に其時うつて、竹

花入掛し折釘残りて、むかしを今に、やれなつかしや」ともあることから、西鶴は竹の花入に関する知識があったと考えられる。

さらに次の「時雨の亭」への連想は、和歌の掛物を嫌った利休が小倉色紙は茶席の床に掛けることを認めていたことからもわかるように、[26]定家と茶の湯との深いかかわりによるものであろう。『西鶴諸国はなし』巻五の一「灯挑に朝顔」でも、定家の小倉色紙の挿話が引かれていたり、『諸艶大鑑』巻五の二「四匁七分の玉もいたづらに」に「定家の三首物の表具はづして、みだれ箱に畳込、すき紙と見せ」とあることからも、この程度の連想は無理のない範囲であったことがうかがえる。㋜の連想も「灯挑に朝顔」でとりあげられている「朝顔の茶事」をふまえた連想によるものといえよう。

㋘は、『西鶴大矢数注釈』では「初花も」に大名物の茶入「初花」の銘を掛けたとする。[27]「初花」は史実では足利義政、鳥居引拙、京都大文字屋栄甫、織田信長、信忠、徳川家康、豊臣秀吉、宇喜多秀家、徳川家康、松平忠直へと伝来し、のちに綱吉に献上されて徳川宗家の所蔵となる。ただ巷説では前田金五郎氏が紹介するように北野の大茶の湯には堺の豪商天王寺屋（津田）宗及の所蔵とする説もみられたようである。

㋙の「天目の水」は『西鶴大矢数』巻一七「まことに都は水の天目　西滴」とも通じる句であり、天目茶碗を指すとする。㋐は遊女と茶臼のかかわりによるものであるし、㋓は茶事の招待状をもじっている。㋗は岩が根の松を茶筅に見立て、㋝は初瀬観音と茶による供養を連想している句である。

『西鶴大矢数』における茶の湯関連の用例はけっして多くはないけれども、西鶴の俳諧に茶の湯の知識がどの程度反映しているかについて検証するに十分であったのではないかと考える。その結果、少なくとも茶道具に関しては先に示した俳諧書から得られる程度の知識よりもさらに深い知識を持ち得ていた可能性を探ることができたと考える。

第五節　おわりに

西鶴が実際に茶の湯数寄者として茶の湯を愛好した事跡はみあたらない。しかし、茶の湯にはある程度の知識を持っていた可能性を、俳諧師の立場を糸口として考察してきた。とくに茶の湯数寄の俳諧師でなくとも、俳諧師である以上、ある程度の茶の湯の知識がなくては通用しなかったであろうことが、付合語を検討することで判明した。西鶴の作品からも、西鶴が茶の湯でも、とくに茶道具に関する知識が豊富であった形跡を確認することができる。

『日本永代蔵』巻六の五「智恵をはかる八十八の升掻」に、

亀屋といへる家の茶入、ひとつを銀三百貫目に糸屋へもらふ事有。

とある茶入が、「味噌屋肩衝」として『町人考見録』で、

……一二《ママ》代の十右衛門、よき道具どもをあまた調《ととのえ》所持いたし候、其内亀や何某の味噌屋肩衝の茶入を、判金千枚に調、右の代銀を車に積で、白昼に引通り、請取渡し致候と申伝ふ。(28)

と紹介される茶入であることはよく知られている。

また、『諸艶大鑑』巻一の五「花の色替て江戸紫」には、越中の新のわび暮らしするところに江戸小田原町の中と吉原三浦屋の小紫が通りかかり、

茶弁当をまねき、湯まいるのよし、銀の器取出し、茶杓がないと尋ぬるも気の毒。近くの庵に立寄、軒の呉竹を所望して、「茶杓といふものに切」といふ。あるじ、奥より甫竹がためたる一節に、塩瀬の不洗を取

添、「もしかやうの物でも御座らぬか。御用に立べし」と出せば、かゝる所にあるべき物ともおもはねば、いづれもかんじて、……

という場面がある。この「甫竹」とは『角川茶道大事典』によれば、

生没年未詳。安土桃山時代の茶杓師。堺の人。重右衛門と称し、絹織物を商ったという。利休より茶杓削りの秘伝を受け、特に利休茶杓の下削りをしたと伝える。……子孫四代ともに甫竹と称し、天和（一六八一〜八四）ごろまで堺に住み、こののち京に移る。(29)

という人物である。西鶴がこのような利休茶杓の下削師についてまでも知りえていたということは、西鶴は俳諧書でえられる茶の湯の知識以上に深い「茶の湯知」を持ちあわせていたと考えられ、甫竹や竹花入のような利休道具にも関心を寄せていた形跡があるということは、「わび茶」についての理解も持っていたためであると推測できる。

『西鶴織留』巻三の二「芸者は人をそしりの種」に、

茶の湯は道具にたよれば、中〳〵貧者の成がたし。「万事あるまかせて侘たるをよし」といひ伝へり。是利休の言葉にもせよ、貧家にてはおもしろからず。ことのたりたる宿にして、物好をさびたるかまへにいたせる事ぞかし。

とあるのは、そうした「わび茶」への知識をふまえている部分ともいえる。

俳諧師西鶴は、自身が好むと好まざるとにかかわらず、俳諧師としての修練を積むにつれ、茶の湯への基本的な知識が求められた。西鶴はそれを元にして『新可笑記』にみられるような自分なりの「茶の湯観」を持ち合わせるようにもなっていった。そして、『西鶴織留』にある「わび茶」への造詣も同時に身につけていった可能性

が高い。西鶴の俳諧師としての活躍は、茶の湯とけっして無縁ではなく、むしろ密接な関係にあったのである。

（1）中村幸彦校注『日本思想大系　近世町人思想』（岩波書店、一九七五）二一九頁。
（2）同右、二〇〇頁。
（3）同右、二二四頁。
（4）加藤楸邨ほか監修『俳文学大辞典　普及版』（榎坂浩尚項目執筆、角川学芸出版、二〇〇八）九七三頁。
（5）新村出校注『毛吹草』（岩波書店、一九四三）。
（6）千宗室編『茶道古典全集』三巻（淡交社、一九七七）三～四頁。
（7）同右、四～五頁。
（8）『日本国語大辞典　第二版』五巻（小学館、二〇〇二）六六九頁。
矢部良明「古市播磨を説得する『心の文』」（『茶の湯の祖珠光』、角川書店、二〇〇四、五六頁）でも「中国でも仏教の書物に多く利用され、日本にあっても、鎌倉・室町時代の和歌・連歌・謡曲・随筆などにしばしば登場する格言であった」と指摘されている。
（9）林屋辰三郎校注『日本思想大系　古代中世芸術論』（岩波書店、一九七三）七八五頁（村井康彦解題）。
（10）注（1）に同じ、九七三頁。
（11）野間光辰鑑修『俳諧類船集』（近世文芸叢刊・第一巻、般庵野間光辰先生華甲記念会、一九六九）。
（12）千宗左ほか編『利休大事典』（淡交社、一九八九）六三四頁。
（13）西山松之助校注『南方録』（岩波書店、一九八六）二二七頁。
（14）注（12）に同じ、六三八頁。
（15）熊倉功夫校注『山上宗二記　付茶話指月集』（岩波書店、二〇〇六）三六頁。
（16）林屋辰三郎ほか編『角川茶道大事典』（角川書店、一九九〇）三八頁（小田栄一項目執筆）。
（17）小田栄一『茶道具の世界』五（淡交社、二〇〇〇）四〇頁。

（18）前田金五郎『西鶴大矢数注釈』一巻（勉誠社、一九八六）二〇二～二〇三頁。
（19）新編西鶴全集編集委員会編『新編西鶴全集』五巻・上（勉誠社、二〇〇七）一五四頁（句については国文学研究資料館俳諧データベースで確認した）。
（20）注(18)に同じ、二七二～二七八頁。
（21）永島福太郎ほか監修『原色茶道大辞典』（淡交社、一九七五）七〇四頁。
（22）千宗室編『茶道古典全集』五巻（淡交社、一九七七）一四八頁。
（23）注(13)に同じ、二五頁。
利休がわび茶の心を示した歌として定家の「見渡せば花も紅葉もなかりけり浦のとま屋の秋の夕暮れ」とならんで示されている。
（24）注(18)に同じ、五四七頁。
（25）注(15)に同じ、一四六頁。
（26）宗政五十緒「『西鶴諸国はなし』の成立」（野間光辰編『西鶴論叢』、中央公論社、一九七五）三〇六頁〈小倉色紙が茶会で重用される経緯は、岩井茂樹『茶道と恋の関係史』（思文閣出版、二〇〇六）に詳しい〉。
（27）注(18)に同じ、五〇五頁。
（28）注(1)に同じ、一八一頁。
（29）注(16)に同じ、一二三八～一二三九頁（筒井紘一項目執筆）。

第二章　西鶴の茶の湯文化への造詣

第一節　「しをり」と「しほり」

「しほり〈しをり〉」という語は、俳諧用語として蕉門以来定着している。向井去来の『俳諧問答』（元禄一一・一六九八年刊）における「しほりは趣向・詞・器の哀憐なるを云べからず。しほりと憐なる句は別也。たゞ内に根ざして、外にあらハるゝもの也」[1]という解説に始まり、俳諧におけるその定義は、潁原退蔵氏や能勢朝次氏らの詳しい論考もあるなど、これまでさまざまになされてきている。櫻井武次郎氏はそれを「いずれも〈しほり〉を、作者の内面にかかわる問題と見ておられる点では一致していると思われるのである」[2]とまとめている。以下に尾形仂氏の「しほり」の定義を示す。

俳諧用語。「さび」と併称される蕉風俳諧の美的理念。深い観照と表現への繊細な配慮から生れるしめやかな余情美をいう。……俳論書の表記は「しほり」だが、近世「しほり(湿)」「しをり(萎)」の表記は混用された。前者ならしっとりとした情趣、後者ならなよなよした衰萎の情趣となるが、豊満華麗の対極の美に属する点では大異がない。[3]

この定義を現在の一般的な理解とすることに問題はあるまい。しかし、語源や表記の細かな点については、なお曖昧なままで処理がなされている。実際に芭蕉の俳諧の理念として「しほり」を表現する場合、潁原退蔵氏は「さび・しをり・細み」と表記しているし、河野喜雄氏も「しをり」に「撓り」の字をあて、

以上、「しをり」の語は「しをる」の連用形名詞である。(4)

としているように「しをり」とするのが一般的になっているかのようである。(5)これらは「しを〈萎〉る」に「しほり」の語源を求めているための表記といえる。これに対して、小西甚一氏は厳密な区別を提示する。小西氏は、先の『俳諧問答』などの例からもわかるように、芭蕉の表記としての認識は「しほり」であったのではないかと指摘する。そして、「しほり」の古典作品での用例を検討し、連歌との比較も行い、

このように見てくると、芭蕉の「しほり」は「湿る」意の系統で解するのがいちばん適切だと考えざるをえないが、これは連歌論の用例についても同様である。

というように「王朝的な優艶さ」を基調としながら「しっとりとした趣」を加えたものが「しほり」であると定義する。そして、芭蕉の「しほり」については、

芭蕉の句境が閑寂を中心とすることは、いまさら述べたてるまでもない。つまり生地が閑寂さを基調とするため、それに「しっとりとした趣」が加わったとき、良基や世阿弥とは違った感じになる。言いかえれば、少し陰気になるのであって、それがわざわざ「憐れなる句にあらず」とことわらなくてはならなかった理由だと思われる。

と指摘する。(6)この見解は「しほ(を)り」について論ずるにあたり注目すべきである。なぜならば、中世からの混用がたんに語の表記の問題からだけでなく、語の意味ともかかわりを持つことを指摘しているからである。

この指摘に赤羽学氏は、謡曲や茶の湯伝書の用例などを示し、「凋り」は伝統的「あはれ」の俳諧的表現であ

ると反論し、[7]表章氏も「しをり」に「しほり」が含み込まれていくという見解を示し、[8]小西氏のようにこれらを厳密に区別することに疑問を投げかけている。また、国語学の立場からは、安田章氏がハ行転呼音との関連から論じ、「しほる」と「しぼる」の強い結びつきから「水分」との関わり、つまり、小西氏のいう「しっとりとした趣」が意味として添加されてくるとしている。[9]表記に関しては遠藤邦基氏が「シホルとシヲルは音韻変化の結果、全く同音に発音される」ようになり、「シヲル」「シボル」「シホル」の混用が生れたと認定している。[10]

このように「しほり」は、俳諧用語として蕉門俳諧を中心にさまざまに論じられ、定義づけられてきた。では、芭蕉の俳諧にみられる「しほり」という語は、完全なる芭蕉の独創なのだろうか。「しほり」の概念が中世からの文芸の影響下にあり、そのために概念の定義に幅が生じることは当然であろうが、「しほり」の用いられ方が芭蕉や西鶴の生きた時代と切り離され存在しているなどということはありえないことであろう。とするならば、芭蕉と同時期に俳諧師であった西鶴の作品にも、「しほり」と近い語がみられたとしてもなんら不思議はない。

乾裕幸氏は、「しほらし」をそれにあたる語とし、

私は、連歌のしをれ（下二段自動詞）と蕉風の「しをり」（四段他動詞）とに介在するものとして、貞門・談林のしをらしを指摘したい。連歌のしをれは、このしをらしをくぐり抜けることによって何らかの変容を蒙りつつ、蕉風の「しをり」に流れ込んでいったと推定されるからである。[11]

（傍点は乾氏）

と指摘している。事実、西鶴の俳諧には次のような例がみられる。

『西鶴評点湖水等三吟百韻巻断巻』　延宝年間頃

㋐　風下をふせきおほせてむら鳥の　　湖水　　（二折・裏　一一）

いかりをうつてかゝる波きは　　楽　（二折・裏　一二）
しほらしくあそはし候
『尾陽鳴海俳諧喚続集』　延宝八年か（乾裕幸の指摘あり）
㋑　せん香の店あらたに出したり　　安宣　（三折・表　八）
　人心うつれは替る色唐紙　　業言　（三折・表　九）
しほらしく付けられ候
『西鶴評点政昌等三吟百韻巻』　天和・貞享頃
㋒　白むくや着断に余る袖の雪　　政昌　（初折・表　発）
しほらしき一句に候
㋓　　もつそう飯も余所の夕暮　　不観　（初折・裏・一〇）
侘数寄も絶て難面《つれなき》雨の中　　政昌　（初折・裏・一一）
利休も是をよしとそ
㋔　硯石かすみに流る桂川　　不斎　（名残・表　一）
句からしほらしく候
『西鶴評点山太郎独吟歌仙巻』　元禄四年か
㋕　玉かづら糸瓜や露に乱るらん　　（初折・表　五）
珍重〳〵
　明衣ながらの袖の夕ざれ　　（初折・表　六）

俳作しほらしく候

『西鶴評点歌水艶山両吟歌仙巻』　元禄四年（乾裕幸の指摘あり）

㋖　帰里土産に冬咲梅折りて　艶山　（初折・表　三）

珍重　気の付たる事そかし

常にはならぬ御筆の跡　歌水　（初折・表　四）

しほらしくあそはし候　是四句目ふり也

『江戸点者寄会俳諧』　元禄五年

㋗　硎釘の嫉やふかき花の艶　沾雨　（初折・裏　一三）

あはれ燕のちきりぬすみし　沾徳　（初折・裏　一四）

しをらしくあそはし候

㋘　心の慳疎百千の岩　露言　（二折・裏　六）

やさしくも母虎の子をくはへきて　岩泉　（二折・裏　七）

付替りしをらしくあそはし候(12)

これら㋐から㋘までの例は句の評に用いられた「しほらしい」である。とくに「しほり」か「しをり」かの表記の問題からいえば、管見では『江戸点者寄会俳諧』の㋗㋘の二例のみが西鶴の散文・韻文において「しをり」と表記されている例である。

小西甚一氏の説にならって、表記のうえから「しをり」か「しほり」かを論ずれば、用例の数からして西鶴はおそらく「しほり」であったということになる。ただし、版下との関係もあるので西鶴自身が表記として「しほり」と「しをり」の厳密な使いわけをしたかどうかについては即断はできない。ここでは版下の問題は別として、「しほり」は「しをり」の意味しか持たないのか、ということを軸に考察していきたい。芭蕉の例などからも考えて、表記は「しほり」としているから「しをり」の意味しか持たないという見方に問題があると考えるからである。小西氏らも指摘するように、芭蕉の「しをり」も『去来抄』には、

　十団子も小粒になりぬ秋の風　許六

先師、この句にしほり有と評し給ひしと也。惣じて、寂ビ《ママ》・位・細み・しほりの事は、言語筆頭に応しがたし。只先師の評有る句を上げて語り侍るのみ。他はおしてしらるべし。(13)

として「しほり」と表記され、厳密に区別されていたわけではないようである。西鶴も芭蕉が許六の句の批評の語として「しほり有」と用いたのと同様に、「しほらし」を批評用語としている。そして、芭蕉も西鶴も「しほり」「しほらし」を批評の語としているのは、『風姿花伝』の、

問。常の批判にも、しほれたると申す事あり。いか様なるぞや。

答。これはことにしるすにおよばず。その風情あらはれまじ。さりながら、正しく、しほれたる風体あるものなり。(14)

という伝統を受け継いでいるとも考えられる。

では、西鶴の「しほらし」の評価は、先にあげた句のどのような点に対して与えられたのだろう。前田金五郎氏はこうした批評の「しほらし」を「優美に」「上品に美しく」(15)と解釈している。だが「しほらし」はそれほど単純な批評語なのだろうか。西鶴の場合に芭蕉のように俳論からその評価内容を具体的に明らかにできないとは

いえ、西鶴の「しほらし」の評価を句の表面的な解釈のみで確定するのは危険があると考える。

以下、井原西鶴の散文作品における「しほらし」の語の用例を分析していくことで、西鶴の抱いていたであろう「しほらし」の定義を想定したい。そのさい、連歌から発した「しほらし」が茶の湯の用語に流れこみ、その影響を西鶴が受けているのではないかという点から検討することにした。そのうえで、従来の「しほらし」の意味の枠を超えた「しほらし」の意味のあることの検証を試みようとするものである。それは同時に芭蕉とほぼ同時期に生き、文学活動をした西鶴にも「しほり」に通じる感性を発見することであり、それは、とりもなおさず西鶴らしい表現の発見にも通じると考える。

第二節　「茶の湯」と「しほらし」

西鶴の作品における「しほらし」の例をみると、茶の湯の場面と深く関わりがある例が多い。

『好色一代男』

㋐　巻五の一「後には様つけて呼」（遊女吉野についての描写）

茶はしほらしくたてなし、花を生替、

㋑　巻七の一「其面影は雪むかし」（遊女高橋についての描写）

手前のしほらしさ、千野《ママ》利休も此人に生れ替られしかと疑はれ侍る、

『西鶴諸国ばなし』

㋒　巻五の一「灯挑に朝顔」

奈良の都のひがし町に、しほらしく住みなして、明暮茶の湯に身をなし、興福寺の花の水をくませ、かくれもなき、楽助なり。

『日本永代蔵』

㊎ 巻三の一「煎じやう常とかはる問薬」

今は七十余歳なれば……雪のうちには壺の口を切、水仙の初咲なげ入花のしほらしき事共、いつならひ初られしも見えざりしが、銀さへあれば何事もなる事ぞかし。

㋔ 巻四の四「茶の十徳も一度に皆」（小橋の利助が「ゐびすの朝茶」を売出す場面）

口ひとつを其日過にして才覚男、荷ひ茶屋しほらしく拵へ、

『懐硯』

㋕ 巻四の四「人真似は猿の行水」（妻が可愛がっていた猿が）

それ〳〵にあたりちかき山に行て、薪など柏枯枝・松の落葉、搔き集めてきたり、茶の下をもやし、二人に給仕する躰おかしき中にもしほらしく、

『好色盛衰記』

㋖ 巻一の五「夜の間の売家化物大臣」（水仙の早咲きを口切りの茶事に賃貸しすることにたいして）

堺の乳守にて、太鼓持の湊、塩の甚といへる男、「是は花車事ながら、値段のたかひものなれば、賃とつてかし徳」と申。「しからば女郎にも借賃取たき物なり。……」

『新可笑記』

㋗ 巻二の四「兵法の奥は宮城野」

又茶の湯は、和朝の風俗、人のまじはり、心の花車になるのひとつなり。

『世間胸算用』

㋘ 巻三の四「神さへお目違ひ」

されば泉州堺は、……風俗しとやかに見へて、身の勝手よし。諸道具代々持伝えければ、年わすれの茶の湯振舞、世間へは花車に聞えて、さのみ物の入るにもあらず、

『諸艶大鑑』

㋙ 巻八の三「終には掘ぬき井筒」（遊女井筒の描写）

此里の芋も、名にあふ月見茶碗とて、井筒やさしき手前にて、弥十・桑五・嵐三まじりに、茨木屋の奥座敷にてのもてなし、

『西鶴織留』

㋚ 巻三の二「芸者は人をそしりの種」

茶の湯は道具にたよれば、中〳〵貧者の成がたし。「万事あるにまかせて侘たるをよし」といひ伝へり。是利休の言葉にもせよ、貧家にてはおもしろからず。ことのたりたる宿にして、物好をさびたるかまへにいたせる事ぞかし。

『西鶴名残の友』

㋛ 巻五の六「入歯は花のむかし」

柳に去年の水仙を生まぜて、釣釜のたぎりを聞る楽しみ何かあるべし。此心、詫、数寄をよしといへど、ことたらずしてはたのしみなし。「世を心のまゝなる人の茶事は、不自由なる体に仕かけたるこそよけれ」

と、宇治の上林の法師、俳諧の座にて語られしが、是も尤に思ひあたる事あり。

以上のㄗアからㄗシまで一二例が、西鶴作品で茶の湯に関することを描き、そこになんらかの価値判断をともなう語が入っていると考えられる場面である。茶道具だけの描写や茶を飲んでいるというだけの場面については煩雑を避けて引用しなかった。ㄗカの例については、いわゆる煎じ茶である可能性も高いが、「おかしき中にもしほらしく」とあるから、茶の湯の雰囲気を持つ例として加えておく。

この用例をみていくと、ㄗアからㄗカの六例の「しほらし」が茶の湯とかかわりがあることがわかる。次いでㄗキからㄗケの「花車〈きゃしゃ〉」が続く。西鶴の作品全体でわずか六例しかみられないのに、それで西鶴の「しほらし」と茶の湯との関係を論じてしまってよいかという疑問もあろう。しかし、西鶴の浮世草子作品を二四作品として、「しほらし」が用いられている例は、後であげる三八例とあわせて四四例あり、うち六例が茶の湯との関連で用いられていることを考えると、その数を理由にして、あながち否定的な見方はできないと考える。

たとえば、ㄗオの小橋の利助が「ゑびすの朝茶」の新商売を始める場面で、どうしてその姿が「しほらしく拵」えられなくてはならないのか。この章の文脈からすれば、わざわざ小橋の利助の風体を「しほらしく」する必然性はないに等しい。ㄗアやㄗイのような例と比較すると、この章が「風流」な人のあり様を主題とするわけでもなく、その表現は唐突の感さえある。しかし、この表現には、当時の「茶」に関わる商いで他人の注目を集めようとするとき、その姿は「しほらしく」しなくてはならなかったという前提があったとは考えられないだろうか。「茶」と「しほらし」は、案外、密接なつながりをもって西鶴の表現のなかにあったと考えてみる必要性を示唆するものである。そして、その感覚はけっして特別なものではなく、おそらく当時の人びとにとっても常識的な感覚だったとも推測できる。

そのことは、㋒で奈良の茶の湯者が「しほらしく住みな」す存在として、ことさらに描かれていることからもうかがえる。奈良の名物茶道具を所持した松屋を連想させる「楽助」の住まいのあり様は、「しほらし」く作られていなくてはならなかったのであろう。㋐での吉野と㋑の高橋の茶の湯の「手前」のすばらしさを評価する語にしても、㋙の井筒への「やさしき」という批評の例もみられるが、「しほらし」の方がよく用いられていたのではないかとも推測できる。

「しほらし」に続いて多くみられる「花車」の語については、茶の湯だけと関わっているわけではないようである。たとえば、㋒の用例の直前に「心ある人は歌こそ和国の風俗なれ。何によらず、花車の道こそ一興なれ」とあるように、「風流・風雅」の道全般を称して「花車」と評するととらえられる。茶の湯の批評の語としては「わび」がもっと多く用いられてもよいはずなのに、㋚㋛の二例にとどまっている点については、さらに検討を要するところであろう。

茶の湯と「しほらし」との関わりが深いのではないかということは、『日本国語大辞典　第二版』（小学館）の「しおらし」の用例にあげられている次の例からもわかる。

『東海道名所記』巻六「嶋原」

桔梗の紋は藤江也。あげ屋の内に部屋をかまへ。……知音がたに茶の湯をいだす。床のかけ物ハ。ある時ハ定家の短冊。行成の朗詠のきれに表具をし。虚堂の仮名文。無準のいろは歌。さま〴〵しほらしきかけ物を。客によりて。これをかくる。(16)

「子盗人」『虎寛本狂言』

扨又此茶入の姿形のしほらしさ。是は何を一色取てもいつかどの元手じや。[17]

どちらも茶の湯との関わりが深い用例である。しかも茶の湯における批評語として用いられている。その点で先の「しほらし」の例も共通している。

安楽庵策伝の『醒睡笑』（寛永五・一六二八年奥書）の跋文にも、板倉重宗の子息重郷の茶の湯への早熟を讃える言葉として、

又かこひにて茶をたてゝ給ふたるしほらしさいふはかりなければ[18]

とみられ、永井堂亀友『風流茶人気質』（明和七・一七七〇年刊）巻二の一「気の長いも能加減に座を立つて貰ひたい暮六つ」にも、

数寄屋へ入れ茶の湯を始められけるが、しほらしう茶を点てられ[19]

などとあることからも、茶の湯の賞め言葉として「しほらし」が多く用いられていたことはほぼ確実であろう。「しほり」と茶の湯の関連については、すでに赤羽学氏が芭蕉において指摘している。赤羽氏は芭蕉の「しほり」の根底となる「しほれ」が茶の湯の「しほらし」に原因すると指摘する。[20]

赤羽氏の指摘にもあるように「しほらし」が茶の湯にみられるようになるのは、武野紹鷗（文亀二〜弘治元年／一五〇二〜一五五五）からである。『紹鷗遺文』「又十体之事」に、

一、目聞

茶の湯道具の事は不及申、目にて見る程の物の善悪を見分、人の調る程の物をしほらしく数寄に入て好事、専也。[21]

とあり、この例が、世阿弥の『風姿花伝』における、

薄霧の籬の花の朝じめり秋は夕と誰か言ひけん

色見えで移ろふものは世の中の人の心の花にぞありける

の歌の趣きにたとえられる貴族的な「しほれたる風体」が、やがて連歌の影響を経て、「茶の湯」をきっかけとして近世的な庶民的美へと転換するというのが赤羽氏の主張である。さらに紹鷗は、

数寄の道は只慰みを本意とする事なれば、閑に手前しをらしくきれいにたてなす事専也。能々稽古あるべし。[22]

（「生島宛伝書」――赤羽学論文による）

と「しほらし」を茶の湯の点前の理想的あり方ともしている。

また、村田珠光を継いだ宗珠（生没年未詳）なども「桟敷へ入次第之事」のなかで、

何れも床に絵などかゝり候時も、一度に床のきはへより候へば、しをなく候ゆへ、床のまへのたゝみの上へ二度によりたる事しほらしきよし。[23]

（傍点は堀口氏）

と述べている。これは金春禅鳳『禅鳳雑談』（永正九～一三年／一五一二～一六）に、

一、同（永正九年）十一月十一日、坂東屋に被レ留候。雑談に、うたひはすげなく候てはあしく候。にほひの候て、しほら敷、ぼけやかなるがよく候。さのみきれいすぎ候て、まつしろなるもいやにて候。

一、同年（石塚注：永正一二年）ノ卯月四日ノ夜、禅鳳来臨候て雑談有。水屋神楽見物之由候。舞おさめのあふぎ、さきあがりにてわるく候由候。あふぎ舞さげ候てよく候也。舞おさめがはやくなり候ほどに、しほらしく、よつぽどに舞おさめ候てよく候也。[24]

とあるように、能楽に影響を受けてのことと考えられる。このように赤羽氏の紹介した資料以外でも、茶の湯と「しほり」の関係の深さを示す例がいくつかみられる。

そして、武野紹鷗の「しほらし」が利休の時代にも受け継がれていたことは『山上宗二記』からもわかる。先の「又十体之事」に倣って、彼は「また十体の事」として、

一、目聞き　注にいわく、茶湯の道具の事、申に及ばず。目にてみるほどの物を善悪を見分け、人の誂えるほどの物をしおらしく数寄に入れ、好む事専らなり。目聞きに嫌う事は、むまき物に似たる物をすく目聞きを嫌うなり。(25)

という一項を定めているのである。武野紹鷗の「しほらし」の根底には連歌の影響もあったことは(26)、『山上宗二記』の次の「茶湯者伝」の部分からもうかがえる。

一、古人のいわく、茶湯名人に成りての果ては、道具一種さえ楽しむは、弥《いよいよ》侘び数寄が専らなり。心敬法師、連歌の語にいわく、連歌の仕様は、枯れかしけ寒かれという。この語を紹鷗、茶の湯の果てはかくの如くありたき物を、など常に申さるのよし、辻玄哉、語り伝え候。(27)

『山上宗二記』は当時は写本でしか流布していなかったが、利休の高弟であった山上宗二の存在を考えると、江戸初期にあってもその本はおそらく各方面に流布していたであろうことは充分に考えられる。そのことは『利休茶湯書』巻五に、

一、炭の置きやうの事一ツ有、五徳の所あいしらい習也、……先初心の時ハ大方よこに置にもすぢかへておくにも、いろりの内、炭の筋とをりたるやうにをく《ママ》へし、上のあしらいにてしほらしくなるやうに心もち能なり、是も委く書付がたし。(28)

ともみえ、「しほらし」が茶の湯用語としてある程度定着していたことをうかがうことができる。

利休自身の言葉としては「天正九年野村宗覚宛・天正一三年ハイフキヤ常徳宛伝書」に、

数寄道はりこうになく、ぬるくなく、只取りまはしの奇麗なる様に、たしなむ事肝要也と紹鷗老宣ひ候也。枯木の雪におれたる如く、すね〳〵しく手前の中に、またしほらしきこうをなす事、成りがたき物にて侍り、よくけいこすべし。[29]

とあり、筒井紘一氏が「江戸前期の写本と考えられる本書は、現存する利休伝書のなかでも白眉の書」として紹介している『天正九年紀銘伝書』（一五八一年写）では、

一、数寄の道に手前のきれいなるやうニたしなミ□《（老か）》ノ枯木の雪ニおれたることくすね〳〵敷、手前の中ニ又しほらしき様に難成キもの也、能けいこすへし。[30]

ともみられ、ここからも「しほらし」は利休の茶の湯の道統において、すぐれた茶の湯のあり方を評価する語として存在していたことがわかる。そして、利休自身の美意識に「しほらし」の感覚があったことは、『南方録』「滅後」の、

道具の似合たるがよきと、休、常にの玉へり。休は大男なるゆへ、いかにもしをらしく小形なる物が似合たり。[31]

にも伝えられている。

茶の湯の側から「しほらし」をとらえたとき、どのような意味となるかは、これまでみてきた茶書の用例に対する諸氏の定義を示すことで理解が容易になろう。『紹鷗遺文』の「しほらし」については、西堀一三氏が「その内容は、物の萎れるに似た姿を考えることで、完全にして結構な姿を思うよりも、むしろ吾身を鈍なりと思う心によつている。そうであればこそ更に自らを完成しようという悲願ともなるであろう。その悲願を心にもつている姿がこの『しほらしく』である」[32]と述べている。『利休伝書』については、堀口捨己氏が「共にやさしくつ

つましやかなことで、枯木の雪に折れたごとく、すねすねしい中に、またやさしくつつましやかな効を、茶の手前として、現に表わし出すことであった」[(33)]としている。

実際、西鶴の用例と比較してみても、それらの定義と重なる部分が多い。西鶴も利休の「わび茶」の実現された姿を形容する語として「しほらし」を受けとめていたと考えてもよいのではなかろうか。「唐物荘厳」の時代から脱却し、やがて珠光・紹鷗・利休により示されていった「わび」の茶の湯の世界を形容する語として「しほらし」は用いられた。同様に西鶴も茶の湯の理想的あり方に「しほらし」を用いたのは、おそらく「わび茶」の茶の湯になんらかの理解を持っていたためであろう。西鶴への茶の湯の影響は吉江久彌氏もすでに示唆するところである。[(34)]赤羽学氏の指摘するように「しほり」へいたる前段階として、茶の湯の「しほらし」の影響を考える必要性があることは、西鶴の例をみても明らかなのではなかろうか。

このようにみてくると、「しほり」の語源が「萎る〈しをる〉」にあるとだけ限定するのは無理があるようである。しかし、『古語大辞典』（小学館）などでは、「しほり」の項はとっているものの、「しほらし」の項は立てていない。「しをらし」を動詞「しを(萎)る」の形容詞化」と規定してしまっている。こうした「しほらし」の処理のあり方には、大いに問題があると考える。これまで検討してきたように、「しをらし」と「しほらし」が表記のうえで明確な識別ができない場合、文脈に照らして、どちらの意味で使われているかの検討をしていくべきである。そして、その場合、たんに前後の文脈にとどまらず、表現されている内容の文化的背景にまで目を配らねばなるまい。

茶の湯の場面と関連して「しほらし」が使われている場合に、「遠慮深くて奥ゆかしい。控え目で慎み深い」「風情がある。優美だ」（『古語大辞典』小学館）や「上品な魅力をもつことをいう」（『新編日本古典文学全集』[(35)]）

といった意味で処理してしまって、果たしてよいものだろうか。先の『利休茶湯書』の「いろりの内、炭の筋とをりたるやうにをくへし、上のあしらいにてしほらしくなるやうに心もち能なり」という部分や利休の「枯木の雪におれたる如く、すね〳〵しく手前の中に、またしほらしきこうをなす事、成りがたき物にて侍り」の言葉からも、「しほらし」には控え目ななかにもしっかりとした信念が徹《とお》っているという要件が求められるはずである。

とするならば、㋐で吉野が「茶はしほらしくたてなし」たとしたり、㋑で高橋の点前のようすを「手前のしほらしさ」と誉めたのに対して、㋙の井筒の点前が「やさしき手前」と評されているのも首肯できる。井筒のここでの茶の湯は「茨木屋の奥座敷」で「気の付きたる道具かざり」でなされた「当座発句」をなすような茶の湯であり、「わび茶」を志向したものではなかったからである。さらに、㋙に続く場面で、井筒が世伝に廓を出た事情を「上代やう文」で「此度の首尾の別れ、よしみ迚、申残す、しほらしき届」として書いたことを述べている部分と比較しても、(36) ただ「優美」「上品」といった意味とは異なって使われていたことが指摘できる。㋕の猿が人まねをして懸命に茶を給仕してくれる場面でも、「おかしき中にしほらしく」と表現していることからも、どこか一貫性を持った控え目さを評価する言葉として捉えられていたと考えることが可能となろう。

一貫性を持った控え目さと茶の湯の接点を考えた場合、そこには「わび茶」の姿勢が浮かんでこよう。遊芸としての茶の湯から精神性を求めた茶の湯への転換こそが、「わび茶」の意義である。とするならば、「しほらし」は「わび茶」を体現する人や物への評価として用いられる側面を持つ語であったのではなかろうか。「奥ゆかしい」という意味をさらに深め、「ひたむきなまでの控え目さ」によってかえって導き出される「上品さ・雅やかさ」を持つ人や物への賛辞として、この語は用いられたと推測できる。西堀一三氏も、『南方録』の先の部分を受けて、紹鷗の時代には「社会的関心を離れた人間が『正直につつしみ深くおごらぬ様』をもつことの風態とされた」「しほらし」が、利休にいたって「大なるものの傍に小なるものがある形式に『シホラシ』があるとされる様になつた」[37]と述べ、「しほらし」が茶の湯の取り合せのなかで論じられてくることを指摘している。この「対比」に注目した指摘は示唆深い。なぜなら、西鶴もやはり「対比」を強く意識した「しほらし」の使い方をしていると認められる例が、茶の湯と関わりのない場面でもみられるからである。

第三節　西鶴の「しほらし」

これまで、「しほり」が茶の湯と関連していると判断できる部分を検討するなかで、「しほらし」が「一貫性を持った控え目さ」や「ひたむきなまでの控え目さ」から醸し出される「上品さ・気品」を示す語としてとらえられるのではないかと分析してきた。次に、それをふまえたうえで、西鶴の「しほらし」の表現としての扱われ方の特色を他の用例についても検証することとする。

ここで、西鶴の「しほらし」を考えるために、いま一度「しほらし」の語の意味についての一般的なとらえ方を整理しておく。

まず、前掲『日本国語大辞典　第二版』の「しおらし」の項では、

i　上品で優美な様子である。

ii　ひかえめで従順な様子である。

iii　かわいらしい。可憐である。

iv　けなげな様子である。感心である。殊勝である。相手をみくびって言うこともある。

というように、その意味を分類している。この分類に対しては異論もあろうが、ここでは便宜上この分類を基本

的な意味の枠組みとして提示しておく。

次に、当時の「しほらし」の一般的な意味をさぐるために『日葡辞書』（一六〇三年刊）をみてみる。

「Xiuoraxij」（シヲラシイ）

ちょっと塩気があって味のよいもの。また、比喩、身のこなしや言葉つきなどに愛嬌のある（人）。

（シヲレ・ル・レタ）

しなびる。凋む。またはかわき枯れる。

また、比喩、恐れや悲しみなどのために、元気がなくなってしょんぼりする。(38)

となっており、やや西鶴の「しほらし」を考えるうえでは意味の隔たりがあるようである。ただし、「また、比喩、身のこなしや言葉つきなどに愛嬌のある（人）」の部分については、西鶴の「しほらし」を考えるうえで注目しておきたい。また、貝原好古の『諺草』（元禄一二・一六九九年刊）によると、
塩らし　俗に人のみやびやかなるをしほらしと云。みにくゝいやしきをぶしほと云。

（石塚注：無塩女の故事を引き）

是故事に擬て、日本にも無塩、塩らしなど云俗語あるにや。(39)

となっている。この貝原好古の定義の方が、これまで茶の湯との関連でみてきた西鶴の使用した意味に近いといえ、現在の意味として代表的理解といえる前掲『日本国語大辞典　第二版』の「i」の意味も、この語義の伝統によるものといえよう。

また、西鶴にかぎった「しほらし」の定義としては、杉本つとむ氏の『西鶴語彙管見』に、
しおら・し（形・しほらし）

かわいらしい。ひかえめでつつしみあり、いかにも女らしいようすにいう。[40]

とある。これは現在の「ii」と「iii」の意味につながるものと考えられよう。また、乾裕幸氏は、それは穏順・柔順、或は無技巧、或は上品といったような意味に用いられている。しかも、以上の、しをらしと評された総ての句に共通するものは、この穏順・上品という性格にほかならない。それは露骨・野卑に対立する概念として、物の姿の愛憐を基調としつつ、蕉風俳諧の「しをり」に流れ込んでゆくのである。[41]

と、「しほらし」の俳諧における使われ方をまとめている。これは、先の「i」に「ii」が加わっている意味としてとらえられる。

こうして「しほらし」の意味を整理してみると、およそ二つの系統が認められる。それを確定するためには、真下三郎氏による、「しほらし」は「しほ」に「らし」がついた語であり、その使われ方は遊女評判記を中心に「色気のある愛嬌」を形容する語であったが、のちに「優しさ」にまで意味が拡大し、延宝期を過ぎる頃から次第に使われなくなり、やがて「神妙なり」「可憐である」という意味に変化していったという指摘は有効であろう。[42]

こうした「愛嬌がある」の意味は『日葡辞書』とも重なりあう。もう一方にある「上品さ・優雅さ」は『諺草』の例などから指摘できる。この点については、中村幸彦氏も祇園南海『詩訣』(天明七・一七八七年刊)をとりあげた批評において、

「シホラシイ」即ちみやびの辞のみで作られている。「風」とは……表現は譬喩を用いて、俗事といえども露骨には現わさず、「シホラシサ」を具えている。[43]

と指摘するところである。

では、杉本氏や乾氏の指摘にある「ひかえ目さ・穏順」につながる語の意味はどこから派生してくるのであろうか。そのことを考えるために以下の西鶴の作品の用例を点検してみる。

『好色一代男』

㋐ 巻七の五「諸分の日帳」（和州が客の評判をして）

三月四日は、住吉屋長四郎方へ出候。唐津の庄介様、……昼の内はすみよしの汐干に御行、桜貝・うつせ貝など手づから拾ひて、「あはぬさきから袖ぬらす」と、しほらしき御人にて候。

『好色五人女』

㋑ 巻五の二「もろきは命の鳥さし」

……一かまへの森のうちに、きれいなる殿作りありて、……すこし左のかたに中二階四方を見晴し書物棚しほらしく、爰は不断の学問所とて、是に座をなせば、

（石塚注：前掲『日本国語大辞典　第二版』はｉの用例としてこれをとる）

『男色大鑑』

㋒ 巻七の五「素人絵に悪や金釘」

日も昼にさがり、淡路島に影移るを惜まれ見しに、松影にきて鬢の厚き男立合て、沓の音しほらし。昔日、光源氏住吉詣の時、此浜にてあそばしけるとなり。

『武道伝来記』

㋓ 巻一の二「毒薬は箱入の命」（奥州福島藩の橘山刑部の家での話）

それより家の夜になりて、此御家の作法を覚えたる老女花餅のしほらしく作りなし、上へあげて、下まで祝ひぬ。

『世間胸算用』

㋔　巻三の三「小判は寝姿の夢」（ある貧しい男が妻を奉公に出したところ、人から噂されて）

「……さきの旦那殿が、きれいなる女房をつかふ事がすきじや。ことに此中おはてなされた奥さまに似た所がある。本に、うしろつきのしほらしき所が其まゝ」といへば、

『西鶴名残の友』

㋕　巻一の一「美女に摺小木」（伊賀上野の正道という俳諧師の妻が幻の美女を見咎める場面）

奥座敷をたづねしに、すゞしの蚊屋に朝顔を縫はへ、夏ぶとんは紅ゐの地紋に桐からくさしほらしく、房付の枕にすき髪をうちかけ、年の程四十にあまれる女らうながら、さかりといはゞ今なり、

これら㋐〜㋕の六例は「上品・優雅」の意味として捉えられる例であろう。それに対して以下の例が真下氏の指摘する例に該当すると考えられる。

『好色一代男』

㋖　巻二の六「出家にならねばならず」（江戸の香具売の描写）

十五、六なる少人の、との茶小紋の引かへし、かの子繻子のうしろ帯、中わきざし、印籠・巾着もしほらしく、

㋗ 巻三の七「口舌の事ぶれ」（水戸の本町の遊女の描写）

物の淋しきあしたは御蔵の籾挽とて、やとはるゝ女の有ぞかし。……しほらしき女は大形知音ありて、そこにたよりぬ。

『諸艶大鑑』

㋘ 巻七の三「捨てもとゝ様の鼻筋」

此前、小ざつま、久宝寺の四の二と云男、ふり掛て、俄にお中がいたむとて、しかみ顔、其色もかはらず、いたひ顔つきは見へずして、次第に薄みつちやもしほらしく、唐土の西子が、美なる面影も思ひ合、是、傾国の稀者と詠めしも、うそとおもへば、をそろし。

㋙ 巻七の五「庵さがせば思ひ草」

朝夕の新町よりはと、乳守にさそはれ、……爰の四天王、市橋・小沢が胸の疵も、義理の首尾とてしほらしく、残らずかりて、兎角は夜ともに呑あかして、

『好色五人女』

㋚ 巻三の一「姿の関守」

十五六、七にはなるまじき娘、……さては縁付前かと思ひしに、かね付て眉なし。顔は丸くして見よく、目にりはつ顕れ、耳の付やうしほらしく、手足の指ゆたやかに、皮薄ふ色白く、衣類の着こなし又有べからず。

㋛ 巻三の二「してやられた枕の夢」（茂右衛門がりんの身代わりにおさんをものにする場面）

七つの鐘なりて後、茂右衛門下帯をときかけ、闇がりに忍び、夜着の下にこがれて、裸身をさし込、……

袖の移香しほらしやと、又寝道具を引きせ、さし足して立ちのき、

『好色一代女』

㋜ 巻一の四「淫婦の美形」（遊女の手管として）

其折を得て紋所をほめ、又は髪ゆふたるさま、あるひははやり扇、何にてもしほらしき所に心を付、

㋝ 巻五の二「小歌の伝授女」（一夜を銀六匁で呼べる伝授女についての描写）

されども菓子には手をかけず、盃をあさう持ちならひ、肴も生貝・焼玉子はありながら、にしめ大豆・山椒の皮などはさむは、色町を見たやうにおもはれてしほらしければ、

『男色大鑑』

㋞ 巻一の四「玉章は鱸に通はす」（出雲の増田甚之介が男色の果たし合いに出かけるときの描写）

甚之介装束は、浮世の着おさめとてはなやかに、肌には白き袷に、上は浅黄、紫の腰替りに、五色の糸桜を縫せ銀杏の丸の定紋しほらし、

㋟ 巻六の二「姿は連理の小桜」（上方歌舞伎の名手小桜千之介の描写）

烏足の高木履、其身は紙子にさま〴〵の切接、にくからぬ模様、「此子なればこそ着もすれ、末々の女方着て似合ふまじき」と、はや西二軒目の桟敷より物馴共沙汰し侍る。首に懸たる扣鐘の音迄もしほらしく、

㋠ 巻八の一「声に色ある化物の一ふし」（京の女形藤田皆之丞の描写）

風俗、地衣装の外替りて、黒羽二重に白小袖かさねて、見る事もあかず。一度に肌着も十の数を拵ゆる事、今の勤め子のせぬ事なり。是みな小平次が実ごとなる物ずき、川原の水ぎわ立てしほらし。

㋡ 巻八の三「執念は箱入の男」（上方の若女形竹中吉三郎の描写）

先竹中は、浅黄かへし下着に、中は紅鹿子、うへは鼠じゆすの紋付、白らしやの羽織に小鳥づくしの唐衣の裏を付、八所染の胸紐ときて、白糸の長柄ぬき出し、ひだりのすこし身をひねりて座して、笑へる口もとのゆがむになをしほらし。

㋢ 巻八の五「心を染し香の図誰」
袖嶋市弥・川嶋数馬・桜山林之助・袖岡今政之助・三枝歌仙など、うつくしきがうへに女のごとく紅井の脚布する事、恋をふくみてしほらし。

『好色盛衰記』

㋣ 巻三の四「腹からの帥大臣」
いつぞのほど、江戸の勝山が、「押へます」といひはじめて、呑よし、其後京の三夕が「さはりましよ」といひけるは、更にまたしほらし。それより大坂の大和、「是はすこししめましよ」といへるは、なをまた座興なり。

これら㋖〜㋣の用例は、登場人物の外見を批評した「しほらし」である。とくに『男色大鑑』の例などは、真下氏の指摘にもあった遊女評判記の用語の伝統を継承している例と考えられよう。では、以下の例はどのようにみていくべきだろうか。

『好色一代男』

㋤ 巻三の五「集礼は五匁の外」(寺泊の遊女の描写)

親方七良太夫が内に、新しき薄縁敷し奥の間に、やさしくも屏風引廻して有ける、…女郎は箸をもとらず。上方の事誰がいふて聞しけるぞ、しほらしきと思へば、油火指にてかゝげ、それをすぐに小鬢につけしは笑はれもせず、

㈡ 巻五の三「欲の世中に是は又」（室の津の遊女の描写）

……酔覚しに千年川といふ香炉に、厚割の一木を焼てきかせけるに、こゝろもなく、そこ〳〵に取りあげてまはしける、いとはしたなし。

末座にまだ脇あけの女、さのみかしこ顔もせず、ゆたかに脱懸して、肌帷子の紋所に地蔵をつけて居るこそ、いかさま子細らしく見えける、手前に香炉の廻る時、しめやかに聞とめ、すこし頭をかたぶけ、二、三度も香炉を見かへし、「今おもへば」といふて、しほらしく下にをきぬ。……昔はいかなる者ぞとゆかし。世之介此女の心入をおどろき、様子をきけば、隠れもなき人の御息女なり。

㋦ 巻八の一「らく寝の車」（石清水への参詣の途中、小井田の道橋の詰での九人の遣手のもてなしぶり）

……夜寒のもてなしに、京よりいくつか蒲団もたせて、草の戸の内に置火燵を仕懸、……銀の間鍋《ママ》に名酒の数々、木具ごしらゑの茶漬めし、雁の板焼に赤鰯を置合、しほらしき事どもありて、跡はめい〳〵呑みの色服紗、呑みすての煙草盆、いづれかのこる所もなし。

㋤ 巻八の四「都の姿人形」（長崎丸山遊廓での世之介の感想）

「我京にて三十五両の鶉を焼鳥にして、太夫の肴にせし事も、今此酒宴におどろき、風俗も替りてしほらし」と誉れば、

『諸艶大鑑』

㋨ 巻一の四「心を入て釘付の枕」（薄雪を迎えにきた角助の袖から香のかおりがただよう）

「……むくつけなる下男の、あらいもやらぬ鬢の匂ひ、薄雪さまにきかせましてはと、しほらしき心ざしから、伽羅に身をなし候」と申せば、太夫いとゝ不思議に思ひ、

㋩ 巻八の三「終には掘ぬきの井筒」

上代やう文取出して、「此度の首尾の別れ、よしみ迚、申残す、しほらしき届也。鮫屋・書物屋のある橋筋のにしへ、引取」といへば、

『俳諧女歌仙』

㋪ 一入娘

紀州藤代の女也、所から和歌の浦に心をよせ、書とめし藻塩草、是を聞折にふれて都の句帳にしほらしき作を見せける、

ぶりぶりや神のちからの玉津嶋

㋫ 虎女

富士は江戸よりの蓬萊山、君か代の久しき松のするゑ〴〵迄、けふの春をいはふは女心のしほらしく、幾年か初発句より四季の折〳〵をわすれずつかふまつる。

とし徳のかもしおはすをかさり物

『好色一代女』

㋬ 巻二の二「分里数女」（端女郎の手管として）

女郎寝て、しばしは帯をもとかず、手をたゝきて禿をよび、「其着物お跡へ、むさくとも着ませひ」とい

ふ。しほらしく扇に心をつけ、「此袖笠の公家は、さのゝわたりの雪の夕暮で御ざんすか」などゝ問より、

㋭巻三の四「金紙七髻結」

二月二日に、曙はやく、其御屋形にまかりしに、奥さまは朝湯殿に入らせられ、しばらくあつて自をこぶかき納戸にめさせられ、御目見へいたしけるに、其御年比はいまだ廿にもたり給ふまじ。さりとてはやさしく、御ものごししほらしく、「又世の中にかゝる女﨟もあるものか」と、女ながらうらやましく見とれつるうちに、

（石塚注：前掲杉本つとむ『西鶴語彙管見』は用例としてこれをとる）

㋮巻六の一「暗女は昼の化物」（暗物女の宿の描写）

振り袖は着ども、年は二十四、五ならめ。是程の事はしるべき物をと、ふびんなり。きどくに座敷をいそがぬは四匁が所と思ふにや、しほらし。

『本朝二十不孝』

㋯巻四の三「木陰の袖口」（越前国の榎本万左衛門が妻に先立たれ）

此里、艶しくも、是をいたはり、色々此子の人なる事を申ぬ。折ふし、庄屋の広庭に、女計茶事して集まりしが、此中に似合敷後家有て、いづれも取持、かるぐ〵敷縁組を急ぎぬ。此女房見ぐるしからず、然もしほらしき心底、夫婦の取組悦に非ず。

『男色大鑑』

㋰巻一の四「玉章は鱸に通はす」

……かゝるはげしき場にして、その身は深手もおはず、又ためしもなき若武、いづれも袂を泪になさぬはなし。此寺にて伊兵衛一身の死人を、念比に弔ひしは、猶しほらしきこゝろざしとぞ沙汰せり。

㋱ 巻四の二「身替りに立名も丸袖」（金沢近くの農村で竹嶋左膳と野崎専十郎が）
立ちながら、「二世ぞ」と詞をかため、帰りければ、南請の里の屋に名月をしるもしほらし。塩煎の芋に口欠の徳利、かほりは流石菊といへる山路酒、

『懐硯』

㋲ 巻一の五「人の花散疱瘡の山」（戸塒専九郎が鎌倉で大谷左馬之丞と出会う場面）
其中に色形すぐれ、此生れつき鄙の都は是なるべしと、人の機をうばふ美少年、……左馬之丞見て、「まことに賤しきもの」とあれば、還而しほらしき心底感じ入、返事してそれより深き契約となりぬ。

『武道伝来記』

㋳ 巻三の四「初茸狩は恋草の種」（作州津山の沼菅半之丞の念者として）
其男は、本町二町目能登屋藤内とて、名を得し町六方のかくれなく、……「心底のいさぎよき男、町人にはしほらしき」と思ふ折から、御姿を見初、「一命を、御返事なき先に参らせたる」より、かはゆがらせられ、此三年の念比ぞかし、

『日本永代蔵』

㋴ 巻二の一「世界の借家大将」
座敷に燈かゝやかせ、娘を付置、「露路の戸の鳴時しらせ」と申置しに、此娘、しほらしくかしこまり、灯心を一筋にして、喽《ものもう》の声する時、元のごとくにして勝手に入ける。

『好色盛衰記』

㋵ 巻四の三「情に国を忘れ大臣」（藤屋金吾の描写）

生玉の竝松筋より横ぎれに、里の屋づゞきの塩町を行くに、是はなんともならぬ美形、人に見られたき風情もなく、成程かまはぬあゆみぶり、なをそれが目にとまりぬ、肌に白じゆす、袋ぬいの小袖着て、中にむらさき鹿子の両面、うへに紬の浅黄染に、ともいとの縫紋、こたつに房付まくらふたつならべたる、悪ひほどしほらし。……「京の衆か」と問はせければ、

以上のㅏから㋵までの一八例が、先に示した西鶴頃までの意味分類には該当しない例といえる。そのなかには「しほらし」が容姿の形容から心のあり様の批評へと内面に変化していくという真下三郎氏の説に該当するものもある。㋨の「しほらしき心ざし」や㋫の「女心のしほらしく」というように「心」の批評語として用いられている「しほらし」は、「可憐」の意味につながるものと考えられる。㋤㋨㋩㋪㋬㋭㋮㋯㋰㋴がそれに該当するであろう。また、㋴などは「従順」の例として扱われるべきものであろう。このように整理すると、西鶴の語彙においての「しほらし」は、真下氏の指摘にあった「しほらし」の「色気のある愛嬌」から「可憐さ」への意味の変化の過渡期としての特色がよく表われていることがわかる。

さらに、これらの例をみていくともう一つの特色が目につく。㋤㋥㋧㋪㋱㋲㋳㋵のような、中村幸彦氏の指摘する「京」にたいして「鄙」の「みやび」を表わす場合に「しほらし」が用いられていることである。先に茶の湯との関連から指摘した「しほらし」の意味に通じているともいうべき例である。㋤㋥㋧は「都鄙」を意識していると考えられ、㋲㋳は「貴賤」を意識していると推定できるが、その用い方は西堀一三氏の指摘にもあったように、武野紹鷗の理念が千利休の道具の取り合わせに展開した時、「しほらし」は「対比」という表現によって示されるようになっていく。ここでの西鶴の「しほらし」の例も「対比」を含む傾向があることに注目すべきで

あろう。しかも、その対比関係は、「ひなび」と「みやび」であり、「賤しさ」と「貴さ」となっているのである。たとえば、㈡の『好色一代男』の「欲の世中に是は又」を典型としてとりあげてみよう。ここでは、室の津の遊女と世之介のやりとりを描いている。世之介が、室の津で酔余の座興として香をたくけれども、周囲の遊女の反応はにぶい。せっかくの名香にも、「酔覚しに千年川といふ香炉に、厚割の一木を焼てきかせけるに、こゝろもなく、そこ〳〵に取りあげてまはしける、いとはしたなし」というあり様である。しかし、そんなひなびた遊女のなかにも「末座にまだ脇あけの女、さのみかしこ顔もせず、ゆたかに脱懸して、肌帷子の紋所に地蔵をつけて居るこそ、いかさま子細らしく見えける、手前に香炉の廻る時、しめやかに聞とめ、すこし頭をかたぶけ、二三度も香炉を見かへし、『今おもへば』といふて、しほらしく下にをきぬ」という者が現われる。昔、江戸の吉原の若山にもらったという備後福山の客が薫き込めていたこの名香をきいたことがあるというのである。世之介は、その反応ぶりに驚き、「昔はいかなる者ぞとゆかし。世之介此女の心入をおどろき、様子をきけば、隠れもなき人の御息女なり」という結末になる。

ここでの「しほらし」はどのように機能しているかというと、前半の「鄙」の遊女たちの不風流な反応に比較して、「脇あけの女」の反応がとても丁寧であり風流をわきまえているように世之介にはみえ、それが「しほらし」という評価となっていく。この例などからもわかるように、貝原好古らの定義する「上品でみやびやか」な状況のみを示しているのではないようである。

室の津の風流を解さない遊女たちのなかにあって、都の遊女を思わせるふるまいに西鶴は「しほらし」の評価を与えている。「しほらし」は、こうした「鄙」ではあるけれども「雅び」を体現したような場面に用いられているようである。実際、先の例にあっては、いわゆる京・大坂、すなわち「都」を離れた「鄙」の環境にあって発せられているのである。

それは、㋧の「都の姿人形」の長崎での宴の様子を、

「我京にて、三十五両の鶉を焼鳥にして、太夫の肴にせし事も、今此酒宴におどろき、風俗も替りてしほらし」と誉れば、

とあることや、㋵でも藤屋金吾を描写するなかで「悪ひほどしほらし」としたあとで、「『京の衆か』と問」わせていることなどからもうかがえよう。㋲の「人の花散疱瘡の山」にいたっては、大谷左馬之丞を「此生れつき鄙の都は是なるべし」と評価している。そのうえで「『まことに賤しきもの』とあれば、還而しほらしき心底感じ入」と描いていることからも、「しほらし」の対比がもたらす意味の創出を指摘できよう。

そしてこの例などは、「賤しさ」のなかに「貴さ」を認めた場合にも「しほらし」の評価を用いたこととも結びつく。㋨で薄雪を迎えにきた角助の袖から香のかおりがただよう子細を、遣り手の久米が、薄雪に報告する場面でも、

「……むくつけなる下男の、あらいもやらぬ鬢の匂ひ、薄雪さまにきかせましてはと、しほらしき心ざしから、伽羅に身をなし候」と申せば、

となっていることや、㋲や㋳の例とも使われ方のうえで同様と考えてよいのではなかろうか。

このようにみてくると、どこか不完全さを秘めつつ「雅び」が実践されている状況をみた時「しほらし」の語が発せられているようである。㋦の「らく寝の車」で世之介が石清水への参詣の途中、小井田の道橋の詰で遣手たちが「草の戸の内に、置火燵を仕懸、……銀の間鍋に名酒の数々、木具ごしらゑの茶漬めし、雁の板焼に赤鰯を置合」た様子を「しほらしき事ども」と評価していたり、㋱の「身替りに立名も丸袖」で金沢近くの農村で竹

嶋左膳と野崎専十郎が二世の約束をした後、「南請の里の屋に名月をしるもしほらし」と描かれているのも、茶の湯の場面ではないものの「わび茶」の雰囲気を伝える場面に用いられている「しほらし」に近いといえよう。とくに、㋦については直後の「めい〳〵呑みの色服紗、呑みすての煙草盆」とあるから茶事の雰囲気が強く感じられる。

茶の湯と「しほらし」の検討部分でも述べたように、「しほらし」と「わび」の理念はここでも不可分であるといえる。つまり、「鄙」の環境における「雅び」の実現こそ「わび茶」の実現でもあるからである。そして、江戸初期にあっては、この「わび」の実現ということが、かなり大切にされ、美的空間の成立に多大な影響を与えていたようなのである。

そのことは、たとえば江戸初期の大名の庭園の沿革と比較してもわかる。白幡洋三郎氏は、

初期の大名屋敷の庭園は、茶事を楽しむにしても山中の谷川の水を汲む趣向を取入れたり、山間のわびしい茶屋を舞台として行うような装置だった。……大名屋敷の庭園は山中、山里、あるいは渓流、深山といった表現が頭に浮かんでくるような雰囲気を色濃く備えていた。大名屋敷の庭園は、「わび茶」や「草庵の茶」の観念にしばられていたともいえるだろう。(44)

と指摘する。大名庭園も江戸初期にあっては、現在の私たちの目にする回遊式の庭園ではなく、「わび茶」実現の場として作られていたというのである。

当時のこうした「わび」志向の風潮にあって、それを見事に体現した場合に与えられた評価が「しほらし」であったとすることはできないだろうか。そうすれば先の遊女吉野や高橋の茶の湯の点前を「しほらし」と評したこととも整合する。西鶴は「鄙」の環境のなかに「雅び」やかな風情を失なわないという「わび茶」の理念を実

現した時の美しさを「しほらし」として捉え、その語を用いて批評したのではなかろうか。とするならば、「しほらし」は、たんに「みやびやかさ」への賛辞にとどまるものではなく、より複雑な、語としての意味の広がりを持つものとして見直すことが可能になるであろう。先の例もこの視座から読みなおすとき、「鄙びた所にあるものの、ひたむきな控え目さがあり、それが雅びな感じを醸し出す」とか、「雅びやかさのなかにも一貫した落ち着きがある」といった解釈が可能となる。そして、その解釈はたんに辞書的な意味を融合した解釈を超えるものと考える。なぜなら、それは、西鶴が「対比」の構造を使って表現しようとした、個々の場面の意図をより忠実に読みとることを可能にするものだからである。

第四節　おわりに

芭蕉の俳諧と「しほり」については、先学がさまざまに定義していることは冒頭で述べた通りである。西鶴の散文での用例を検討してくると、批評の語としての「しほらし」は、「わび」の美の実現がなされたとき発せられているようである。そこで、「わび」とは何かが問題となろうが、ここでは数江教一氏の見解を示しておく。

　わびの美が感覚に直接に訴えるものでない以上、先きにもふれたように、その美をつくりだす心の素地のほうが問題になる。その心の素地とは、具体的にいえば、ある限定された色彩のうちに、無限の色彩の多様性を見出しうる力のことであり、同様にある限定された形のうちに、無限の多様性を見出しうる能力のことである。

　わびの美は、ふつう解釈されているように、不完全美などという言葉で呼ばれるべきものではない。不完全な美とはむすびつかない。それはまさしく無限定の美と呼ばれなくてはならないものなのだ。

そうすると、美意識あるいは美の概念としての「わび」は、きわめて主観的な傾向の強いものとなるが、なおそれが主観的な普遍性を主張しようとすれば、「心の下地」という共通の地盤を固めるよりほかはない。(45)
(傍点は数江氏)

これが、まさしく村田珠光が「藁屋に名馬繋ぎたるがよし」(『山上宗二記』)と述べた世界とつながる。「鄙」という限定のなかで無限の「雅び」を感じさせることができる「心の素地」を「わび」としたとき、それが実現されるようすを、西鶴も「しほらし」と評価したと考えられる。

ここで冒頭にかえって、西鶴が「しほらし」と評した句にたちかえってみよう。

『西鶴評点湖水等三吟百韻巻断巻』にある㋐「いかりをうつてかゝる波きは」に対する「しほらしくあそはし候」は、どこに由来するのだろう。『男色大鑑』巻八の一の㋠の「川原の水ぎわ立てしほらし」とも似ている風情である。これは「しっとりとした美しさ」の用例と捉えられるのではなかろうか。また、『西鶴評点政昌等三吟百韻巻』の㋒「白むくや着断に余る袖の雪」の場合の「しほらしき一句に候」は、どう考えるべきだろう。「白無垢」に「白雪」が降りかかり、完全な白銀の世界を作り出そうとするなか、「着断に余る」という中断が限定を生みだし、その「わびしさ」によって醸し出されたる美の世界は、先の数江氏の指摘する「わび」そのものといえよう。㋔「硯石かすみに流る桂川」の「句からしほらしく候」もまた、墨絵のような色彩の控え目さから醸し出された優雅さを讃えているといえる。

また、『西鶴評点山太郎独吟歌仙巻』の㋕「明衣ながらの袖の夕ざれ」への「俳作しほらしく候」の評点は、今回、検討してきた「鄙」のなかでの「雅び」を受けている評といえる。この句が『新古今和歌集』の「駒とめて袖うちはらふ陰もなし佐野の渡りの冬の夕暮れ」(冬六七一、藤原定家)を本としていることは明白であり、らないだろうか。

「明衣・ゆかた」でありながら「雅び」を実現していくようすを、西鶴が「しほらし」と捉えていたことにはな

『西鶴評点歌水艶山両吟歌仙巻』の㋖「常にはならぬ御筆の跡」への「しほらしくあそはし候　是四句目ふり也」の「四句目ぶり」は、乾裕幸氏のいう「無技巧」にあたり、無作為がもたらす情趣を評している。『江戸点者寄会俳諧』での㋗「硎釘の嫉やふかき花の艶」を受けての「あはれ燕のちきりぬすみし」の句と㋘「心の慳疎百千の岩」に続く「やさしくも母虎の子をくはへきて」の句に付けられた「しをらしくあそはし候」の評点の「しをらし」は、「哀憐の情」を中心とした蕉門のそれに近いものと考えられる。

俳諧の評語としての「しほらし」と散文での意味とが必ずしも合致するとはかぎらないので、こうした解釈が確実に成立するかどうか、なお検討の余地があるかもしれない。また西鶴の「しほらし」は、必ずしも蕉門の「しほり」と一致するものではないし、なかには「上品さ」を表現するために深い意味もなく使われているものもある。他に遊女評判記で用いられてきた「色気のある愛嬌がある」の意味として用いられているものもある。さらに、「可憐」「従順」の意味で使われ、やがて「しをり」へと流れこんでいく「しほらし」の場合もある。「ひかえめで従順なようす」という意味での「しほらし」の意味は西鶴の頃から定着し始めていくようである。このように西鶴の時代はまさに「しほらし」の語義の過渡期にあって、西鶴はそうしたなかでむやみに「しほらし」を用いていないことが確認できた。

「上品さ・優雅さ」を示す「しほらし」が「しをり」から由来するのか、「しほり」に由来するのか、厳密に意味の使い分けについては依然吟味する余地があろう。また、西鶴作品では「萎る」と認定できる語についても「しほり」と表記しているので、その解明には今後、版下の検証にまで踏み込んだ検討をしなくてはなるまい。

ただし、今回の検討を通じて、西鶴が「しほらし」を使う場合、単純に「上品である様子」や「可憐な様子」といった使い方ではなく、もっと文化的に背景のある使い方をしていた可能性が高いことが判明したといえる。すなわち、茶の湯の「取り合せ」の賛辞に使われる「しほらし」と同様の傾向がみられるということである。今回の検討から、西鶴にも「わび」という理念の影響があったことの片鱗がみられることがわかった。そして、そこには「鄙」から「雅」を実現しようとする「わび茶」の思想が根底にあったのではないかという問題も提起できたと考える。西鶴が活躍した元禄時代が、折しも利休百年忌を迎えようとしていた「利休回帰」の時代と一致しているのは、奇しき因縁というべきかもしれない。

（1）横沢三郎校注『許六去来　俳諧問答』（岩波書店、一九五四）四七頁。

（2）潁原退蔵「さび・しをり・ほそみ」（一九四三）（『潁原退蔵著作集』一〇巻、中央公論社、一九八〇、五九～八六頁）では、〈そのやうな表現をせずには居れない余情の美が、まづ作者の心に感得されて居たからである。さうした心の誠を勉めた場合、そこにはそれに最も相応した表現がおのづから生れねばならない。而して芭蕉の栞は専らこの場合の表現様相として説かれたのである。……而して所謂心の栞たる余情は、連歌・能楽等の萎れたる風体の美を、その伝統として持つものであつた〉と定義している。

能勢朝次「芭蕉の俳論」（一九四八、『能勢朝次著作集』九巻、思文閣出版、一九八五、一〇五～一三六頁）では、〈「撓る」は物をしなやかにたわめる意であるから、句の姿にしなやかなたわみを持たせる行き方を、しおりと言ったものと見てよいであろう。……私は詩情の流動する流れかたに美しい曲節が生れるところに、しおりの根源があるのだと考えたい〉と定義している。

小宮豊隆（伊地知鐵男ほか編『俳諧大辞典』、明治書院、一九七四、一七八頁）は、〈「しほり」は去来の言うように、趣向・言葉・道具などの哀憐であることをいうのではなく、人間なり自然なりを哀憐をもって眺める心から流露するもの、言わば愛がしほりなのである。……単なるリアリズムだけではなく、それに哀憐もしくは愛の裏打ちが必要であることを、注意したものに外ならないのである。その点では、「物真似」と「幽玄」とを一つものにするのでなければ、能として優秀であるとは言えないと考えていた世阿弥の幽玄と芭蕉のしほりとは、互に脈絡するものをもっている〉とする。

これらの諸説を、櫻井武次郎「しほり」（栗山理一編『日本文学における美の構造』新装版、雄山閣、一九九一、二二五～二三八頁）が整理している。

（3）尾形仂「しほり」（加藤楸邨ほか監修『俳文学大辞典』、角川書店、一九九五）三五〇頁。
尾形仂編『別冊國文学№8　芭蕉必携』（學燈社、一九八〇、六九～七〇頁）には、〈研究史〉として〈「しをり」の語源に関しては、これを「萎」あるいは「撓」とみる通説に対し、「湿」とみる説もあるが、それらはいずれも「しをり」を作者の内面にかかわる問題とみる点で共通している〉とし、〈問題点・展望〉として〈表記の上でも本来「しをり」なのか「しほり」なのか、まだ必ずしも決着をみていない。また蕉風俳論における「しをり」の説の意義については、「姿」や「軽み」の論との相関性について、さらに究明してゆく必要があろう〉と説明がある。

（4）河野喜雄『さび・わび・しをり』（ぺりかん社、一九八二）一三八頁。

（5）関守次男「芭蕉の『しをり』の吟味」（『山口大學文學會誌』5号、一九五四、六九～八四頁）によると〈『しをり』はときに『しほり』とも書かれて、混乱を来たしてゐる。万葉の歌にも出てゐたやうに、古くは『しをり』であつたものが『しほり』と誤用されたのではないかと思ふ〉とある。

（6）小西甚一「『しほり』の説」（『国文学言語と文芸』49号、大修館書店、一九六六）一～九頁。

（7）赤羽学「しほり・ほそみ」（小西甚一編『芭蕉の本』、角川書店、一九七〇）八四～一〇二頁。

（8）表章ほか校注訳『日本古典文学全集　連歌論集・能楽論集・俳諧論集』（小学館、一九八〇）二四九頁。

（9）安田章「ハ行転呼音の周辺――ホの場合――」（『文学』42号、岩波書店、一九七四）九九頁。

（10）遠藤邦基「しをり」（佐藤喜代治編『講座日本の語彙』一〇巻、明治書院、一九八三）一六四頁。

（11）乾裕幸「蕉風的表現論――姿よりしをりに及ぶ――」（『初期俳諧の展開』、桜楓社、一九八二、二一一～二四四頁／初出：『国語国文』昭和三九年七号、京都大学）。

（12）新編西鶴全集編集委員会編『新編西鶴全集』五巻上・下（勉誠出版、二〇〇七）〈「しほらし」「しをらし」の表記については、野間光辰監修『西鶴』（天理図書館、一九六五）の影印によって確認した〉。
(13) 潁原退蔵校訂『去来抄・三冊子・旅寝論』（岩波書店、一九五九）七八頁。
(14) 川瀬一馬校注訳『花伝書（風姿花伝）』（講談社、一九七二）五一頁。
(15) 前田金五郎『西鶴連句注釈』（勉誠出版、二〇〇三）九一三頁。
(16) 横山重監修『近世文芸資料類従　古板地誌編七』（勉誠社、一九七九）三九五頁。
(17) 橋本朝夫編『大蔵虎光本狂言集四』（古典文庫、一九九二、三二八頁）では、「いつかどの物で御座ル」とある〈なお『日本国語大辞典　第二版』（小学館）ではこの用例は省かれている〉。
(18) 武藤禎夫・岡雅彦編『噺本大系』二巻（東京堂、一九七六）二二一頁。
(19) 架蔵本による。字母は「志保らしう」とある。
(20) 注（7）に同じ、八四〜一〇二頁。
(21) 千宗室編『茶道古典全集』三巻（淡交社、一九七七）二七頁。
(22) この伝書は、西堀一三『日本茶道史』（創元社、一九四〇、一四四頁）にもみられる。それによると、〈天文一八年　生島助之丞宛〉とある。
(23) 堀口捨己『利休の茶』（復刻版、鹿島研究所出版会、一九七八）二八六頁〈底本は西堀一三氏所蔵の江戸時代後期写本〉。
(24) 表章・伊藤正義校注『金春古伝書集成』（わんや書店、一九六九）四三二頁。
(25) 熊倉功夫校注『山上宗二記　付茶話指月集』（岩波書店、二〇〇六）九一〜九二頁。
(26) 戸田勝久「侘び茶の成立と連歌」（『武野紹鷗―茶と文藝―』、中央公論美術出版、二〇〇六）にも紹鷗と連歌の深い関係が指摘されている。
(27) 注（25）に同じ、一〇二頁。
(28) 千宗左ほか監修『利休大事典』（淡交社、一九八九）〈底本は今日庵文庫蔵の書肆風月堂版本〉六四〇頁。
(29) 注（23）に同じ、二八〇頁〈「佐久間卜斎宛て伝書」（天正九年／今日庵文庫蔵）（注28、六〇九頁）にも同様の記述がみられることからも、広く利休の言として知られていた可能性が高い〉。

(30) 注(28)に同じ、六〇一頁。
(31) 西山松之助校注『南方録』(岩波書店、一九八六) 二三七頁。
(32) 注(21)に同じ、三一頁。
(33) 注(23)に同じ、二八六頁。
(34) 吉江久彌「『好色一代男』の粋と構想」(『西鶴　人ごころの文学』、和泉書院、一九八八、八四頁) には、〈私は西鶴の「粋」が俳諧以外の芸道、特に茶道の精神に多くを負うている様にも思う。……西鶴が虚構した話中の行為が、『南方録』に見える利休の教えの趣旨にあまりによく通じているからである〉とある。
(35) 宗政五十緒訳注『新編日本古典文学全集　西鶴諸国ばなし』(小学館、一九九六) 一二八頁。
(36) 本文では「『丹波屋の井筒は出たといふか』と、小者にとへば、『……噂計にて、慥成事はしれず。……』といふ。『しらずや、行き所を。さて見せ申すべし』と、上代やうの文取出して、『此度の首尾の別れ、よしみ迚、申残す、しほらしき届也。……』といへば」となっている。
(37) 西堀一三『日本茶道史』(創元社、一九四〇) 一八八頁。
(38) 土井忠生ほか編『邦訳日葡辞書』(岩波書店、一九八〇) 七八四頁。
(39) 益軒会『貝原益軒全集』巻三 (国書刊行会、一九七三) 九一二頁。
(40) 杉本つとむ『西鶴語彙管見』(ひたく書房、一九八二) 二七二頁。
(41) 注(11)に同じ、二四〇頁。
(42) 真下三郎「しほ・しほらし」(『近世文芸稿』17号、広島近世文芸研究会、一九七〇) 一〜七頁。
(43) 中村幸彦「風雅論的文学観」(『中村幸彦著述集』一巻、中央公論社、一九八二) 三五一〜三五二頁。
(44) 白幡洋三郎『大名庭園』(講談社、一九九六) 九一頁。
(45) 数江教一『わび』(塙書房、一九八三) 二六〇頁。

第二部

西鶴作品にみられる茶の湯

第一章　『好色一代男』にみられる茶の湯文化
――巻五の一「後には様つけて呼」・巻七の一「其面影は雪むかし」を中心に――

第一節　はじめに

『好色一代男』巻五の一「後には様つけて呼」は、京都六条三筋町の遊女吉野をめぐる二つの挿話から成り立っている。前半は、「駿河守金綱」という小刀鍛冶の弟子が吉野を見初め、金策のために懸命に小刀を作りながら出会いの機会を待つなか、その話を聞きつけた吉野が「其心入不憫」と、思いを遂げさせてやるという話である。後半は、その密会が原因でとがめられた吉野を、佐野（灰屋）紹益（慶長一五～元禄四年／一六一〇～九一）がモデルとされる世之介(1)が、「それこそ女郎の本意なれ、我見捨てじ」と身請けして妻に迎えたため、一門から絶縁されるものの、吉野のもてなしぶりによって勘当が許され、めでたく祝言となる話である。

また、巻七の一「其面影は雪むかし」は、京都島原の遊女高橋にまつわる雪の朝のにわかの口切りの茶事、世之介との銭をめぐるやりとり、尾張の武士との身の受け取りをめぐるやりとりという三つの挿話から成り立っている。そして、この三つめの話については、先学によって、大坂の天神高橋の話を取り入れていることが明らかにされている(2)。

これらの二章は、これまでの研究でモデルが文献上確認されている。しかし、そのモデルを西鶴がどのように

『好色一代男』において表現したかについての詳細な検討は現在までのところなされていないようである。ここでは、この二章を茶の湯文化とのかかわりを中心として、モデルの実像を西鶴がどのように表現しようとしたかを検討することで西鶴の創作方法の一端を解明していくこととする。

第二節　吉野の描写にみられる西鶴の美意識

巻五の一「後には様つけて呼」については、古くは森銑三氏がとりあげ、(3)暉峻康隆氏も「西鶴は吉野の上に近世的な女性美、人間的価値を凝縮し、世之介をその荷担者もしくは擁護者として登場せしめてゐるのである」(4)とこの章を位置づけ、「前半は情第一という精神美、後半は諸芸に達するという枠の外的条件を、吉野がドラマティックに演ずる」(5)としている。また、西島孜哉氏は「現実的な欲に支配される人心を徹底的に否定して、理想的な粋の論理の世界を、抽象化した主人公を通して描くという創作意識」が典型的に表出した章とし、(6)その前半では主に「西鶴は吉野の情の立場を強調して、吉野の行為を美化し、現実的側面を切り捨てたのである。読者に提出された吉野は、粋の論理による虚像であり、現実の吉野とは全く異なったものであったかもしれない」とし、後半についても「これも話としては面白いが、実際には現実の封建社会、灰屋一門の位置を考えれば不可能に近い話であろう」と、あくまでも「現実的側面」を離れ、西鶴によって純粋化された吉野の物語として、この章を位置づけている。(7)また、藤江峰夫氏なども、後半を「粋」という観点から遊里を描きだそうとしているとの指摘をしている。(8)このように、この章については前半と後半で「情」「粋」といった二つの概念をとりあげ、それにまつわる挿話が並列しているとする読み方が一般的である。それらに対して、筆者も異論はない。ただ、果たしてその二つ挿話が単純に並列されたにすぎないのかという点については検討してみる必要があると考える。そのために、『好色一代男』での吉野の描き方と、他の文献での描き方とを比較し、この章の表現上の特徴についてみていくこととする。

尾張藩の武士であった近松茂矩（元禄八〜安永七年／一六九五〜一七七八）による随筆『昔咄』（元文三・一七三九年序）巻八には、吉野と紹益のことが細かく記されている。(9) 近松茂矩によれば、紹益は「予が祖父としたしく、度々来りぬ。祖父も酒をこのみて共にのみし由」とあり、もしこれが事実だとすれば近松の記述はかなり信憑性が高いといえる。ただし、随筆の筆者が自分に有利に記述を改変することが常識的に起こりうることを考えれば、近松のこの記述を完全な客観的事実として認定するのはやや早計であろう。しかし、森銑三氏の近松は「物堅い律儀な人であった」という指摘もあることから、(10)『好色一代男』以降、比較的近い時期の吉野と紹益に関する記述として注目すべきである。吉野の考証を詳細に行った江馬務氏は、残念ながらこの記述にはふれておらず、森氏がその不備を指摘している。(11)『好色一代男』のきわめて詳細な注釈である前田金五郎氏の『好色一代男全注釈』にも、この『昔咄』の検討はみられない。(12)

『好色一代男』での吉野の描き方には、西鶴の表現上の創意工夫が大いにはたらいていると考えられる。『昔咄』との表現のあり方との比較・検討を進めていくことで、そのことを明らかにしていくこととする。

まず、一門から見限られて絶縁された夫と一門の仲を取り持とうとしたとき、『好色一代男』では、「さもあらば御一門様の御中を私なをし申べし」と吉野が言い切っている点である。『昔咄』のこの部分は、

其家は本阿弥のわかれなりしかば、吉野思案して、去人に父之方へ之《（ママ）》わび事を頼み、わが父より伝へし守り刀を遣ハして、いふべき様もいひふくめてやりし。

……父猶々驚きて、扨はたゞ者にてはなきぞとおもふ心のつきし所へ、彼人段々わび事せしゆへ、父納得し、

勘当免しぬ。

となっている。江馬務氏による『にぎはひ草』（天和二・一六八二年刊）からの考証によれば、紹益の父紹由は寛永一〇（一六三三）年頃に亡くなっているから、藤本箕山（寛永三〜宝永元年／一六二六〜一七〇四）の『色道大鏡』（延宝六・一六七八年序）の記述通りに吉野の退廓が寛永八年八月一〇日であるとすれば、この話はありえない話ではない。ただ刀剣鑑定でも有名であった本阿弥家との連想から「守り刀」の鑑定へと話の展開を即結しているあたりは、やや創作の雰囲気を感じさせる。ただし、湯浅経邦『吉野伝』（文化九・一八一二年序）には、

佐野重孝は、都上立売の人にて、……実は本阿弥光益が男佐野紹由に養はる、重孝はやく妻あり、或人いふ、本阿弥光悦が女なりと、よし野はそれが後にむかふる処なり[13]

とあることから、全面的に否定すべきではないと考える。むしろ、ここで近松茂矩が守り刀の存在をきっかけに吉野と義父紹由との不仲が直るような話の展開にしている点は、西鶴と比較して注目すべきであろう。吉野の血筋の正しさが守り刀の存在によって証明され、吉野の人柄に加味されて勘当が許される契機となったという展開の方が、おそらく武士である筆者の近松茂矩としては、納得できる話の展開であったと推測できるからである。

また、吉野のもっとも現実に近い姿を描いていると考えられる『色道大鏡』におけるこの部分の描写は、

かくして年を過るに、吉野、節あり義あることを夫が一類伝へきゝ、感じて和睦しけり。[14]

となっている。これと比較しても『昔咄』がどこを誇張しているかは明らかである。そして、そのいずれもが『好色一代男』とは異なり、吉野は積極的に不仲を取り持とうとはせず、自然のなりゆきに身を任せているという感が否めないのである。それに対して『好色一代男』の吉野の発言は力強い。「さもあらば御一門様の御中を私なをし申べし」の一言は、会話部分とはいえ、かなり決然とした物言いである。この一言は、不仲の解決をみ

ずからの血筋といった外的な要因に依存することなく、また、自分の誠意がいずれ自然と相手に伝わるだろうというような消極的な発想も否定して、とにかく目前の難問を自分の持てる人間力を最大限に活用してなんとか解決しようとする自信に満ちあふれた吉野の発言として捉えられる。暉峻康隆氏は、このことについて、

原話における吉野はきはめて消極的で、ただその天性の容色と性情によつておのづから一門の認めるところとなつてゐるのであるが、西鶴の吉野はだんぜん積極的である。……しかも天性の美によらず、吉野自身の努力によつてかちえた後天的な教養の数々をもつて、気位の高い一門の女性たちを屈服せしめてゐるのである。身分制度や家族制度によつて個々の人間的価値が抹殺されつつあつた時代になされたこの不敵な人間的価値の主張、しかも先天的な価値を無視してもつぱら現実的な営為によつてかちうる種類の人間的価値を主張し、その勝利をうたふ西鶴の精神の上に、われわれは虹の如く昂揚された上昇期町人の精神をみることができるのである。(15)

との解釈を示されているが、穏当なところであろう。前半の「情」の吉野と後半の「知」の吉野という構図は、この章に確かにみることができるからである。では、こうした二つの吉野の性格を描くにあたり、西鶴はどのような表現上の工夫をしたのだろうか。吉野の持つ二つの性格をめぐる二つの挿話をただ並べただけでは、吉野の本当の姿は読者に伝わってこない。なにか強く印象づける工夫を西鶴は表現のうえで試みているはずである。

まず、吉野が世之介に対して「まづ〳〵『明日吉野は暇とらせて帰し候。今迄の通りに』と、御言葉を下られ、『庭の花桜も盛りなれば、女中方申入度』のよし、触状つかはされけるに」という策まで与えている点は、後半における吉野の性格づけを考えるうえでも重要であろう。吉野がわざと身を引くふりをして不仲を取り持つという展開も、西鶴のある創作意図によってなされていると考えられるからである。

仲直りの宴席への招待については、『昔咄』では「則《すなはち》中直り祝儀のふるまひとて」となっており、『色道大鏡』でも「さらば妻室に対面して、一門の交をなさんと、日をさして」としてあり、双方ともに吉野が策をめぐらす場面は描かれていない。ここからも、吉野の積極性が『好色一代男』において抜きん出て描かれていることがわかる。ひとつ間違えば一門の人々をかえって怒らせてしまい、取り返しのつかない結果にもなりかねない危険を、あえて冒させ、仲直りの宴席を実行に移させるように描くことで、西鶴は吉野の「知」の部分を読者により明確に伝えられる場面作りをしているのではなかろうか。そのことは、宴当日の服装のこととも考え合わせてみると一層よくわかる。

宴の当日、吉野は「浅黄の布子に赤前だれ、置手拭をして」人々の前に登場する。ここは『昔咄』でも「浅黄もめんの単物に赤前垂し、手拭かぶり居しが、摺小木捨て、かけあがり」と同様の服装になっている。ただ『昔咄』の描写は先行の『好色一代男』を念頭においている可能性が否定できないので、ここでは『色道大鏡』の「しほれたる肌着のうへに藍染の木綿の袷をかさね、黒き帯を押《おし》しごきて高くしたり、髪をばつくね兵庫に曲て、腰に白きさらし布をはさみ」の描写と比較検討する方が適切であろう。

このどちらをみても、吉野の描写にはある意図が隠されていることが推測できる。それは、仲直りの席に招かれた灰屋一門の女性たちの服装と吉野の服装とを比較すると、あきらかに吉野が際立ってみえるように描かれているからである。『好色一代男』には一門の女性たちの当日の服装についての具体的な描写はないものの、『昔咄』には「母はじめ一門中之女中三十人ばかりふるまひしに、名高き吉野が衣装にまけじと、我劣らじと美々しくこしらへて、春の事なりしに、庭の花もけおされるほどの色を尽くして入来りし」とその豪華さが描かれている。『色道大鏡』でも、「夫が家に娶る一門の女中、天下無双の吉野といふに初て逢事を恥て、さなぎだにきらを尽すなる輩あらたに綾羅錦繍をたちぬひて、香をたき、翠黛・紅粉こゝをはれとみがき立、彼亭に移る。一家の男女をしなへて座に着たる粧ひ、善尽し美尽せり」と描かれる。『好色一代男』では詳しい服装描写はしていないとはいえ、世之介を紹益と考え合わせた場合、当時の常識をふまえてこの部分を書いた西鶴も、そして読んだ読者も、上流町人である灰屋一門の女性たちが一堂に会する宴席での服装が、吉野のそれと比較して地味であるとは考えられなかったであろう。そのことは『昔咄』の描写から考えてみても十分に理解できる。西鶴のここでの表現の工夫は『色道大鏡』と比較するとわかるように、ひたすら地味に徹せさせるのではなく、「浅黄」に「赤」の色彩の対照を用意したところにあるといえよう。

　吉野が地味な服装、すなわち野間光辰氏のいう「下女端女の風俗[16]」で登場することは、実は、以前にも吉野が用いた趣向であった。そのことは『色道大鏡』巻三の次の部分からわかる。

> 一、傾城の衣裳を客の前へきかへ出る事、両三度迄を許す。帯は二色までを許す。其上は然るべからず。大よせの座などにて度々改る事、初心のいたりなり。六條の時太夫十八人の大寄あり。さなぎだに此時の上職どもは、荘厳常にあたりかゝやく斗《ばかり》なるに、此日はハれの会なりとて、あらたに衣裳を改む。綾羅・錦繍をまとひ、金色ひかり座に充て、偏に安養浄土に異ならず。此日吉野諱徳子上客たりけるが、いまだ出座なし、いかにとゝへば、暁天まで起居給ひしが、いまだしづまりておはすといふ。さらば夢おどろかし申せとて、座中より使をたてしに、目をさまして、はや何も来り給ひつるか、それへまいりなんと、寝所にて手水をこひ、ねみたれ髪にて座に出たり。白綾の肌着に無地なる黒き物を二つかさねきて、紫のくゝし帯をまはし〳〵出つるが、数輩並居たる女郎をこえて座上に着たる躰《てい》、あつと感じられて、しばらく挨拶もしがたかりけるとかや。其座におはしける歴々の御かた、予にかたらせたまひけるまゝ書きつけ侍る。

この話は『吉野伝』にも引かれているものの、これまで『好色一代男』との関連においては、十分な検討がなされてきていない。『好色一代男』では、吉野の服装しか描かれていないことにもよるかもしれないが、吉野の服装のこの場面における役割を考えるうえで、この挿話について今一度考えてみる必要があると考える。吉野が絢爛豪華な遊女たちの前にいたって粗略な服装で現われ、それがかえって他の遊女たちのなかで吉野の美しさを際立たせる結果となったという展開には、『好色一代男』や『昔咄』と相通じる状況設定があると考えられるからである。

つまり、吉野は以前にも当時の人々の常識を逆手にとることによって成功を収めていた。そう考えると、先の世之介に離縁を装わせる発言にせよ、その地味な服装にせよ、すべて西鶴は吉野の心のなかですでに計算がなされていたこととして読ませようとしたと考えられないだろうか。そのことは、『昔咄』には先ほどの服装の描写の後に、

入りくちにのれんかけて有り。腰元其のれんをあげしかば、母まず入りしに、難有ぞんじますと出むかへし有様、髪はすべらかしにして、上着下着至極きれいに、うちかけにて堂上之御簾中と見ゆる有様なりしかば、母おぼへず、扨もうつくしい人じやとしがみつき、三国一のよめじやとうれしがりし。

と、初めとはうってかわり華麗な服装で現われたと伝えることからも推測できよう。また、『色道大鏡』も吉野の地味な服装が功を奏し、

一門の女中、さしもきらめきてかざりしかのこ・縫薄の玉のひかりも、吉野が藍染の粗服にけをされて、たゞ色なくぞ見えわたりける。をの〳〵あつと感じ、つや〳〵返答にだに及ばず。

となったと書いている。これらと比較してみても、西鶴が全盛の遊女をあえて地味な服装で登場させたのは、吉

野が封建社会における廓の論理からすでに超越している姿をわざと示そうとしたためではなかろうか。粗服に包まれた吉野が、かえってその人格を華やかなものとして印象づけられるという好対照がここでは意図されたと考えられる。中嶋隆氏はこの吉野の謙虚さは計算された意図的な行為だとし、「主体的でプロフェッショナルな遊女として描かれた」(17)とする。たしかに意図的であるだろうけれども、のちの高橋の例からもわかる通り、吉野の「しほらしく」茶を点てる姿はまさに「わび」の姿である。この場面では、むしろ華麗さと裏腹の「わび」に身を置いた吉野の姿に焦点が向けられるように計算されていると考えられないだろうか。

第三節　吉野にみられる「わび」

吉野を「わび」の姿で登場させることの意味はどこにあるのか。定家の色紙・大燈の墨蹟といった名だたる名物道具を所蔵していた灰屋一門に、(18)あえて「わび」の趣向で吉野を対抗させた点に大いに意味があると考える。『好色一代男』と同じ天和二（一六八二）年に刊行された佐野（灰屋）紹益の随筆『にぎはひ草』下巻には、八条宮智忠親王（元和六〜寛文二年／一六二〇〜六二）が桂離宮に茶の湯者を招いたときのもてなしぶりとして、

……都のにしに桂とてしろしめす所有、先の宮の御時より、かりの庵たてをかれし、其所しつらひ物せよとて、御みづからもいくそたびわたりましく〳〵て、たくみつかさめして、さまぐ〳〵の亭かく、山を築《つき》、石をたゝみならべ、桂川を分て水せき入らる、花の色、鳥の声、山の木だち、中島のわたりめづらしうみゆ、からめいたる舟つくらせ、おろしはじめ給ふ、みづらゆひたるわらはべ、かぢとりさほさす、らうをめぐる藤の色も、池水にかげうつし、山ぶき岸よりこぼれて、いみじきさかり也と、源氏物語にかきたるを見しだに、いとめづらしく面白きを、其面影にたがへじと、うつしなし給ぬれば、人々めをおどろかし仰ぎ奉りぬ、其

比茶湯かた世にのゝしりもてはやしぬる人をもめして、御かこひの内にめし入て、御ちやもてなし給しに、かしこまりおどろきて、これみな御作意ならんかし、世に又有べきとも覚えず、……[19]

という光景が描かれている。智忠親王と吉野のもてなしぶりを時代の経過を勘案せず安易に比較するには問題があるかもしれないが、ただ、吉野に灰屋一門が期待していたもてなしぶりとは、本来こうした華麗で貴族的な趣向であっただろうことは十分に想像できる。服装と言い、茶の湯の点前と言い、『好色一代男』で描かれた吉野の姿は灰屋一門はもとより当時の読者の期待を大いに裏切ることになったはずである。それは宗政五十緒氏の、

『にぎはひ草』の世界は王朝以来の伝統をもつ都市、京都の堂上文化が地下の町人に及んだ形態で成立した作品であり、これに比べて『一代男』は近世になって新しく形成された都市、大坂の、新興町人が創り出した作品なのである。[20]

という指摘にも通じる。元禄三年の利休百回忌を契機にして利休流が流行してくるまで、京都では金森宗和らの貴族的な茶の湯が中心となっていたことを、曽我部陽子氏らが「京茶湯少もはやり不申候」とある千宗旦（天正六～万治元年／一五七八～一六五八）の書状などから推察している。[21]

西鶴は、前半の「情」に対して後半の「知」を読者により強く訴えるため、貴族的「華麗さ」と町人的「質素さ」という好対照を場面のなかに用意したのである。それは場面中の一門の女性はもとより、当時の読者にとっても「遊女」吉野という先入観からは大きく逸したあり方として受けとめられる吉野像だったはずである。そして、そのように描かれたからこそ、吉野は「遊郭」の論理どころか「封建社会」の論理をも乗り越えた存在になれたのではなかろうか。

『好色一代男』の吉野は実に多芸である。

昔しを今に一ふしをうたへば、きえ入計、琴弾、歌をよみ、茶はしほらしくたてなし、花を生替、土圭を仕懸なをし、娘子達の髪をなで付、碁のお相手になり、笙を吹、無常咄し、内証事、万人さまの気をとる事ぞかし。

と、その突出した多芸ぶりが描かれる。『昔咄』でも、若干の表現の違いはあるものの、その多芸ぶりに注目している。

扨料理を出せしに、他の手にかけず、吉野が手料理にて、きれいさ、あんばいのよさ、いふべき事なし。酒を進め、琴を引き舞をかなでし様、何れもどよみつくふて(ママ)ほめし。暫く過ぎて勝手へ入り少し程ありしゅへ、……其へやの住居のかざり等、甚だ面白き事にて、金銀にて作りし台子かざり置きて、それにて茶をたてゝ出せしに、てまへのしほらしさ、いふもさらなり。

近松茂矩の方はやや筆を抑えて書いている感があるものの、西鶴の方は、かなり誇張して吉野の多芸ぶりを描いている。『昔咄』の、茶の湯の「てまへのしほらしさ、いふもさらなり」と、『好色一代男』の「茶はしほらしくたてなし」との表現の共通性などから、近松茂矩が先行する『好色一代男』を意識して書いた可能性が少しくうかがえる。ただここで興味深いのは、『昔咄』の話の展開が、料理から茶へと進み、地味な服装から華麗な衣装に着替えるなど、茶事の初座と後座の流れに則している点である。この点は茶人でもあった近松茂矩らしい展開のさせ方であるといえよう。

しかし、『色道大鏡』は、吉野の多才さには言及していない。

吉野さしうつふき、涙を流していへるは、さて〳〵ありがたき仰、冥加なきまでにおぼえ候。妾は是、疋夫の家に生れ、幼少より人につかへ、殊更つたなき傾国となりし身なり。なべての妾は、色につきて其一人の寵をうくるといへども、外のいつくしみなくして、胸をいたましむるに堪たり。余、公の御いたはりによつて、是にとゞまるといへども、簾中のさたに及ばず、ひとつとして其心なし。しかあるに、我を今、公の妻室になぞらへさせ給ひ、ゆかりある方におぼさんとや、中〳〵おもひもよらず、自今以後、公の家女としてつかうまつり、御家門の御まじはりにめさせ給はゞ、陪膳をつとめ、御酌につかへまつらんと、倹に演たりし詞の花のにほひあまりて、……

と、吉野が身の上を切々と述べることによって、一門の女性たちを感動させていく展開となっている。これは「知」によらず「情」によって生きる吉野の姿が描かれているとみるべきであろう。

以上のことから、西鶴は吉野をたんに「情」の人にとどまらせることなく、「遊女」を超越した才知あふれる女性として効果的に描こうとしていたことがわかる。『色道大鏡』で描かれた吉野をパロディー化することで、ただおもしろおかしく表現しようとしただけではなかったのである。吉野の「しほらしい」姿の描写には、華麗な灰屋一門に対して、服装など表面では地味に徹していながら、行動などの実質面では多芸さを発揮し、自己の魅力を最大限に表現しようと懸命になっている彼女の姿を読むべきである。西鶴は、その姿をより強く読者に印象づけるために、いくつかの好対照な表現を配置する工夫を用いたのである。ここに西鶴の「趣向」があるといえよう。

野間光辰氏は、

江戸時代は或る意味においては、この趣向（石塚注：案じ・工夫・もくろみ）の時代であつたといへ《（ママ）》よう、趣向は生活の隅々にまで配分せられ、住居・調度・衣服・料理・生花・茶など、すべて趣向あることが喜ばれる。伝統・前例・身分・格式といつたものに順応することによつて維持せられ、しかもその約束の息苦しさから解放せられることを求めてゐた江戸時代の人間、主として町人の生活の中から生み出された知恵・工夫である。何となれば、趣向は独創と新奇をたてまへとするが、しかしそれは、必ずしも形式的に膠着した伝統の陳腐・平凡を否定するものではない。却つて伝統の枠の中から新しい趣向が創り出され、或いは伝統の形式的陳腐・平凡との対比・交錯によつて逆に趣向の独創・新奇の妙が発揮せられるのである。(22)

と「趣向」について定義しているが、西鶴はこの「対比」を巧みに利用して、自己の新味を出したといえるのではなかろうか。

吉野の「情」も「知」も備えた人間としての力量が、家柄という封建的枠組みを超えて灰屋一門に必然的に認められるような展開にするためには、「対比」による表現方法が効果的であると西鶴は考えたのであろう。たとえば、その多芸ぶりを「土圭を仕懸なをし」とまで誇張しているのも、吉野の「ひかえめな」性格を思わせる地味な服装との好対照をねらった一端といえよう。森銑三氏は、

……更にその次に「土圭を仕懸直し」の一句を特に挿入してゐるのが、読む者をしてほほゑましめる。異国よりの渡来品としての置時計が当時どれほど珍しがられてゐたかは、殆ど今日の私等の想像以上であらうが、その時計の手入を吉野自らするといふのがいかにも愉快で、このやうな一句でその人を躍動せしめてゐるなど、さすがは西鶴といつていい、とにかく西鶴は、吉野に就いてのかやうなよい記述を残して置いてくれたのである。(23)

と述べ、吉野の性格を西鶴らしく描いている表現としてやはりこの部分に注目している。『西鶴輪講　好色一代男』でも、林若樹氏が「今で言へばまあラヂオの機械を組み立てる位なことをやつて行ける才女」であることを示すものであるとし、水谷不倒氏も「なんでもやる発明な女だということ」を表すものだとする。(24)女性の身であ

りながら、当時貴重で珍しかった時計の時間調節をいとも簡単にやってのけてしまう吉野の姿は、この「対比」という方法を通して、「才知」あふれる存在として読者に定着していったのではなかろうか。また、ここが森銑三氏のいう「人を躍動」させる描写となっている原因は、この一事が、吉野の多芸のあり方が廓での教養にとどまらず、広く町人社会でも通用し、時には一流町人以上の教養までも身につけていたことを示すからであろう。『色道大鏡』にみられる、ひたすら控え目に自分を卑下し、灰屋一門の許しを乞う吉野の姿勢とは、大きくかけはなれた吉野の姿が、ここに西鶴によって見事に描きだされている。

「吉野独のもてなしに」よって世之介一族、すなわち灰屋一門の勘気は見事とけてしまう。『昔咄』や『色道大鏡』と異なり、『好色一代男』はあくまで吉野個人の「才知」を強調して描いている。『俳諧類舩集』では「遊女」の付合として、「利口」があることから、[25]ここでの吉野の才女ぶりは、たんに「利口」からの連想により設定されたにすぎない可能性もある。それは、たとえば、『昔咄』では季節をただ「春の事なりしに」と設定しているのに対して、『好色一代男』では「庭の花桜も盛りなれば」となっており、西鶴が「吉野の桜」を付合で連想し、場面を設定しているとも推測できるからである。

しかし、遊女吉野の才知を、たんなる付合の問題で処理してはなるまい。西鶴はこれまでみてきたように、明らかに吉野を「知性」に支えられた真に「才知」「才覚」ある女性として意図的に描きだそうとしている。「情」による前半の展開と好対照の「知」による後半の展開に、さらに伝統的世界と新しい世界との「対比」が巧みに加えられることにより、吉野の人間性が断絶することなく描きだされ、さらに広がりを持たされたとみるべきである。文中で吉野を評した「同し女の身にさへ、其おもしろさ限なく、やさしくかしこく、いかなる人の嫁子にもはづかしからず」という言葉は、まさしく吉野のこの豊かな人間性に向けられているといえよう。すなわち、

「かしこさ」が「やさしさ」に対立するのではなく、すみやかに連係しているからこそ、吉野は「遊女」を超えた新しい存在として、一般社会に受け入れられていくのである。そして、西鶴はそのことを表現するために「華麗さ」と「地味さ」、「ひかえめさ」と「多才さ」という好対照を巧みに利用した「趣向」を用いた。とくに吉野を「わび」た「趣向」で描こうとした西鶴の意図は、吉江久彌氏の、

……私は西鶴の「粋」が俳諧以外の芸道、特に茶道の精神に多くを負うている様にも思う。先に見て来た名妓や俳諧の名人たちの、人と場合とに即応する見事な行為——正確に言えばその様に西鶴が虚構した話中の行為が、『南方録』に見える利休の教えの趣旨に余りにもよく通じているからである。(26)

という指摘とも深くかかわっている。「わび」の茶の湯は道具中心の茶の湯から人間中心の茶の湯へという理念で発展していく。もてなしの精神が封建社会を支える格式や規範を超えて人びとを感動させ、行動させることを、西鶴は吉野を通して伝えようとしたのである。

第四節　高橋にみられる「わび」

巻五の一「後は様つけて呼」での表現のあり方は、巻七の一「其面影は雪むかし」の遊女高橋の描写にも通じる。巻五の一は、前半に高橋が島原で初雪の日に催した茶事の様子と高橋の金銀への対し方が、後半で世之介と「尾張の大尽」との間で高橋がもらいを拒み、世之介への恋を貫く挿話が描かれている。この後半の高橋にまつわる挿話は、藤井乙男氏に指摘されて以来、(27)遊女評判記『難波鉦』（西水庵無底居士／延宝八・一六八〇年刊）に紹介されている大坂新町の天神女郎高橋の話をモデルとしているとされている。

身の代　高橋

さぶらい《（ママ）》「近頃言ひ兼たれども、身は田舎物なり。殊には奉公人のことなれば、重ねての首尾なり難い。残り多ふおもやろ。すれども今日は否でも応でもたかはし殿を貰ふ。否か応かをいやれ」おとこ「貰い貰わ《（ママ）》ぬは女郎の作法なれども、いかに御手前侍じやとても、知人でもなふて理不尽に踏み込ふでも貰やる分では、神ぞ首はやるとても、高はしはならぬは」さぶらい「して、ならぬか。八幡大菩薩、是非に貰わねば聞かぬ。なま見られぬ素町人の分として、生け首にへだて銀が望みか」あげや「是は〱何とした事でござんす。左様のことでは私が身代が果てます。ことに恋の道を左様にあらけなふはせぬ事でござります。御堪忍なされて、互いに談合づくで遊ばしませ」おとこ「いかにも侍でも、男子たる物に反うつておどしやるは、堪忍ならぬ。しかしながら揚屋の為が悪い。俺も思ふ子細がある。気狂さうな。構わぬほどに、気遣いしやるな」さぶらい「高はし殿、今日は私が会ひます。さう心得さしやれや、素町人めが。憎い。慮外千万な」高はし「して訳はすみましたか。それならば吾身其方へ言ひ分がござんす、尤首尾なりがたい御身でござんすれば、ことわりながら、今日御目にかゝりますれば、そなたもわが身の客、今の人も客でござんす。勤めの身なれば定まる夫こそはもたね、何れも馴染みの客は、夫婦同然の事でござんす。其方さまも会ふ時はおとこなれど、まだ今日が初めて、一夜も添はぬことでござんす。さすれば今のお人は最早久しい馴染みなれば、夫婦と同じ人でござんすを、いかに吾身に惚さしやんして、会ふて下さるが嬉しきとても、馴染には代へませぬ。其夫を恥かゝせては、我身は堪忍なりませぬ。町人といふて笑はしやれども、この所が悪さに、堪へ難いを堪忍していやります。此上は今の人に代わる吾身相手でござんす。覚悟さしやんせ。男など恥かゝせ、白癩乞丐きかぬ気でござんす。侍何とさうもあるまい、侍畜生奴よ。おのれらが様な物に会う女ではないさ。揚屋嬶さま、吾身は去にます。いとおしや。口惜しかろ。角さまは去なんしたかの。さらばや」あげや「お侍さま、今日が限りでもござんせぬ。まづお帰りなされませ。どふぞ御取持致しましよ」さぶらい「さて〳〵憎いやつじや。しかし高はしは聞及びたほどな、面白い女郎じや。何とぞ取持ちたのむ。まづ今日は無調法して迷惑する。その内参るであらふ。さらばや」(28)

この『難波鉦』の話と「其面影は雪むかし」の後半部の話の展開はほぼ同じである。前田金五郎氏はこの二つを比較して、

この文章によれば（石塚注：『難波鉦』）、高橋の向う意気の強さは、本文の比ではなく、その強い性格が本説話の重点となり、町人の馴染み客は影が薄く、侍のほうが活躍しているが、西鶴は、町人の客すなわち世之介を正面に押し出し、高橋をワキとし、尾張の侍客を小さく扱い、本文を構成したのである。この両章を比較し、その話の筋・用語等を対照すれば、西鶴の換骨奪胎ぶりが明白になろう。(29)

と評している。

では、なぜ大坂新町の遊女高橋の話を京都島原の同名の太夫の話に移して西鶴は書いたのだろうか。おそらくそれは前半の高橋の初雪の茶事とのかかわりにおいてなされたのだろうと推察する。しかも、先の吉野の挿話とも似て、二つの大きな挿話を対照させて巧みにつなげることにより、一人の遊女の人間像を理想的なまでに高めたかたちに仕立てていこうとする西鶴の表現上の工夫が、ここにも読みとれる。

この高橋の初雪の茶事については、従来どのように解釈されてきたのだろうか。たとえば、吉江久彌氏は、

高橋については三つの挿話が描かれている。座敷で茶の湯を催した時の話、金銀に対する見事な態度さばきを見せた話、間夫である世之介に膝枕して投節を歌い、好かぬ客にはふり向きもしなかったという度胸の話、以上であるが、その第一話がかしこさを表わしたものと見られる。即ち白紙の掛物・花なき花筒の用意は客

に応ずる最高の趣向であった。白紙の掛物は五人の客に折からの初雪を前に即興の俳諧の銘々書を所望しよう為、花筒は主客の太夫に勝る花はないという心からで、これこそ茶道の精神に叶う「当流の作意」であり、心のよき働きを示すものと言うべきであろう。(30)（傍点は吉江氏）

というように「かしこさ」の表出としてこの茶事をみているし、こうした「読み」は他にもみられる。(31)しかし、果たしてこの初雪の茶事の趣向は、そのような「かしこさ」のみを演出するためのものであったのだろうか。その点について解明するために、当時行われた茶事と茶書を用いて比較検討してみることとする。

初雪に「俄に壺の口きりて、上林の太夫まじりに、世之介正客にして、喜右衛門方の二階座敷をかこふて」始まった茶会は、当時の茶の湯の作法としてはどのような位置づけができるのだろう。「中立あつての」とあるので、ここでは遊里での客への咽の渇きを癒すための一服のもてなし程度の茶ではなく、明らかに茶事を催している。本来なら茶事とは事前に予定され、招待客を定め、道具も組んで催されるべきものである。それを雪の日に急遽思い立って茶事をしたとする設定には、どのような意図が込められているとみるべきだろうか。

千宗旦の門弟の山田宗徧（寛永四〜宝永五年／一六二七〜一七〇八）による『茶道便蒙抄』巻四の第五「雪中に尋茶を呑事」には、

一、昼夜共に雪降にかぎり何時によらず尋茶をのむべし。(32)

とあり、「炉の火直す事」への同じく宗旦の門弟杉木普斎（寛永五〜宝永三年／一六二八〜一七〇六）の書入れには、宗旦の挿話として、

爰ニ一ツノ物語御座候、北野ニ住ス延命院ト申僧宗旦老ノ門弟ナリ或時口キリノ茶湯ヲソナハリ極月下旬ニ自身宗旦へ被参候間御茶上度トウカヽヒ被申候時宗旦老明朝可参ノ由被申一僧□□抝相伴ハイカヽスヘキヤ

ト被申候折□其座ニ下京ノ衆二人有之候、此両人召ツレ有ルヘシト堅御約束イタシ延命院帰申サレ相応ニ用意有之候、其夜ノ夜中打過ル時分ヨリ雪イミシク降出候ニヨリ若又宗旦老雪ニ乗シ夜中ニ御出有之カト延命院釜ヲシカケ炉路（ママ）ノ事トモトトリツクロヒ石灯籠ニ火ヲトモシ……其時宗旦ハ一代ノ面白キ茶ノ湯ニ逢ヒタルトテ駕籠ニ打乗帰申サレ候[33]

という延命院との雪の日のにわかの口切りの茶の湯が紹介されている。雪の日に茶人が他家に茶の湯に出かけていくことは『茶話指月集』にも、秀吉が雪の夜に京で茶の湯の釜を懸けている者は誰かと利休に尋ね、利休の言葉に従って針屋宗春という茶人を訪れたという挿話が紹介される。[34]つまり、高橋の雪の日のにわかに催された茶事は、けっして茶の湯の本筋をはずれた奇をてらった趣向ではなかった。むしろ、雪の日ににわかに口切りの茶事を催せるのは、かなりの茶の湯巧者であることを示しているのである。

また、「屡しありて勝手より、『久次郎が宇治から唯今帰ました』と申。水こしの僉義あり、さては三の間の水を汲ニやられしと、一入うれしく」という部分も、『南方録』「滅後」に天王寺屋宗及が利休を雪の暁に突然訪問したときの利休の応対ぶりについて、

宗易は紙子に十徳にて迎に出らる、座入の後、名香のすがりをと所望ありて、香炉そのまゝ出さるゝ、主客さしむかい、何かと挨拶の内に、水やのくゞりのあく音したり。易申さるゝは、醒ケ井に水汲につかはしたるが、遅なはりて只今来りたると覚へ候。とてものことに水を改め申すべしとて、釜引あげて勝手へ持入られし。[35]

と書かれているのと比較してみると、その類似に気づかされる。ただし『南方録』の出自を考えた場合、それ自体を西鶴がみて書いているとは考えにくい。ただし、『南方録』がおそらく成立していたであろう元禄期頃には、

この話が利休にまつわる話として茶の湯の愛好者たちの間で広く知られていた可能性は否定できまい[36]。それは『西鶴名残の友』巻五の二「交野の雉子も喰しる客人」にも、

いよ〳〵此客出来だてにて、「さりとては此食の湯、つねていの水でわかしたる物ではなし。逢坂の関の清水か、又は美濃国さめが井の水か、此二色は違はじ」といふ。

という部分がみられることからも推定できる。そう考えると、高橋のやり方はまさしく利休の雪の朝の茶事の面影を感じさせるものであり、後での「千野《ママ》利休も此人に生れ替られしかと疑れ侍る」という西鶴の批評も、この部分があることで活きてくる。

さらに高橋が白紙の掛物を掛け、客たちに連句を所望をしたことも奇抜な趣向だったのだろうか。佐々木三味氏は「俳茶会」と名づけられる茶事が山本荷兮『曠野後集』（元禄六・一六九三年刊）にみられるとしている[37]。実際、『曠野後集』巻一には、

正月六日の暮と約束して、或人の許に誰かれといざなひ行けるが、つねにかはりてこゝろやすからず、路地を開て囲に入りたり。酒などたうべてのち、いろ〳〵の硯の蓋に短尺すへていだしぬ。みれば梅の題にてぞ侍りける。あるじ茶たてる間を立て句を案じぬ。これよりも短尺こひて、題書付てつかはしけるに、あるじ句出来たりけむ、鉦ならしもとの座にいるゝ[38]。

という茶事を組みいれた句会が描かれている。

では、「つかひ捨てのあたらしき道具」で客を迎えた点はどう評価されるべきなのだろう。『草人木』（寛永三・一六二六年刊）「行用」には、

一、利休公のいへるハ、侘の一分にて、所持したる今焼位の道具ハ、道具持の道具に似たるましきなれ共、其

身一分の秘蔵也。其上、何たる道具も、朝夕みればめつらしからす、たまなれは面白き物也。常にか不時かの茶成共、我心に秘蔵の道具ハ出すへからず。あたらしき道具成共、其身一分の重宝ならは、秘して客を請したる時出せは賞翫になる也。(39)

とあり、『細川茶湯之書』には、

一、わびはけつとうをのべず共、料理あんはいと、又、奇麗を専にすへし(40)

ともみられる。そして時代はやや下るが、永井堂亀友『風流茶人気質』（明和七・一七七〇年刊）や根岸鎮衛『耳嚢』（文化六・一八〇九年跋）などにも、乞食の茶の湯の話として、「新しきもの」をそろえて茶を進じて称賛を得た挿話がみられる。時代的には後の例になるので、高橋の例の補強とはなりえないかもしれないが、「新しい」道具を使い茶を点てるという営為が、西鶴当時、茶の湯の一つの風潮として存在していたことは推測にかたくない。この「新しい」道具組が「わび茶」の精神にかなっていたことは、「利休回帰」を提唱した藪内紹智竹心（延宝六〜延享二年／一六七八〜一七四五）の『源流茶話』（享保頃までに成立か）に、

問、風流の道具なくてハ、茶湯の興無之様ニ被存限処ニ、世々の宗匠達、器具を作意し、専ら佗すきをたすけられ候へば、名器なくても数奇ハ成可申候や、

答、古へ奇軸・珍器を賞し、善尽し美尽され候ハ、公侯・貴人・冨貴のまゝなる御数奇にて候へとも、猶、清浄質朴を趣と御賞翫候、それより下つかたハ、境界にしたがひ、或は名器の一種も持、佗すきハなきにまかせられ候、(41)

とあることからも、「わび茶」では道具は身持ちに応じて、むしろ清浄な道具を用いた方が、「わび茶」の精神にかなっていると考えられていたことがうかがえる。

また、「囲に入ば、竹の筒計懸られて、花のいらぬ事不思議に、此心を思ひ合に、けふは太夫様方のつき合、花は是にまさるべきやと、おぼしめさるゝ事にぞ有ける」とあるように、高橋が竹の筒花入れに花を生けなかったことはどう考えるべきだろう。そもそもここで竹の花入れを用いたことは、『南方録』に、

小座敷の花入は、竹の筒、籠・ふくべなどよし。かねの物は、凡、四畳半によし、小座敷にも自然には用らる[42]

とあることからもわかるように、小間の茶の湯を志向したことを暗示する。事実、「めいく書きの五句目迄、こと更に聞事也」とあるように客も五人であった。竹の筒花入れは前田金五郎氏も指摘するように[43]『源流茶話』では利休が始めたとされる。その花入れに高橋が花を生けなかったのはなぜか。これに関しては、杉木普斎の『杉木普斎伝書』(元禄五年瓶子金右衛門宛)に、

雪ニハ花ヲ不入ト申候ヘトモ不苦、勿論、雪ヲ興スル上ハトアレトモ、アマリ心ノツキ過タルハ下手ノ心ナルヘシ。[44]

とあったり『石州三百ヶ条』(元禄頃成立か)第一巻―廿二の、

雪中に花を入さる儀有、紹鷗雪中の茶の湯に花入ハかり置合たる事
雪中ハ雪月花同意なれハ、花ハ入さるなり、[45]

という記事がみられたりする。つまり、『好色一代男』では「花のいらぬ事不思議に」としているが、雪の日の茶事に花が生けられないことは、けっして茶の湯の習いに背くものではなかったのである。麻生磯次氏は、この趣向を「花の活けていない竹の筒を置いたのも太夫らしいいたずらである。お客様はいずれも花のような方であるから必要ない。身分の相違も階級の区別もここにはない」[46]と解説する。しかし「いたずら」であったかという

とそれは疑わしい。高橋は雪の日の「わび茶」の作法を知っていてわざと花を生けなかった。結果的にはそれが世之介の目に「此心を思ひ合に、けふは太夫様方のつき合、花は是にまさるべきやと、おぼしめさるゝ事にぞ有ける」という感慨を与えることにつながったと考えるべきであろう。

このように高橋の雪の日の口切りの茶事の道具のあり方を検討してみると、千家流の「わび茶」の伝統に則《のっと》って描かれていることがわかる。どのような茶の湯が西鶴当時広くなされていたかは、たとえば『日本永代蔵』巻二の三「才覚を笠に着る大黒」に泉州堺出身で諸芸にふけったために乞食となった者が登場し、その諸芸の巧みさを述べる次の場面からうかがい知ることができる。

手は平野仲庵に筆道をゆるされ、茶の湯は金森宗和の流れを汲、詩文は深草の元政に学び、連俳は西山宗因の門下と成、能は小畠の扇を請、鼓は生田与右衛門の手筋、朝に伊藤源吉に道を聞、夕べに飛鳥井殿の御鞠の色を見、昼は玄斎の碁会にまじはり、夜は八橋検校に弾きならひ、一節切は宗三に弟子となりて息づかひ、浄るりは宇治嘉太夫節、踊りは大和屋の甚兵衛に立ならび、女郎狂ひは島原の太夫高橋にもまれ、野郎遊びは鈴木平八をこなし、噪ぎは両色里の太鼓に本透になされ、人間のする程の事、其道の名人に尋ね覚え、

と、当時の諸芸能の一流をならべたてる部分で「茶の湯は金森宗和の流れを汲」とあることから、先の吉野の話でも指摘した通り当時の華やかな社交の場では、千家流の「わび茶」より、その優美さを「姫宗和」とも称された宗和流の茶の湯がもてはやされていたことが推測できる。

そのようななかで、西鶴はなぜ千家流の「わび茶」を基本においた茶事を開いたように描いたのだろうか。高橋に当時の遊里の茶事としておそらく一般的でない「わび茶」による茶事を行わせ、そこに彼女なりの工夫である「行器の菓子器」「三味線の鳴物」などを付け加えることで、「知性」に支えられた遊女高橋の姿がより鮮明に

読者に伝わると考えたためだろう。その本質を「わび茶」においていればこそ、「下に紅梅、上には、白綸子に、三番叟の縫紋、萌黄の薄衣に、紅の唐房をつけ、尾長鳥のちらし形、髪ちご額にして、金の平髷を懸て、其時の風情、天津乙女の妹など丶、是をいふべし」という装束で茶を点てている高橋の姿が、遊里のなかで特に印象深くなるのであり、後入りの「三味線」の鳴り物も活かされてくる。高橋の点前を「手前のしほらしさ、千野《ママ》利休も此人に生れ替られしかと疑れ侍る」と西鶴が評していることからも、千家流の茶の湯が西鶴のなかでは意識されていたことはほぼ間違いない。そして、ここでも吉野の場合と同様に、「わび」と「華麗さ」の対照を西鶴は趣向として考えたにちがいない。

「しほらしい」については、前田金五郎氏は「優美さ」[47]だとしているが、茶の湯ではもっと深い意味を持つ語である。『紹鷗遺文』「又十体之事」に、

一、目聞

茶の湯道具の事は不及申、目にて見る程の物の善悪を見分、人の調る程の物をしほらしく数寄に入て好事、専也。

とあり、西堀一三氏はこの「しほらし」について、『花伝書』『申楽談義』などにも先例があるとし、「その内容は、物の萎れるに似た姿を考えることで、完全にして結構な姿を思うよりも、むしろ吾身を鈍なりと思う心によっている」と解説する。[48]第一部第二章で検討したように「しほらし」は茶の湯の世界で「わび」に通ずる用語であった。西鶴もその点をある程度認知して用いていたと考えられる。[49]

茶の湯の視座から高橋の茶事を改めてみなおした時、そこには「わび茶」と遊女の「華麗さ」の対照という西鶴の作意が潜んでいることが判明した。大坂の遊女高橋を京都の遊女として改変した意図もそうした茶の湯にふ

さわしい場を設定したかったためだったのである。

後半の尾張の武士とのやりとりのみを描くならば、その舞台を京都にするまでもなかった。しかし、前半の茶事の場面を加味した場合、京都島原を舞台にした方が、より高橋の行動力と性格の描写が生きてくるのである。宗和流の華麗な貴族的茶の湯ではなく、千家流の「わび茶」を、華麗な雰囲気の京都島原でやりおおせたところに、高橋の後半に描かれる意地の強さとの連係がみられるからである。しかし、それ以上に貴族的で華麗な島原にあって、「わび茶」の理想形ともいえる趣向の茶事をあっさりとやってのける高橋の教養・見識の高さをここに読ませたかったのかもしれない。「わび」と「華麗さ」の対照が際立つ舞台は、やはり茶の湯の本拠地である京都であると西鶴は考えたのであろう。茶の湯の伝統をふまえつつも独自の感性をそこに加えた高橋の「小才」にとどまらない「知性」を表現するためには、このように改変する必然があったのである。だからこそ、後半の「こころつよき女」高橋の姿とも好対照になるのである。ただ「情」にだけ流されるのではなく、「知性」に裏づけられた強さを持つからこそ、高橋の凛然とした後半の姿も読者に印象づけられるのである。

第五節　おわりに

吉野と高橋という二人の遊女について、西鶴がその存在を効果的に読者に印象づけるために、どのような創作上の工夫をしたかについて検証してきた。読者が持つであろう先入観と自己の趣向を巧みに対比・対照することで、対象をより鮮明なものとして浮かびあがらせる西鶴の筆致をそこに認めることができたと考える。そして、そのことにより、新しい時代にふさわしい二人の遊女像がより効果的に読者に届けられたともいえる。それまでの遊女に求められていた「情」に、「知恵」や「才覚」を自力で発揮し自己実現を成し遂げていく積極的な人間のあり様を付加することで、西鶴は新たな理想的遊女像を浮き彫りにした。このことは、次に展開されていく「町人物」への萌芽とみてもよいだろう。すなわち、「後には様つけて呼」や「其面影は雪むかし」は、たんに吉野や高橋といった個人の人間性にとどまらず、元禄という時代へ向けて求められていった、ひとつの典型的人間像が含まれているともいえるのである。

　西鶴は、モデルたちの活躍の場やその行動の描写を読者に印象づけることが最大限に効果的になるような創作方法として、「対比」「対照」を用いた。ここでは『好色一代男』の二つの章に限定して、その点について詳しく検証したが、他のいくつかの章にもその手法は確認できる。たとえば、巻一の五「尋ねてきく程ちぎり」の「やさしき女」の風情や、巻五の三「欲の世中にこれは又」の「脇あけの女」の応対ぶり、巻六の七「全盛歌書羽織」での世之介と伝七の対比、巻七の二「末社らく遊び」での太鼓持ちたちの洒落ぶり、巻七の七「新町の夕暮島原の曙」における両廓町の対照なども、「対比」「対照」が効果的に取り入れられている部分といえる。

　西鶴作品における「雅」「俗」の対比は、中村幸彦氏を中心にこれまでも指摘されてきた。[50]ここでの検証も、その延長線上にすぎないのではないかという見方もあるだろう。しかし、そうしたパロディ化を前提とした概念の「対比」ではなく、「対比」によって、読者にそこで「対比」「対照」されているものをそれぞれ想起させ、作品世界を効果的に印象づけ、広がりを与える手法を西鶴が用いている点を強調したい。読者が「対比」して読む過程において、作品中の人物や情景により深い解釈を与え、読者自身で作品を読み広げていく可能性を持てるよう工夫されているのである。西鶴が意図した「対比」はその点において成功しているといえる。

（1）　江馬務「灰屋紹益と吉野太夫」（『江馬務著作集』九巻、中央公論社、一九七七、初出は一九二二）九五頁。

（2）谷脇理史・江本裕編『西鶴事典』（おうふう、一九九六）の「出典一覧」によると、石川巌『江戸時代文芸資料』四（名著刊行会、一九一六）・藤井乙男『西鶴名作集』（講談社、一九三五）の指摘がある。
（3）森銑三「置時計」（『森銑三著作集続編』一巻、中央公論社、一九九二、初出年未詳）五七五〜五七九頁、「味噌を擂る吉野」（同前三巻、中央公論社、一九九三、初出一九二八）四四〜五一頁。
（4）暉峻康隆『西鶴　評論と研究・上』（中央公論社、一九四八）一二四頁。
（5）暉峻康隆校注訳『日本古典文学全集　井原西鶴集一』（小学館、一九七一）二〇三頁。
（6）西島孜哉「『好色一代男』の創作意識」（『西鶴と浮世草子』、桜楓社、一九八九／初出：『武庫川国文』28号、一九八六）一四〜一八頁。「上方遊里文学論」（『国文学　解釈と教材研究』一九九三年八月号、学燈社、六九頁）においても、西島氏は〈吉野の行為の基準は「情」であった。吉野は「前代未聞の遊女なり」とされ、「情第一深し」と記されていた。西鶴は吉野の話を「情」の話として創作したのである〉としている。
（7）注（6）「『好色一代男』の創作意識」に同じ、一八頁。
（8）藤江峰夫「町人物の成立と展開」（浅野晃ほか『講座　元禄の文学　元禄文化の開花Ⅰ』、勉誠社、一九九二）二三六頁。
（9）尾崎久弥編『名古屋叢書』二四巻（名古屋市、一九六三）三〇三〜三〇五頁。
（10）注（3）「味噌を擂る吉野」に同じ、五〇頁。
（11）同右、四六頁。
（12）前田金五郎『好色一代男全注釈』下巻（角川書店、一九八一）一二五頁。
（13）森鉄三ほか監修『燕石十種』六巻（中央公論社、一九八〇）にも所収があるが、ここでの底本は、愛知県刈谷市立中央図書館蔵本（神谷三園・嘉永五年写本）を用いた。
（14）野間光辰解題『色道大鏡』下（八木書店、一九七四）一四五一〜一四五九頁〈なお句読点は新版色道大鏡刊行会編『新版色道大鏡』（八木書店、二〇〇六）によった〉。
（15）注（4）に同じ、一二五〜一二六頁。
（16）野間光辰校注『定本西鶴全集』巻一（中央公論社、一九七三）一三四頁。

(17) 中嶋隆『西鶴と元禄メディア』（日本放送協会出版、一九九四）一五九頁。

(18) 注(1)に同じ、七二～七七頁。

(19) 佐野紹益『にぎはひ草』（天和二・一六八二年刊）〈底本は愛知県刈谷市立中央図書館蔵本を用い、句読点などは森鉄三ほか監修『新燕石十種』三巻（中央公論社、一九八〇）によった。また、暉峻康隆「西鶴文芸の場」（『西鶴研究ノート』、中央公論社、一九五三、一一一～一一二頁）では、この部分を引用し、「極盛期王朝の艶を安土桃山時代の利久《（ママ）》にいたつて完成した茶道の簡素美とその技術をもつて処理したところに、近世的性格を指摘することができる」と述べている〉。

(20) 宗政五十緒「『好色一代男』の世界」（注8『講座元禄の文学　元禄文化の開花Ⅰ』）七四頁。

(21) 曽我部陽子・清瀬ふさ『宗旦の手紙』（河原書店、一九九七）二六四頁。

(22) 野間光辰「西鶴五つの方法」（『西鶴新新攷』、中央公論社、一九八一）一二八頁。

(23) 注(3)「置時計」、五七八頁。

(24) 三田村玄龍『西鶴輪講　好色一代男』巻五（春陽堂、一九二八）二〇頁。

(25) 野間光辰鑑修『俳諧類船集　索引付合語篇』（近世文芸叢刊・別巻一、般庵野間光辰先生華甲記念会、一九七五）四八五頁。

(26) 吉江久彌「『好色一代男』の粋と構想」（『西鶴　人ごころの文学』、和泉書院、一九八八）八四頁。

(27) 藤井乙男『評釈江戸文芸叢書一　西鶴名作集』（講談社、一九三五）一六六頁。

(28) 中野三敏校注『難波鉦』（岩波書店、一九九一）二〇三～二〇六頁。

(29) 注(12)に同じ、三一六頁。

(30) 注(26)に同じ、七四頁。

(31) 松田修校注『日本古典集成　好色一代男』（新潮社、一九八二、二〇八頁）には〈「茶席では眼目の懸物に、わざと表装しただけの白紙をかけて、いかにも深意ありげにみせかけた。実はにわかの茶会、何の用意もないのを逆に出したか」とある〉。

(32) 井口海仙ほか編『茶道全集　文献篇』（創元社、一九三六）四六八頁。

(33)　同右、三九一頁。
(34)　熊倉功夫校注『山上宗二記　付茶話指月集』(岩波書店、二〇〇六)一八七頁。
(35)　西山松之助校注『南方録』(岩波書店、一九八六)二二二頁〈なお『茶話指月集』にも「ある時、住吉屋宗無、茶湯に始めの入りに、亭主出て、只今名水到来とて、釜を引き上げ、かつ手へ入る」との記事もみられる〉(注34、一四三頁)。
(36)　千宗左『逢源斎書』(千宗左監修『江岑宗左茶書』、主婦の友社、一九九八、二九頁)にも類話があり、〈天王寺や宗きうへ大仏ノ普請ノ時、大仏こやへ茶之湯に宗易被参候、あかつき参咄被申候所、夜明門をたゝき申候、醒井之水也……〉とある。
(37)　佐々木三味「茶道と俳諧」(井口海仙ほか編『茶道全集　特殊研究篇』、創元社、一九三七)一六四〜一六五頁。
(38)　阿部喜三男ほか校注『古典俳文学大系6　蕉門俳諧集一』(集英社、一九七二)三一六頁〈俳茶会については、矢野夏子「『俳諧茶の湯』の興行の実態」(『茶の湯文化学』4号、茶の湯文化学会、一九九七)にさらに詳しい〉。
(39)　千宗室編『茶道古典全集』三巻(淡交社、一九五六)一八六頁。
(40)　千宗室編『茶道古典全集』一一巻(淡交社、一九五六)二八頁。
(41)　注(39)に同じ、四二七頁。
(42)　注(35)に同じ、二一頁。
(43)　注(12)に同じ、三二一頁。
(44)　千宗室編『茶道古典全集』一〇巻(淡交社、一九五六)一七六頁。
(45)　注(40)に同じ、一五九頁。
(46)　麻生磯次「西鶴の描いた茶会」(『淡交』一九五五年八月号、淡交社)二〇〜二三頁。
(47)　注(12)に同じ、三二三頁。
(48)　注(39)に同じ、三一頁。
(49)　本書第一部第二章の「しほらし」の定義を参照のこと(七九頁)。
(50)　中村幸彦「近世文学の特徴」(『中村幸彦著作集』五巻、中央公論社、一九八二)七〜二二頁。

第二章　『西鶴諸国ばなし』と茶の湯——巻五の一「灯挑に朝顔」に何を読むか——

第一節　はじめに

『西鶴諸国ばなし』（貞享二・一六八五年正月刊）についての研究史は、有働裕氏により精細にまとめられている。(1) 有働氏はそのなかで、たとえば『西鶴事典』解説（江本裕氏）に「本書三五話はその殆どの素材源が判明しており、典拠との比較によって、西鶴の小説作法（咄の方法）の原型をかなりはっきり知ることができる」(2) とあるような「典拠探しに重点を置いていた」従来の研究からの脱却を提言し、そのための課題として、

i　その典拠や素材に対して、作者がどう向き合っているのか、という点の追究が十分になされていない。

ii　典拠の側からの作品の論断や西鶴の創作意識の性急な追究の陰で、見落とされてきた記述はありはしないか。

という二点をあげている。

この視座をふまえたとき『西鶴諸国ばなし』巻五の一「灯挑に朝顔」では、そこに何を読むべきであろうか。『西鶴諸国ばなし』の目録には、題名の下にその章の主題にあたるような語句が添えられている。たとえば、巻一の一は「公事は破ずに勝／奈良の寺中にありし事／知恵」とあり、「知恵」によって東大寺と興福寺の争いを

奉行が解決した話が描かれていることを示唆している。巻五の一には「灯挑に朝顔／大和国春日の里にありし事／茶湯」とあり、この章が「茶の湯」に主題を置いて書かれたことは明らかである。

この章についてのこれまでの研究には、藤井隆「西鶴諸国ばなし小考」(3)・宗政五十緒「『西鶴諸国ばなし』の成立」(4)・佐藤悟「『灯挑に朝顔』の構造」(5)の三氏による論文が知られている。いずれの論も、この章を、(A)導入部・(B)「奈良のひかし町の楽助と呼ばれた茶人の朝顔の茶事」・(C)「むかしの巧者の八重葎の古歌を趣向とした茶事」・(D)「ある人の天の原の歌を趣向とした唐の茶湯」の四つに分けて論を展開している。

藤井隆氏は新井君美編『老談一言記』をもとに、後の二つの話を「小倉色紙」にまつわる武野紹鷗に関するものだと指摘し、「それを西鶴らしく簡潔に(人名等を全く略して)作品の中へ織り込んだ」としている。宗政五十緒氏は導入部以外の三つの話について、山科道安『槐記』(享保九・一七二四年序)や江村専斎『老人雑話』(伊藤担庵筆記、江戸初期)を典拠とした松屋甚十郎・武野紹鷗・千利休という著名な三人の茶人にまつわる話であるとし、さらに時間的空間も朝・昼・夜と対応させてあり、綿密に構成された「複雑な構成の『はなし』へと彫琢された」章であることを指摘する。また佐藤悟氏は、千宗左(逢源斎)の『江岑夏書』(寛文三・一六六三年頃)などの茶書を引用しつつ、「天の原ふりさけ見れは春日なる」「八重むぐらしけれる宿さびしきに」「来ぬ人をまつほの浦の夕なぎに」という千利休とかかわりの深い「小倉色紙」の三首を中心に作られた章であり、「来ぬ人を」の一首にあえて触れなかったのは、「俳諧における『ぬけ』的な趣向」であると指摘している。

こうした先行研究に対して、この章は、茶の湯の「今」と「むかし」の対照を明確にしたもので、「今の巧者」と称される「楽助」の客の出方に真っ向からぶつかっていく亭主ぶりと「昔の巧者」のさりげない亭主ぶり、また、亭主の皮肉の趣向が見抜けぬ「今の客ぶり」と亭主の作為を見事に見抜く「昔の客ぶり」、主客の「心ひとつ」の実現しない「今」と主客が無言のなかにも見事に「心ひとつ」の交流が果たせた「昔」の茶の湯のありようが、対照的に読みとれる構成になっていると読むべきであり、（B）と（C）（D）の二つに分けられているとすべきであると考える。(6) また、そのように読むことが、有働裕氏が提言した「原話や典拠探しから脱却した読み」につながるのではなかろうか。

第二節　「灯挑に朝顔」の導入部と茶の湯伝書

「灯挑に朝顔」の冒頭、

野は菊・萩咲て、秋のけしき程、しめやかにおもしろき事はなし。心ある人は歌こそ和国の風俗なれ。何によらず、花車の道こそ一興なれ。

という部分を（A）導入部とすることに文脈から異論はない。ただし、和歌と茶の湯の隣接性を考えたとき、この部分から即座に「和歌」のことが想起されるとし、この章を「和歌」の掛け物にまつわる話として、宗政五十緒氏らのように和歌にのみ重点を置いて論を進めるには問題があると考える。(7) この導入部分は、これまで「朝顔の茶の湯」の挿話をたんなる茶の湯巧者の話の引き立て役としてとらえられ、そこにあまり重きを置いて読むべきではないとする論の根拠として用いられてきた。実際、宗政氏は、「それに直接する（B）説話（石塚注：朝顔の茶の湯）には和歌についての叙述はない。右の部分は（B）説話に関する限り、そこに置かれるべき構成上の必然性はないはずである。これはむしろ（C）（D）の説話のための伏線として、ないしは襯染として、まくらに打っておいた句と見るべきであろう」(8) と述べていることからもわかる。つまりは、この導入部の書きぶりでは、この章の主眼は後半の茶の湯巧者の話であり、いわゆる（B）説話の部分に関しては、「花車の道」からの連想で導かれたに過ぎず、それをさほど重視して読む必要がないとするのである。

しかし、たとえば次の『利休茶湯書』巻四の冒頭の一節をみてみると、あながちそうともいえないことがわかる。

……先茶湯者になりたくおもひ候は、其身すなをにして花実ある事をたしなむへし、惣して人たる人は実にてもすます、花はかりにてもすまぬ也、ことに茶湯は風流を専にしたるものなれは、言の葉のやさしき道をもしらすしては無下にいやしとおもわる（ママ）ゝものなり、京のれき〳〵の方にて茶湯の師をする人、茶湯に参りける時に、定家の掛物を殊に掛られける其歌に

夕立に袖もしほゝのかり衣かへうつりゆく遠方の雲

と有掛物なり、それを一覧仕、扨〳〵見事成御かけ物かな、ことに定家卿の御筆と申歌も面白き御歌なり、袖もしほゝのかり衣、海辺の景気見るやうに被遊候歌にて候へば、一しほ御重宝候へとくり返し〳〵被申ける、其内に和歌の道しりたる人ありて、扨々おかしき事かな、此袖もしほゝのかり衣をうしほにてぬれたる景気と思ハれけるとすいりやうして、そのゝち有所にて先日の歌のかけ物、歌の心いかふ御かんし被成候か、私体ハ何とも合点まいらさる歌にて御入候と申候へハ、いかにも海辺夕立なとゝいふへき歌とも被申候、いよ〳〵おかしかりける名高き茶湯者東山殿はしめて遠州公まて歌道のなきハ一人もなし、古田織部殿歌ハたては見申さす候へとも、大坂にて片桐市正殿へ茶湯の時、椿進られける狂歌ニ

未明より召よせらるゝお茶湯のたま〳〵椿まいらするなり

か程の狂歌もたゝにてはならぬ事なり(9)

このように茶の湯者が「歌道」に明るいことは、元禄以前にも茶人であるための必須条件として求められてい

たのである。『山上宗二記』別本奥書（皆川山城守宛、故酒井巌氏蔵本／天正一八・一五九〇年）にも、

コビタ　タケタ　侘タ　愁タ　ドウケタ

花ヤカニ　物知　作者　花車ニ　ツヨク

右十ケ条ノ内、能以得タル仁ヲ上手ト云。但、□五ケ条ハ悪シ。業初心ト如何、密伝。(10)

とあり、この「花車」については「華奢」と解せられる一方で、東京大学附属図書館蔵本では「こびた　たけた　侘た　愁た　ひえた　とうけた　花やかに　物知　作者　花車につよく(11)」と表記されていることから、この「花車」は「花車事」「花車道」として考えられていた可能性もあり、『西鶴諸国ばなし』の「花車の道」と同じであるという解釈も成り立ってくる。

さらに桑田忠親氏は同書の「茶湯者覚悟十体」の、

一、茶湯者ハ無能ナルガ一能也。紹鷗ノ弟子ドモニ云ハレシハ、人間ハ六十定命ト云トモ、身ノ盛ナル事二十年。不断茶湯ニ身ヲ染ルサヘ、何ノ道ニモ上手無シ。芸ニ心ヲカケバ皆々下手ナルベシ。但、書ト文学ハ心ニカクベシ、トモ云ハレシ也。

を引用し、但し書きに「書」と「文学」への造詣が加えられていることについて、

一、紹鷗三十年まで連歌師也。三条逍遙院殿『詠歌大概』之序を聞き、茶の湯分別し名人になられたり。是を密伝にす。印可の弟子に伝えらるゝ也。

との同書の記述を根拠に「紹鷗が特に三条西実隆に学んだ文学者であった関係であろう(12)」と指摘している。『山上宗二記』には、このほかに、

一、紹鷗定家色紙。今井宗久にあり。月下絵にあり。安部仲丸が天の原の歌なり。宗及色紙、葎下絵にあり。

恵慶法師が八重葎の歌なり。(13)

ともみられ、(C)(D)の説話との一致が指摘できる。西鶴が『山上宗二記』を直接に閲覧していたかどうか不明であるが、この記述の重なり方は「灯挑に朝顔」の章にその影響の可能性が少なからずあることを示唆するものであると考える。

茶の湯の教えに文学を重ねている例としては、この他に『石州三百ヶ条』第二巻―二にも、

茶湯ハ仏法幷歌道を兼たる由申伝候、詠歌大概に情以新為先、詞以旧可用と有、茶道ハ仏道・歌道かねたる物なり、新為先、詞以旧可用と定家卿かゝれ候ごとく、道具ハ以旧時の組合せハミな情を新敷するをよしとす、よく茶湯に叶候とて、紹鷗、定家卿を賞美して、定家の色紙を用候なり、……(14)

とみられたり、『遠州流茶書』に「数寄も歌道も同前にて候。古を以て心新きの本意候」(15)とあることから、茶の湯を和歌の道から説くことは、けっして特異な表現ではなかったことがうかがえる。

こうして茶の湯の伝書を閲したとき、茶の湯と和歌は時に一体化したものとして認識されていたと考えられ、導入部で和歌のことが先に説かれているからといって、この章が後半の和歌の掛け物にまつわる(C)(D)の説話に焦点が当てられて書かれている章であるとは即断できないことが判明してくる。

むしろ、導入部分が先の『利休茶湯書』のような茶の湯の伝書の記述に似せ、わざと高尚に書き出している感もあるのは、その高尚さと次の(B)説話「朝顔の茶の湯」の話の滑稽さとの落差が醸し出す「おかしさ」を企図したと考えるべきではなかろうか。

第三節　朝顔の茶の湯と「灯挑に朝顔」

「朝顔の茶の湯」は、『茶話指月集』には次のように紹介されている。

宗易、庭に牽牛の花みごとにさきたるよし、太閤へ申し上ぐる人あり。さらば御覧ぜんとて、朝の茶湯に渡御ありしに、朝がお庭に一枝もなし、尤も無興におぼしめす。さて、小座敷へ御入りあれば、色あざやかなる一輪床にいけたり。太閤をはじめ、召しつれられし人々、目さむる心ちし給い、はなはだ御褒美にあずかる。是を世に、利休あさがおの茶湯と申し伝う、

附り

かように咲きたる花を皆はらい捨て、一輪床にいけて、人をおもしろがらするは、休が本意にあらず、いかが、という説あれども、朝がおを興にて茶湯つこうまつれ、と仰せらるるうえは、一輪床にいけたるが、休が物ずきのすぐれたる所なり。その後、遠州公のころより、露地に花をうえられず。是も茶湯の花を一段賞翫の義なり。(16)

この記事から、「朝顔の茶の湯」が元禄期以前に茶の湯の一つの形式として、おそらくはすでに存在していたと想定できる。前田金五郎氏によると、鍋島直条『楓国叢談』（天和二・一六六二年序）のなかにもこの挿話がみられるという。(17)湯川制氏は「朝顔の伝」(18)において「朝顔の茶の湯」について茶会の記録なども含めて調査し、その存在を確認している。『(針屋)宗春翁茶湯聞書』（慶長五・一六〇〇年奥書）にも、「春の数寄」「夏の数寄」「秋の数寄」「冬行きの数寄」と並んで、

一、朝顔の数寄、客入候時、墨跡なし、花計を入候。中立の後、花を取、墨跡を掛候。座敷半に成共、朝顔し

ぼみたらば、其儘取入候。朝顔の数寄は客もはやく参候也。(19)

とあり、「朝顔の茶の湯」は、じつはかなり早い時期から茶事として特化されていたと推定できる。

西鶴の作品でも、『西鶴織留』巻五の四「具足甲も質種」に、

都につゞく伏見の里、通り筋の外今の淋しさ、殊更秋は物あはれに、垣根に咲たる朝顔の茶の湯の沙汰も絶て、手釣瓶の縄をたぐり捨てかけたり。

とあったり、『好色五人女』巻二の三「京の水もらさぬ中忍びてあひ釘」の冒頭に、

「朝顔のさかり、朝詠はひとしほ涼しさも」と、宵より奥さまのおゝせられて、家居はなれしうらの垣ねに腰掛をならべ、花氈しかせ……

とみられたり、『好色一代男』巻一の五「尋ねてきく程ちぎり」にも伏見の遊女の父である源八が山科で昔気質に暮らしている描写に「柴のあみ戸に朝顔いとやさしく作りなし」とあるなど、西鶴作品において朝顔の花が秋(夏)の花のなかでも「風流な存在」として認知されていたことがわかる。

当時の「朝顔の茶の湯」の実際を知るのには、先に示した『利休茶湯書』巻五の、

一、朝かほの茶湯の事、はしめ花を生、後にかけ物かくる事也、朝顔を明日生んとおもふ宵より切候て生置候へはさかろくにいなをる物なり、それを生るなり(20)

という記事や、遠藤元閑『茶之湯六宗匠伝記』(元禄一五・一七〇二年刊)四之巻(古田織部伝書)の、

一、花は分て朝顔を賞翫する也。朝がほはいつも心よく咲花をみれは咲べき花は宵からしれ候。それとは翌日さく花は宵より大にふくれつぼみ有、其所を見たて花々能所へ付てつる時に切べし。然ば翌日花咲申候。夜の内は北の方の水沢山なる方に水の中へ花もつるもずぶと付おけは翌日つるも直り心よく咲物也。朝の茶湯

の明六つにおきて拵床に花生をなをし置て花を生れば、六つ半時分花さく也。其にてむかひに中くゞりへ出也。客も用意をして出るとき、てい主むかひに出らるゝと早々数寄屋へ可入、扨床に向ひ花を見れば、花心能さきてあり、さて客見物して大目へ往也。次第〳〵に座へ付てい主ふくべ持出炭せらるゝ也。見物してすみをほめ、花の事よくほめて、料理すみ、中立をする時はいつも名残花見れ共、此花は名残り見る事なし。手水に立也。是を客振の大事習とする也。となり座敷に入也。其より常習事なし。是朝顔の大事也。(21)

といった記事が参考となる。また、こうした「朝顔の茶の湯」がやがて形式化されてしまった実態を示すものとしては、『源流茶話』の次の記事があげられる。

問　或茶人朝顔の茶湯とて秘事の由申され候。左様に候や。

答、世に朝かほの茶湯と申由来ハ、古へ秀吉公、利休カ露地に、朝かをの見事に咲きたる由聞し召れ、朝会渡御なりしに、一葉もなく払い捨てげり、扨、御入有しに、床の下地窓にさもうるハしき花一輪、つるおかしくあしらひたり。公上覧有て、花の専すぐれ思召由御感浅からざりしより申ならハし候。朝顔は花の体、暫時におとろへ候へハ、朝会の初座ニ生、中起後ニ懸物をかくる、是外つるの習の外に、秘事と申儀は不承候、世に香炉の茶湯なとゝて、名目付られ候も、此たくひにて、皆初心の人の申事ニて候、但シ細川三斎翁、朝会にあさかほの花御生有、会膳の前に給仕して、花を御ひかせ候、有人、其故を御伺申れしに、

よしさらハ散迄ハ見し山さくら花のさかりを面影にして

此心と伝られしとなり、ケ様の事を伝へられしにや、無覚束被存候。(22)

このように「朝顔の茶の湯」といっても、通常は初座に掛物を掛けるところを、朝顔の花を生けておくという程度の違いしかなかったようである。それを茶人たちの間では「秘事」として権威づけ、さも特殊で複雑な点前

があるかのごとく吹聴していた実態があったため、『西鶴諸国ばなし』のように「こざかしき者ども」が「朝顔の茶の湯をのぞ」む原因になったのであろう。

さらに、この「朝顔の茶の湯」の習いを「挑灯に朝顔」の章の構成と重ね合わせてみるとどうか。前半に朝顔の花の話が置かれ、後半が和歌の掛物の話であるという点で、まさに「朝顔の茶の湯」の茶事の形式と重なっていることに気づかされる。西鶴が果してそこまで意図してこの章を構成したかどうかは、もちろん議論の残るところであろうが、先の宗政氏の論考にあるように、この章が綿密な構造を意識した「はなし」であるとするならば、むしろ世間でもてはやされた「朝顔の茶の湯」の「秘事」そのものを、さりげなく話題に合わせて構成し、「知る人は知るぞかし」の姿勢が意図されていたとしても不思議はあるまい。また、このことは導入部との間に違和感があるとされる「朝顔の話」が前半に置かれたことへの根拠の一つともなろう。

このことからも、やはりこの章は単純に四つの部分に分けるのではなく、導入部は別にして、「奈良のひがし町」の近年の茶人による「亭主も客もひとつの数寄人」ではないために起きた滑稽譚と、「むかし巧者」の「客」と一体となった茶の湯譚との二つの部分に分けて読むべきなのである。

第四節　朝顔の茶の湯の滑稽譚としての意味

この章における「朝顔の茶の湯」の部分について、たとえば、森田雅也氏は、

しかし、この章では後半の二話が風流人である亭主と風流を解する客との風交を描くが、前半の一話は逆である。三話をこのように配するのに何らかの意識を認めなくてはいけない。第一話の亭主はなるほど風流人である。それに比べ、客の無粋さは、ひととおりでない。亭主の報復の昼の「灯挑」、芋の葉の「朝顔」に

も屈しない。というよりも両者の次元が違うのである。この亭主の常識を超えるレベルの人間の出現は、まさしく、巻三の六「八畳敷の蓮の葉」の策彦《さくげん》和尚に対する信長や巻四の三「命に替る鼻の先」の天狗に対する檜物細工屋と構図を同じくしているのである。(23)

と述べ、堀切実氏は、

このなかで、まだお昼前なのに挑灯の趣向に合わせて、客も暗いところを歩くようなしぐさをする滑稽を描いたところも、なんともコミカルな笑いであり、これは現実の人間の心理や行動に根ざした、リアルな笑いを導いてゆくギャグであろう。こうしたギャグには、誰でもどこか思い当たるふしがあるものなのである。いずれも、咄のストーリーの展開とか登場人物の性格とかにはあまりかかわらずに、ただ突発的に発生する〈笑い〉なのである。(24)

と、織田作之助の「コミック」の概念を引用し、この部分の「おもしろさ」を述べている。

この話が、森田氏のように亭主の側には非がなく客の側からの無礼なふるまいにのみ焦点が当てられて読まれてきたことに対し、私は亭主の側にも茶人のあるべきふるまい方から見て問題があったと考える。『山上宗二記』「師ニ問置密伝ヲ拙子注之条々」に利休が教えた言葉の一つとして「一、御茶湯者朝夕唱語　一　志　二　堪忍　三　器」とあり、これについて桑田忠親氏は「堪忍とは何につけても辛抱し寛仁であること。寛仁の徳がなくては志も遂げられないわけだ」(25)と解説する。すなわち茶人として「堪忍」が足りなかった亭主に落ち度を認めずに客にのみ非を求める読み方には、一考の余地があると考える。

朝顔の花そのものが当時極めて珍しくて、その咲き時さえも素人にはわからないという状況ならばいざ知らず、『懐硯』巻一の一「二王門の綱」には「朝顔の昼におどろき」ともあるくらいで、朝顔の咲き時がわからなかったはずはない。にもかかわらず、客が「朝顔の茶の湯」と銘打った茶事を自分たちから望んで、亭主も「兼ね〴〵日を約束し」ているのに「昼前に来て、案内をいふ」という態度には、あまりにも間抜けぶりに誇張がありすぎる。それをたんに無知から出た「不作法」な行為としてのみ読んでしまってよいものだろうか。この部分にこそ、堀切氏の指摘する〈笑い〉に向けての表現が企図されていたとすべきであろう。また、だからこそ躍起になって「昼の灯挑」をともしたり、「土つきたる芋の葉を生て見」(26)せたりする亭主の大人げなさと、それにまったく動じない客の間抜けさも誇張されてくるわけである。

客も客ならば亭主も亭主であるという、こうした主客の間での心の行き違いは、人が人をもてなし「亭主も客も心ひとつ」になることを究極とする「茶の湯」にはあってはならないことである。それをあえてお互いに平然とやってのけながらも、それを「茶の湯」だと信じている茶人のふるまいそのものが、西鶴を含めた世上の人からみれば森田氏の指摘する「人はばけもの」の類として映ったと考えるべきであろう。江戸も後期になると、風変わりな人を「とんだ茶人だ」となじるようになったり、明治期には「金持ちの貧乏人ごっこ」だと揶揄された茶人たちのあり様を、やや誇張はあるものの、西鶴は早くに認めて活写しているともいえる。

茶人が本来目指していくべき茶の湯の本質を見失ない、超俗を装いながらも、きわめて俗な世界に縛られている姿を、「灯挑に朝顔」の章は描き出そうとしている。もちろん、滑稽さを出すために、佐伯孝弘氏の指摘するように多田南嶺『鎌倉諸芸袖日記』（寛保三・一七四三年刊）巻二の一「茶人の慇懃丸裸の亭主」の背景にある『戯言養気集』（元和頃成立か）上巻にある「信濃国ふかしと云所」の「作法知らずが人真似をして失敗する咄」の型を踏襲している点もみうけられる。(27) この話は『はなし大全』（貞享四・一六八七年刊）下―十五には「茶の湯を知らぬ村の者」として、在郷寺の住持、百姓旦那に濃い茶を振る舞ふべきよし、申しやらるる。百姓、まいるべしとは返事しけれど、濃い茶の飲みやう知らざれば、打ち寄りて談合する。そのうちに江戸通ひして、少しやうすを知りたる者、「みな〳〵気づかいし給ふな。われらをば師匠にして、真似をしやれ」といひければ、「それならば、いざ行かん」と、師匠をば先に立て、旦那寺へまいりける。菓子にみづから出たりしを、師匠取つて一つ食ふ。何とかしけん、山椒にむせ、水を飲まんと、ゐざりながら手水鉢の方へ行く。つぎ〳〵の百姓ども、みづからを一つ食い、ほんにむせたるふりをして、これもいざりて縁へ行く。師匠、なんぎに思ひつつ、「よしにせよ」とて手をつかへば、また同じやうに手づかへをした。(28)

と所載されており、茶の湯との関係の深さを一層うかがわせる。こうした「物まね型」ともいうべき茶の湯の初心者の失敗による滑稽譚は、まさしく「きやくはまだ、合点ゆかず、夜のあし元するこそ、をかしけれ」の部分に通じているといえよう。

また、朝顔の茶の湯の話では「大かた時分こそあれ」とあるように、茶の湯における約束の時間にまつわる挿話もあげられよう。稲垣休叟（明和七〜文政二年／一七七〇〜一八一九）『松風雑話』巻四（小枝略翁『茶事集覧』嘉永二・一八四九年序所収）には、次のような千宗旦と金森宗和との間で刻限の認識の相違による行き違いがあった話がみられる。

○金森宗和かたへ、朝の茶湯に宗旦をよばるゝ。宗旦六ツすぎに路次へ入る所、茶湯中々まだしき体ゆへ、路次より帰らる、朝の茶湯かやうに遅きことにてはおもしろからずとて、是より宗和と宗旦不通なり。又宗和はいつも朝の茶湯おそくいたさるゝゆゑ、宗旦かたへ、五ツに御出と申つかはされしに、夫に六ツすぎに来らるゝは、宗旦のあしきと申たり、また宗旦よりは、五ツと申越れても、六ツすぎにまゐりたらば、最早露地の体もよからむと思ひたる処、面白からぬ仕方と申さる。総て昔は朝の茶湯に、夜のうちよりまゐりたる故、宗旦古風の茶湯の体にて、宗和は今の風ゆゑ、朝の茶湯も五ツにいたさるゝゆゑ、ぬかりたる仕やうとて、宗旦気に入らざるなり[29]

この挿話の原典は「引書の目記さず」となっており、残念ながら不明である。しかし、先学の指摘した典拠と比較してみても無視できない挿話ではなかろうか。宗旦は天正六年から万治元年（一五七八〜一六五八）、金森宗和は天正一二年から明暦二年（一五八四〜一六五六）の在世であり、もちろん実話としての可能性は十分にある。

この挿話と類似したものが『十三冊本宗和流茶湯伝書』（寛文頃成立）のなかにもみられる。

千宗旦、宗和老へ茶の場所望にて来ル。未明に参候へとも、夜明被レ入候事。扨又、茶入れ乞候へとも見せすに取入たり。此事分《わけ》有。只人に候へは、何時乞候ても、被レ為レ見事也。茶の場者と名誉の者、こい所をちかへ不レ宜ル故見セ不レ申、又、分もなく未明に可レ参事ニもなく候故、為ニ待置一、夜明常の時分に被レ入候也[30]

この記事からも、宗旦と宗和の時刻の行き違いは史実としてあったことはほぼ確実である。宗旦の「金盛《（ママ）》うそつき茶湯」[31]（慶安二年一〇月一日付書簡）という批判の原因の一つには、こうした行き違いがあげられるかもしれない。宗和は特に時刻に対してやかましかったようで、そのことは先の伝書で「不好事」の第一として「一客時分むさと早く行事、遅ハ猶以也」とあげていることからもわかる。この他にも『茶之湯聞書』（天和三・一六八三年頃成立）にも、千利休と瀬田掃部（?〜文禄四年／?〜一五九五）の次のような挿話がみられる。

一　勢田掃部へ宗易公御出候時、細川越中殿相伴也、雪も降候故、朝早ク出候へは、掃部未支度無之、ネマキに而髪モイワズ、路次口へ罷出、扨而〳〵迷惑仕候、御帰可被下候、自今茶之湯破可申と而、茶之湯夫より急度とハ不被致候[32]

この挿話もまさに茶の湯における時間にまつわるトラブルである。さらに、仙叟宗室（元和八〜元禄一〇年／一六二二〜九七）の門弟である金沢藩士大平源右衛門の『茶之湯聞書』（貞享二・一六八五年）にも、一、昼ト朝之客参時分、昼は九つ半の頃か、朝は七つニ参てよきかと尋候へは、七つ半の頃可然ト[33]とあり、朝茶の時刻が茶人にとって微妙なニュアンスを持っていたことを示している。

こうした茶人同士のささいな行き違いを、茶の湯にかかわらない普通の人たちが眺めた場合どのような感じを受けただろう。藤村庸軒（慶長一八〜元禄一二年／一六一三〜九九）『庸軒茶湯被嫌事』（享保一四年藤村正員記）で「一、朝昼夜、茶湯ノ時刻国ヲ少モ不違事」[34]と戒めるように、客が茶事の刻限を守るのは基本的マナーである。これは懐石料理や炭点前では時間の経過がとても重要だからである。しかし、時間を大まかにとらえていた時代の世間一般からみれば、たかが刻限が多少ずれたこと程度で大騒ぎをすること自体、訳がわからない存在であったにちがいない。現在でもお茶を嗜まない人たちからみた茶道界は、たかが一杯の茶を「飲む」という行為にたいそうな権威づけをしている別世界の人たちとして閉鎖的でまことに理屈がわからない世界にみえるようである。西鶴の時代にあっても、そうした風潮はあったのかもしれない。それゆえ、「朝顔の茶の湯」に翻弄される「楽助」と「こざかしき」客と珍妙なまでのやり取りは、現実味を帯びた滑稽譚として成立しえたのだと考える。そして、この一話が前半にあってこそ、後半の「昔」の「巧者」の話が、茶の湯の本質を際立たせてくるわけである。

第五節　おわりに

延宝期を境として「咄本の質が変わりつつあった」と江本裕氏は指摘する。[35]『西鶴諸国ばなし』がそうした文芸的環境の変化のなかで創作されたとしたならば、「朝顔の茶の湯」の話は、まさにこの変化に従った「軽口」を志向した話として読むことができるのではなかろうか。では後半の二つの話はどうか。これらについては、小林幸夫氏の詳しい研究があるように、信長・秀吉の時代から続く伝統的「数寄雑談」の流れに立った巧者譚に属する話であることは、改めていうまでもあるまい。[36]

つまり「灯挑に朝顔」の章は、西鶴が茶の湯にまつわるこうした「咄」の二つの型を、前半と後半にうまく連携させて、古今の茶人の姿を世にあぶり出して紹介した章と考えられる。「亭主も客も、心ひとつの数寄人にあらずしては、たのしみもかくる」ことを、当時の茶道界にいかにもありそうな咄として成立させているのである。「春日の里」とあるから、奈良に実在の茶人がいて、その人の話として読むべきだという見解もあろう。もちろん、「かくれもなき」とまで書くからには具体的な茶人を想定していたとすることには異論はない。しかし、このような滑稽な茶事が本当に行われたのかといえば、いかに客が初心者とはいえありえない話だろう。また、それほど著名な茶人が客に対し、ここまで嫌味な行為をしたとして、後日の世評がどうなるかを考えないはずがないからである。とすれば、この話はあくまでもありそうな話として作り出されたと考えるのが自然である。後半の原話がしっかりしていればしているほど、ますます前半の「朝顔」の話も本当らしくみえるわけである。

「茶人づら」という言葉があるけれども、西鶴はその「茶人づら」を前半部で引き剝がし、近年の茶人の正体を暴露し、当時忘れられていた茶の湯の本質を改めて世間に問いかけようとした。そこに「灯挑に朝顔」において「人はばけもの」を説こうとした西鶴の本意があったと考える。

（1）　有働裕「『西鶴諸国ばなし』論の課題」（『西鶴はなしの想像力』、翰林書房、一九九八）一三〇～一五八頁。

（2）江本裕・谷脇理史編『西鶴事典』「作品解説―西鶴諸国はなし―」（おうふう、一九九六）一八四頁。
（3）藤井隆「西鶴諸国ばなし小考」（『名古屋大学国語国文学』4号、名古屋大学国語国文学会、一九六〇）二一〜二九頁。
（4）宗政五十緒「『西鶴諸国ばなし』の成立」（野間光辰編『西鶴論叢』、中央公論社、一九七五）三〇三〜三一六頁。
（5）佐藤悟「『灯挑に朝顔』の構造」（『実践国文学』33号、実践国文学会、一九八八）六三〜六七頁。
（6）石塚修「『西鶴諸国はなし』に何を読むか―「灯挑に朝顔」を中心に―」（『江戸文学』23号、ぺりかん社、二〇〇一）五七〜六〇頁。
（7）石塚修「茶の文芸」（『講座　日本茶の湯全史』三巻、思文閣出版、二〇一三）一七三〜一七七頁。
（8）注（4）に同じ、三〇七頁。
（9）千宗左ほか編『利休大事典』所収（淡交社、一九八九）六三五頁。
（10）桑田忠親『山上宗二記の研究』（河原書店、一九五七）二九四頁。
（11）同右、二九八頁。
（12）同右、二〇〇頁。
（13）熊倉功夫校注『山上宗二記　付茶話指月集』（岩波書店、二〇〇六）四一頁。
（14）千宗室編『茶道古典全集』一一巻（淡交社、一九五六）二三四〜二三五頁。
（15）橋本博編『茶道古典集成　（茶道大鑑）下巻』（大学堂書店、一九三三初版、一九七三再版）一一二〜一一三頁。
（16）注（13）に同じ、一五五〜一五六頁。
（17）前田金五郎「西鶴雑考」（『国文学言語と文芸』52号、東京教育大学国語国文学会、一九六七）三八頁。
（18）湯川制「朝顔の伝」（『利休の茶花』、東京堂出版、一九七〇）一四九〜一六三頁。
（19）桑田忠親編『新修茶道全集　文献篇・下』（春秋社、一九五六）二三八頁。
（20）注（9）に同じ、六三九頁。
（21）注（15）に同じ、一九四頁。
（22）『茶道古典全集』三巻（淡交社、一九七七）四四四〜四四五頁。

(23)　森田雅也「『西鶴諸国ばなし』試論(下)」(『日本文芸研究』53巻2号、日本文芸研究会、二〇〇一)一三〜一四頁(のち『西鶴浮世草子の展開』所収、和泉書院、二〇〇六)。
(24)　堀切実「『西鶴諸国ばなし』における〈笑い〉の種々相」(『読みかえられる西鶴』、ぺりかん社、二〇〇一)一九六頁。
(25)　注(10)に同じ、二二二頁。
(26)　染谷智幸氏のご教示によれば、ここでの「芋の葉」は、「蓮葉者　如是許曽有物　意吉麻呂之　家在物者　宇毛之葉尓有之(はちすはは　かくこそあるもの　おきまろが　いへなるものは　うものはにあらし)長忌寸意吉麻呂(『万葉集』巻一六)」をふまえた滑稽も含まれている可能性がある。
(27)　佐伯孝弘「南嶺気質物と笑話」(延廣眞治編『江戸の文事』、ぺりかん社、二〇〇〇)一一六〜一一八頁。
(28)　浜田義一郎ほか編『日本小咄集成』上巻(筑摩書房、一九七一)二一一〜二一二頁。
(29)　小枝略翁『茶事集覧』(嘉永二年序、桃夭会複製)巻四―三五オ・ウ。
(30)　谷晃校訂『金森宗和茶書』(思文閣出版、一九九七)二一〇頁。
(31)　千宗左編『不審菴伝来元伯宗旦文書』(茶と美舍、一九七一)二〇八〜二〇九頁。
(32)　『和比』6号(不審菴、二〇〇九)八六頁。
(33)　『和比』1号(不審菴、二〇〇三)一〇四頁。
(34)　注(19)に同じ、三八五頁。
(35)　江本裕「先行文芸の摂取と飛躍」(谷脇理史ほか『西鶴を学ぶ人のために』、世界思想社、一九九三)九八頁。
(36)　小林幸夫「茶の湯と雑談」(『咄・雑談の伝承世界』、三弥井書店、一九九一、四七頁)では、「会席にての物語は、其の日の寒熱、天気の晴晦、風雨花月等を語り出すべし。唐物の由来、古人の数寄の仕様、……などは、巧者・老者の雑談なるべし。若輩には似合わず」(『分類草人木』永禄七・一五六四年成立)と具体的な内容を指摘している。

第三章　『武家義理物語』巻三の二「約束は雪の朝食」再考——茶の湯との関連から——

第一節　はじめに

井原西鶴の武家物の第二作『武家義理物語』（貞享五・一六八八年正月刊）巻三の二が「約束は雪の朝食」である。京都詩仙堂の主であり、寛永期を代表する文化人の一人として知られる石川丈山（天正一一〜寛文一二年／一五八三〜一六七二）をめぐる挿話をあつかった章である。この章について、たとえば江本裕氏は「義理に殉ずる精神の美しさを描きえて大きな感銘を与える咄」[1]だとして高く評価している。内容の梗概は次の通りである。

「賀茂山に隠れし丈山坊は、俗性歴〳〵のむかしを忘れ、詩歌に気を移し、其徳あらはるゝ道者」であり、そのため「心にかなふ友」もないままに暮らしていた。そこに「有時、小栗何がしといへる人」が「是もへつらふ世を見限、かたちを替て、京にのぼり」尋ねてくる（この「有時」はのちに「神無月八日」であることがわかる）。小栗は「東武にてしたしく語りしゆかしさに」丈山の草庵へとやってきたのである。二人が清談に時を過ごしていると、この「客」である「小栗何がし」はふと立ち上がり、「備前の岡山に行《いく》事有」といって帰ろうとする。丈山も「『今宵は是に』と留も」しない。そして、「勝手次第と別れさまに、『又いつ比か京帰り』と聞ば、『命あらば。霜月のすへに』といふ。『然らば廿七日は我心ざしの日なれば、是にて一飯かならず』と約束して、立行ぬ」と、二人は「朝食」をともにする約束を交わす。そのうえで丈山は小栗との別れを惜しみ、「しる谷越」までひそかに見送りをする。それを知った「小栗何がし」は、「都に友もあまたなれど、心ざしは其方ならではあらじ」と感激し、互いに「立ちながら暇乞して別れ」る。その後、この二人が再会する部分は、本章の検証と深くかかわるので、やや長くなるが原文のまま以下に引用する。

　其後備前に着きしたよりもなく、日数ふりて、十一月廿六日の夜降し大雪に。筧扱《くむ》べき道もなければ、まだ人顔の見えぬ曙《あかつき》に、丈山竹箒を手づからに、心はありて心なくも、白雪に跡を付て、踏石のみゆるまでとおもふ折ふし、外面《そとも》の笹戸を音信《おとづれ》し、嵐の松かなと聞耳立るに、正しく人声すれば、明わたる今、小栗何がしたづねきたるに、其さま破紙子ひとつまへ、門に入より編笠ぬぎて、たがひの無事を語りあひ、しばらくありて、「此たびは寒空に、何としてのぼり給ふぞ」といへば、「そなたはわすれ給ふか。霜月廿七日の一飯たべにまかりし」。「それよ〳〵」と、俄に木葉焼付《たきつけ》、柚味噌ばかりの膳を出せば、喰仕廻て、其箸も下に置あへず、「又春までは備前に居て、西行が詠め残せし、瀬戸のあけぼの、唐琴の夕暮、昼寝も京よりは心よし」とて、取いそぎてくだりぬ。「扨は此人、日外《いつぞや》かりそめに申かはせし言葉をたがへず、今朝の一飯喰ばかりに、はる〴〵の備前より京までのぼられけるよ」と、むかしは武士の実《まこと》有心底を感ぜられし。

　このように二人は約束通りに朝食をともにし、再会を果たす。

『西鶴事典』によると、この章の典拠について扱った先行論文は四編ある。[2] 古くは南方熊楠氏の「『武家義理物語』私註」[3]があげられる。南方氏は『後漢書』巻一一一「范式伝」の范式・巨卿と汝南の張劭・元伯とのエピソードを紹介して「この巨卿・元伯の談に倣うて作ったらしい」とし、また、三国呉の卓恕の「人と相期約するに、暴風疾雨といえどもかならず至る」という類話もあげて典拠としている。そして、丈山が小栗を滑谷《しるたに》越えまで見送ったことに似た話として、晋の郭奕、大業が羊祜を送り官を解かれたという『古今図書集成』交誼典七八の話を「ちょいと似た談」として紹介する。笠井清氏はこの南方氏の説を受けて「その後この説を肯定しておられる方もあるが、私は両者を具に比較した結果、旧友との約束を守って訪問する話の筋は相似ていても、結局影響関係は見いだされず、偶然の一致としか考えられなかったのである」[4]と反論している。早川光三郎氏は「○武家義理物語　約束は雪の朝飯（蒙求の范張鶏黍）」と「典拠」を示している。[5]金井寅之助氏はこの章についての詳しい検討をした結果、その素材を『後漢書』「范式伝」ではなく、『蒙求』の「范張鶏黍」の注によって得たとし、[6]小栗のモデルとして「池田家履歴略記」正保元（一六四四）年の条の「牧野将監遁世」に登場する備前岡山池田家家臣牧野将監を「彷彿せしめるやうに思はれる」と想定し、滑谷越えの地理的な齟齬についても言及している。田中邦夫氏は、「本話の原拠」として『円機活法』師友門の「期ノ如クニシテ至ル」と「鶏黍ノ約　子猷戴ヲ訪フ」の二つの項目をあげ、「この二つの典拠を丈山と小栗の交友に重ね合したのではなかろうかと思われるのである」と指摘する。[7]これ以外には、笠井清氏が先の自論を受け、詩仙堂をめぐる文芸を漢詩文・俳諧も含めて詳説している。[8]また、市川光彦氏も丈山のこの章での描かれ方について詳しく論じている。[9]

以上が、これまでの「約束は雪の朝食」をめぐる先行研究の概要であるが、これらは「典拠」の探求に終始していることが一覧してわかる。「典拠」を求めることによって、この章の話の「創作」の部分を解明し、この章の「読み」を確定しようとしているわけである。しかし、『後漢書』や『蒙求』の范張と元伯の挿話を「典拠」とした本章の「読み」が、果たして新たな「読み」を生み出すのだろうか。もちろんこれまでの典拠の指摘や検討を全面的に否定するつもりもないが、その指摘にすがり、この章を「読めた」としてしまっているために、かえって「読み落とし」ている部分はありはしないか。[10]本章では、これまでの「典拠」探しとは異なる資料を用いて「約束は雪の朝飯」に新たな「読み」を加えることができるかどうかを検討しようとするものである。

第二節　「約束は雪の朝食」の典拠の問題点

先行研究の「典拠」の指摘をみてみると、南方熊楠氏は「この巨卿・元伯の談に倣うて作ったらしい」といった指摘にとどまっていたり、早川光三郎氏も「尚管見によれば次の説話も括弧内の如き典拠が指摘されておる」と簡略に述べるにとどまっている。ここでは、詳細な「典拠」との比較検討をしている金井寅之助氏と田中邦夫氏の両氏の論考を再検討することで「約束は雪の朝食」でこれまで見落とされてきた問題点を明確にしていくことにする。

まず、金井寅之助氏は、上田秋成の『雨月物語』「菊花の契り」の原拠とされる『古今小説』にも「巨卿・元伯」の逸話「范巨卿鶏黍死生交」が載っており、書誌的問題も含めて、もし「この『范巨卿鶏黍死生交』に素材を得てゐるとすれば、西鶴の『死生交』に対する皮肉は、あまりにも強烈すぎる」としている。さらに『後漢書』「范式伝」についても「西鶴は『死生交』は読めなくとも、和刻本のある『後漢書』「范式伝」は読むことがあつたかも知れない」とし、「章題『約束は雪の朝飯』は「鶏黍」の語による聯想から生まれたと見てよく、『後漢書』「范式伝」にはその語は出ない」と指摘する。そのうえでこの話の典拠は、『蒙求』の諸本の一つである毛利貞斎『冠解蒙求標題大綱鈔』（天和三・一六八三年刊）の「范張鶏黍」の注によるというのである。

以下、金井氏が指摘した部分を引用する（書き下し文の漢字仮名遣いについてはわかりやすくした部分もある）。

○范張ハ後漢ノ代ノ山陽郡ノ范式ト。汝南郡ノ張劭ト也。范式少キ時大学寮ニ入テ学問スル比。張劭ト学友タリ。二人共ニ師ニ暇ヲ請。各《オノオノ》故郷ニ帰ル。范式別レニ臨テ。張劭ニ向テ。二年過テ後ニ。学校ニ還ラン。其節《ソノトキ》貴殿ノ家へ尋ネ。尊親ニ見へ。子息ニモ逢ハント云テ。互ニ来ル時ノ日限ヲ剋《キハメ》テ別レヌ。其後兼テ定メシ期《ゴ》ニ至テ。張劭母ニ白《マフシ》テ。饌《ソナヘモノ》ヲ調へ范式カ来ルヲ候《マタ》ントス。母聞テ。二年ノ久キ別レ。且《ソノウヘ》千里ノ遠ヲ隔《ヘタ》タル者。約束ヲ堅《カタ》クスルト云トモ難レ定汝信ズルコト慥《タシカ》ナルハ如何ント云。式承テ。サレハ張劭ハ信ヲ守テ。常ニ不レ乖《タカハ》者ト言《マフ》ス。然ラハ用意セントテ。酒ヲ調へ候《マツ》。不レ更《アラタメ》ニ約日一来リテ。酒宴ヲシ歓ヲ極テ別ル。▲按ニ此ノ事迹後漢書ニ。二人カ伝ヲ載テ如レ此。鶏黍事不記。古注蒙求ニハ彼ヲ饗応《モテナス》為ニ。雞ヲ殺シ。黍ヲ炊テ。来ルヲ待トアリ。又春別ニ京師一暮秋ニ往ント約シテ。九月十五日ニ来ルト記ス。本伝ト違。

このように指摘したうえで、金井氏は、

『蒙求』は啓蒙書として、『後漢書』「范式伝」の怪異のない前半をとりあげ、約束を守る友情の美談とする。「死生交」は大衆読物として、「范式伝」の怪異のある後日談もとりいれ、更に新しい怪異を挙行して二人を自殺させしめ、同じく約束を守る友情の美談とする。西鶴の「約束は雪の朝飯」と『蒙求』の「范張鷄黍」とを比較する時、「死生交」との場合ほど強烈ではないにせよ、さういふものを美談とすることに対する鋭い皮肉を感ぜざるをえない。(11)

と結論づけている。

田中邦夫氏は、

『円機活法』巻九　師友門

㋑「懐友」　如《クニシテ》レ期《ノ》而至《ル》　後漢 范式字《ハ》巨卿。少《クシテ》遊《ブ》ニ大学《ニ》一。……

㋺「訪友」　雞黍《ノ》約見《ヘタリ》ニ前《ノ》如《クシテ》レ期《ノ》而至《ルノ》下《ニ》一。范巨卿与ニ張元伯一千里《ヲ》相約《ス》。殺《シ》レ雞《ヲ》為《シテ》レ黍《ヲ》以《テ》尽《クス》ニ平生之歓《ヲ》一。子猷訪《フ》

㆑戴《ヲ》見《ヘタリ》㆓下《ノ》雪夜乗《リテ》㆑舟《ニ》之下《ニ》㆒。

㈧「月夜訪友」　雪夜《ニ》乗《ル》㆑舟《ニ》　[晋]王子猷居《リ》㆓山陰《ニ》㆒。大雪夜《ノ》、因《テ》詠《ジテ》㆓招隠《ノ》詩《ヲ》㆒、忽《チ》憶《フ》㆓戴逵《ヲ》㆒。逵時《ニ》在《リ》㆓剡県《ニ》㆒。便《チ》雪夜《ニ》詣《リテ》㆑之《ニ》造《リテ》㆑門《ニ》而返《ル》。或《ヒト》問《フ》㆑之《ヲ》対《ヘテ》曰《ハク》、乗《ジテ》㆑興《ニ》而来《タリ》、興尽《テ》而返《ル》。

㈡「賓客」　掃《テ》㆑雪《ヲ》迎《フ》㆑賓《ヲ》　唐王元宝好《ム》㆓賓客《ヲ》㆒。遇《フトキハ》㆑雪《ニ》則《チ》掃《キ》㆑雪《ヲ》以《テ》迎《ヘテ》㆓賓客《ヲ》㆒宴《ス》㆑之《ヲ》。謂《フ》㆓之《ヲ》煖寒《ト》㆒。

の部分を指摘し、

本話の表題「約束は雪の朝食」は『円機活法』に載る「雍黍約」という表現を踏まえて作られていると考えられる。また、本話の結尾で、小栗が「かりそめに申かはせし言葉をたがえず」、雪山を登って丈山に会いに来た行為を、「武士の実《まこと》心底」と記しているのも、「雍黍約《ノ》」で范式が約束を違えず、千里の隔たりを遠しとせず張劭に会いに来た故事を踏まえた行文であろうと思われる。本話では「雍黍約《ノ》」の「信」を武士の義理の「約諾の尊重」に関する話に仕立てているのである。……しかし、「殺《シ》㆑雞《ヲ》為《シテ》㆑黍《ヲ》」という表現それ自体は、心を尽くした饗応を意味し、「信」とは直接結びつかない。……

このように『円機活法』に載る「雍黍約」は㋑の系統の話に較べて、「信」の強調がないこと、特に「尽《ス》㆓平生之歓《ヲ》㆒」といった表現を持っていることに、西鶴が興味を引かれたのではないかと思われる。

……西鶴は、「雍黍約《ノ》」の「尽《ス》㆓平生之歓《ヲ》㆒」という表現の中に、「子猷訪《フ》㆑戴《ヲ》」に描かれた隠士の交友との同一性を感じて、この二つの典拠を丈山と小栗の交友に重ね合したのではなかろうかと思われるのである。[12]

と述べている。そして、この章を『円機活法』の「三話を典拠として、丈山と小栗の隠者的交友を描いた話である」[13]と結論づけている。

「約束は雪の朝食」のあらすじと比較したとき、これら両氏の指摘した典拠が、その骨子において類似している点は否めない。しかし、細部にわたって比較してみると、どうしても不自然な部分が出てくる。それらの矛盾については両氏ともに認めているところである。

『後漢書』「范式伝」に端を発する挿話が、互いの友情による信頼の深さを描いていることはいうまでもあるまい。ところが、「約束は雪の朝飯」の方では、小栗は約束を違えることなくはるばる備前からやってきたのに、丈山はその約束をすっかり忘れてしまっているように描かれている。この点について、金井氏は、

……丈山は、或は小栗も、逢ひたければ来り、用あれば去る。己の情意の動くままに行動する。些々たることの然諾を、生命をかけて守らうなどとはしない。丈山は、小栗に、然諾を重んずる武士の義理固さの、遁世の境涯にあつても、残つてゐることに、感心する。義理固さだけに感心するのではなくて、その気質の残つてゐることにも感心するのである。

然諾を重んじ、意地を通し、卑怯を恥づることは、武士にあつては、もつとも大切であつた。それがなければ、敵を倒さねばならない武士の本領は失はれ、ひいては一城一国の運命にかかはる。一般社会においても、然諾は大切であつた。経済をはじめ諸々の社会生活は、それがなければ、成り立たない。しかし、人間そのものにあつて、約束とは何であるのか。無常の世において、はかない人間が、約束することは、身のほどを知らないふるまひといふべきではないか。武士や一般社会において、些々たることにまで、然諾の尊重を、あまりにも強調することに対する、『蒙求』に触発されての、西鶴の反撥と見られなくはない。西鶴の現実批評であり、新解釈であるといつてもよいであらう。(14)

とその理由を説明する。また、田中氏は、

……本話の真のテーマである丈山と小栗の交友には、作者西鶴の、身分制度に生きる町人階級としての本能

的願望が色濃く投影されていると考えられるのである。当時の町人は、為政者である武士階級からは、武士の義理を犯すべからざる人倫として、町人も手本とすべき道徳として強要され、さらには町人としての「分」や「礼節」を守ることを要求されている。このような時代にあって、本話が「武士の実《まこと》」（義理）を約束や礼儀（＝義理）に縛られず、自分の興にのみ従って行動する隠者的交友に求めていることの意味は、次のように考えうるであろう。すなわち、本話には、人倫の道を体現している（ことになっている）武士の姿を借りて、西鶴の町人としての願望——身分制度に縛られ、分や礼節を守ることを強要されている町人が、自分達の行動を縛りつけている道徳的拘束から自由でありたいという願望——が投影していると考えられるのである。このように考えるならば、本話に描かれた「美談」は、西鶴の願望の中にのみ存在する町人の理想的人間関係の作品化というべきものであることが知られるのである(15)

と解説している。

先に示した『武家義理物語』の本文とこれら両氏の見解を比較すると、果たして先の矛盾に対する答えとしては首肯できかねる。源了圓氏の指摘のように、この行為が「信頼にたいする呼応としての義理」であり、「いやいやながらするというのではなく、こころの通った友人間のごく自然な行為だった(16)」り、坪井泰士氏のように「何の拘束力もなくどこからも強制力は働いていない。純粋に心と心の約束(17)」であったとするならば、どうして約束の不履行が起きたのだろうか。笠井清氏もこのことについて「この短い言葉の中に、世を捨てて閑居幽棲すること年久しく、この世の仏事も、約束事も忘れて瓢瓢たる丈山と、武門を去って日浅く、行動的で義理がたい小栗の律儀さが対照的に描き出されて(18)」いると述べているが、その「読み」ではこの矛盾は解決されないだろう。では、その矛盾を解決してくれるような「読み」を導く新しい要素は果たしてあるのか。それを考えるうえで市川光彦氏の「けだしこうした不備・破綻と思しき面にこそ、むしろ西鶴の作家主体が顔を出していよう」(19)とする指摘は示唆深い。それを確認するために再度『武家義理物語』の本文に立ちかえってみよう。

此客何となく、風斗立て、「我は備前の岡山に行《ゆく》事有」といふ。「今宵は是に」と留もせず、勝手次第と別れさまに、「又いつ比か京帰り」と聞ば、「命あらば。霜月のすへに」といふ。「然らば廿七日は我心ざしの日なれば、是にて一飯かならず」と約束して、立行ぬ。

というように丈山と小栗の二人は再会の約束を交わしている。そしてこの時、丈山の側から「然らば廿七日は我心ざしの日なれば、是にて一飯かならず」と言い出しているわけである。にもかかわらず、当日になって丈山がその約束をすっかり忘れてしまっていたのはどういうことなのだろう。この部分の展開と典拠として指摘される『蒙求』の挿話との展開上の差異についても、先の諸氏の説明では不十分であると考える。いかに遁世の隠者とはいえ、本人が「心ざしの日」とまで口にしている以上、その日に丈山はなんらかの仏事の準備をしなくてはならなかったはずである。その日の約束をすっかり忘れるという事態はいったい何を意味するのだろう。この約束の失念は、金井氏の「己の情意の動くままに行動する」という指摘や田中氏の「『武士の実』（義理）を約束や礼儀（＝義理）に縛られず、自分の興にのみ従って行動する隠者的交友に求めていることの意味」といった指摘とは、むしろ結びつかないのではあるまいか。この丈山の約束への姿勢こそ、典拠とされる范式の挿話と話の展開を大きく異にしている点なのである。遁世者であり、悠々自適に暮らしている丈山が、わざわざ仏事を営む日ということは、本人が忘れようとしても忘れられない日であったにちがいない。しかも、その日を当人がわざわざ指定しておきながら、その約束をすっかり忘れてしまっている。そのことを、「己の情意」や「自分の興」に任せての行為としてのみ片づけてしまうのは、やや無理があろう。それでは丈山の病理的現象だったのだろうか。

この矛盾を解くためには、

「此たびは寒空に、何としてのぼり給ふぞ」といへば、「そなたはわすれ給ふか。霜月廿七日の一飯たべにまかりし」。「それよく〳〵」と、俄に木の葉焼付、柚味噌ばかりの膳を出せば、喰仕廻て、其箸も下に置あへず、

という、丈山のこの「朝食」のもてなしぶりを詳しく検討してみる必要があると考える。

第三節　丈山と茶の湯

そもそも、この章が「丈山坊」こと石川丈山の逸話として書かれていることに注目せねばなるまい。石川丈山の略歴は、

石川丈山（一五八三―一六七二）、名は重之、また凹、通称は嘉右衛門、のちに左近。号は丈山の他に、大拙・烏鱗子・東渓処士・山木山材・凹凸・六六山人・四明山人・藪里翁・三足老人など。

石川家は、曾祖父嘉右衛門尉信治が松平清康（家康の祖父）に仕えて以来、三河国和泉郷（現在愛知県安城市和泉町）を領地として松平（徳川）家に仕えた。

という経歴である。さらに詳しくみれば、丈山は信定の長男として生まれ、父の没した慶長三（一五九八）年に一六歳で家康の「近習」となった。また、元和元（一六一五）年、三三歳の時、大坂夏の陣において軍令に背いたとして、陣後、閉門蟄居して剃髪して妙心寺に入ったとする。のち元和九（一六二三）年から寛永一三（一六三六）年まで広島浅野家に禄二〇〇〇石で仕え、老母の死後帰京し、相国寺付近に住んだとする。寛永一四年の朝鮮使節との詩文の応酬で名を知らしめ「日東の李杜」と評された。寛永一八年、五九歳で、一乗村に凹凸窠（詩仙堂）を営み、死ぬまでの三〇年間をこの地で過ごした。承応元（一六五二）年七〇歳の時、故郷和泉郷へ

の退隠を希望したが許されなかった。そのさい板倉重宗に贈ったのが、「約束は雪の朝食」冒頭にも引かれている「わたらじな瀬見の小河の浅くとも老の波そふ（立つ）かげもはづかし」の歌である。その文業は『覆醤集』（寛文一一・一六七一年刊）『新編覆醤集』（延宝四・一六七六年刊）にまとめられている。[20]

また、より詳細な伝記考証には小川武彦氏の『石川丈山年譜　本編』がある。[21]

こうした丈山の実像と「約束は雪の朝食」の先に示した部分での丈山像を比較してみると、『武家義理物語』では、かなりいい加減な人間として丈山は描かれていることになる。いかに隠遁者とはいえ、自分から「かならず」と約諾したことを当日になってまったく失念してしまっているということは、常識的に考えて「人倫」などという語を引き合いに出さずとも、最低限の「人間のあり方」の次元でも問題がある。しかも、丈山ほどの人物を実名で示しておきながら、そのような行動をとる人物としてことさらに描いていることに違和感すら感じられる。谷脇理史氏が指摘するように「武家階層を作品に登場させる場合には相応の注意を払っているようにも見うけられる」[22]西鶴が、丈山を名指しで登場させ、こうした行動を描くからにはそこになんらかの理由を考えなくてはなるまい。

丈山周辺には事実こうした奇行話があったのだろうか。丈山ならばそうした行動をとりかねないという社会的認識が広く存在していたため、この部分を書いた作者も読んだ読者も違和感を感じることなく受けいれられたのであろうか。しかし、小川武彦氏によれば、寛文三（一六六三）年八月八日付のおそらく石川子復に宛てたと推定される「覚」の一文があり、そこには「一、戯言にも偽を申し候はぬ様に偏に正直を第一に嗜可申事」と書かれているという。[23]この時、丈山は八一歳である。また、八六歳で後水尾院に隷書の大字を献じたとの記録もあるとする。これらの事跡から丈山は九〇歳で亡くなるまで心身ともにいたって健在であったようである。こうした史実と比較すると、「小栗」との挿話は仮りに事実であったとして、その原因を老人特有の「物忘れ」に求めて「読む」ことはどうも無理がある。

では、丈山の「超俗」の姿勢を示している言動なのか。これも、俗世に暮らす人々にのみ「正直」を求め、みずからはそれを超越した世界で約束などに縛られず悠々と暮らすということはありえないことではない。だが、隠逸の生活にあっても丈山は社会人として守るべき最低の道徳は守ろうとしていたようである。そのことは現在も詩仙堂に残っている寛文三（一六六三）年一二月一五日の落款の「福禄寿」の三幅対に「　福　分を踰ゆることなく事を求めて、財を費やさずして陰徳を積む者は自ら福を得る」[24]と揮毫していることからもうかがい知れる。

また、やや時代は下るが三熊花顛・伴蒿蹊による『続近世畸人伝』（寛政一〇・一七九八年刊）にも「翁為人剛直にして勇有り。其顕敏なるも亦人に過絶す」[25]とあるから、丈山に病理的な「物忘れ」の姿を読みとることは難しいのではなかろうか。

さらに、先に示した部分について、矢野公和氏は言語面から「日常の会話」であっても武士らしく「格調高い文章で記されている」部分であると指摘している。[26]その点からも、どうやら「超俗」による丈山の発言とすることは難しい。

では、作者が『武家義理物語』を創作していくうえで、わざと設定した言動なのだろうか。「義理」すなわち「約束」という言葉の持つある側面を強調するため、丈山に平気で約束を忘れさせるような設定をしたのだろうか。そのことについて、『武家義理物語』の他の章も「約束の遂行」という点から検討してみる。

㋐　巻一の一「我物ゆへに裸川」では、青砥藤綱が滑川に銭を落として人足に探させたという挿話を元に、人足の中の一人が見つかったと詐称した話になっている。その詐称した人足の言葉が「左衛門程世にかしこき者を、偽りすましける」である。やがて、この噂が藤綱の耳に入り、九七日もの間、銭がみつかるまで探させられるはめになる。

㋑　巻一の二「瘊子はむかしの面影」は明智光秀の嫁取りの挿話である。「あねの見よげなれば、十一の年よりいひかはして、身体極りて、是をむかへる約束」をしたものの、七年後に嫁入りをさせようとすると、疱瘡のために姉は容貌が変わってしまい、妹を身代わりにするという話である。ここで明智は、「たとへむかしの形はなくとも、是非におくらせ給へ」と約束の遂行を求めている。

㋒　巻一の三「衆道の友よぶ鵆の香炉」でも、桜井五郎吉の遺言を受けた樋口村之介が、代わって衆道の契りを交わすという約束を果たす。

㋓　巻一の四「神のとがめの榎木屋敷」は長浜金蔵という武士が、化け物が出るという榎木屋敷に住むという約束をして見事約束を果たし、「此屋敷にて八十余歳まで、堅固に勤める。金蔵人中の一言、その義理たがへず。爰にすましけるは、天晴武士の一心とぞ、世の人ほめにき」と結ばれている。

㋔　巻一の五「死ば同じ浪枕とや」では、荒木村重に仕える神崎式部が同役の森岡丹後の子丹三郎を託されたが、その子が大井川で亡くなったため、丹後との約束を重んじ、我が子勝三郎のみ生かしておくわけにはいかぬと水死させてしまう。

㋕　巻三の四「おもひもよらぬ首途の聟入」では隼人と外記の二人が子供同士を結婚させることを約束していたが、外記が不意に打たれてしまう。外記は家族にもその約束を話していなかったが、隼人は敵討ちに出る前に約束通り外記の子亀之進と結婚させる。ここでも「兼ての約束、人はしらざりしに、此時にいたつて隼人の心底を感じける」と書かれている。

㋖　巻四の二「せめては振り袖着て成とも」でも室田猪之介が閉門の時に命を助けられた岡崎四平と衆道を結ぶさいに、「其年は猪之介二十二才成に、たはぶれのあまりに、廿一才と年のほどひとつかくされしは、武士にはなき事ながら、恋路なれば悪まれず」となっている。

㋗　巻四の三「恨み数読永楽通宝」では、千塚太郎右衛門と雲場茂介がある死骸をみつけたが、太郎右衛門と縁続きの者だったため隠すことにした。しかし、直後に役人の詮議が入り、茂介の密告と疑った太郎右衛門の言葉として「夜前申合せし甲斐もなく、さりとはひけう成心底、かく有べき事にはあらず。まつたくそこを立せじ」と言いかける。

以上の㋐〜㋗の『武家義理物語』の「約束は雪の朝飯」以外の例をみてみると、いずれも「約束」をその章の話題の中心にすえている場合には、当然のことながら、そのいずれも「約束」をお互いに果たすことなくしては話の展開が成り立っていない。この章がむしろ例外的ということになりそうである。それだからこそ、俗世の倫理を超越した隠者「約束」のあり方を伝えた話なのだとする見解もあろう。だが、この章を「范式伝」などを典拠とし、武士としての「義理」を隠者となっても貫いた小栗と丈山の交流に中心をおいた話であるとすればするほど、やはり丈山の「是にて一飯かならず」という約束の言葉と、「此たびは寒空に、何としてのぼり給ふぞ」という再訪した小栗への一言の齟齬の不自然さが目立つ。その稚拙な齟齬と地理的な表現の不備から代作者西鷺を想定する中村幸彦氏の説も説得力が出てくるようであるけれども、(27)もし仮りにそうだとして、この矛盾の原因までも代作者の稚拙に引きつけてしまって果たしてよいものだろうか。

では、この矛盾を解決できる有効な「読み」の手だてはあるのか。この「約束は雪の朝飯」の挿話の持つ矛盾点を「茶の湯」（数寄）とのかかわりから検証することで解決できる可能性があるのではないかと考える。まずは、石川丈山と「茶の湯」との関連の深さについて検証する。

石川丈山のおもな経歴は先に示した通りである。では、茶人としての石川丈山の実態はどうだったのだろうか。丈山と茶の湯の関係についての具体的に論じたものに、矢部誠一郎氏の「石川丈山と煎茶道」がある。[28]この論考では、小川信庵（慶安元〜寛保三年／一六四八〜一七四三）の『煎茶会法式之書』による石川丈山煎茶道始祖説を『覆醬集』の用例を中心に検討し、「唐風趣味の形象化」としての煎茶趣味を確認している。矢部氏の指摘にもあるように、小川信庵が煎茶の祖として丈山を目したのは、丈山の文人趣味に注目してのことであったという。事実、伊藤善隆氏の指摘などにもあるように、丈山の山居のありようは大いに中国の思想に影響されていたのである。[29]

それに対して、矢部氏は丈山の煎茶趣味はあくまで近世初期の社会的流行を受けてのことで、江戸後期の文人趣味のなかから登場する対抹茶の意識を持った煎茶道ではないと否定的に結論づけている。そのうえで「具体的な資料を挙げ得ないが、抹茶道を嗜んでいたことは、既述のように当時の茶人松花堂昭乗への贈答詩や現存する丈山自作の抹茶茶碗などからも推察できる」と茶の湯との深い関係を指摘する。

管見のなかからも、抹茶への関与を示す具体的器物として、松浦家伝来の出光美術館蔵「奥高麗茶碗　銘　さざれ石」をあげることができる。内箱蓋表に銀文字で「さ〳〵れ石」とあり、古筆了仲（明暦二〜元文元年／一六五六〜一七三六）による「石川丈山六々山人箱蓋粉書付　銘さ〳〵れ石の四文字正筆相違無之候也　子十二月古筆了仲」の極札が添っていることが確認できる。[30]西山松之助氏によれば野村美術館には石川丈山作茶杓・銘

「枝迹」が所蔵されているという。(31)

これら二点以外にも現存の茶器のなかに丈山にまつわるものが存在する可能性はかなり高い。先の高麗茶碗の松浦家伝来という由緒とも考えあわせると、丈山の茶の嗜好が上田秋成のような抹茶道批判をともなう煎茶一辺倒の志向ではなく、抹茶の文化としての「茶の湯」も取り込んだ広がりのあるものであったと認定できよう。

文献のうえからも石川丈山の詩文集『覆醬集』『新編覆醬集』における「茶」の記載を追うことで検証できると考える。(32) 先の矢部氏の論文でもそれらについて部分的な指摘があるけれども、丈山の「茶人」としてのあり方を確認するために再度検討を試みた。

たとえば、『覆醬集』上—廿四「遊《ブ》二瀧本坊《ニ》一」では「勝概招《キ》二賓友《ヲ》一、焼《キテ》レ香《ヲ》自点《ツ》レ茶《ヲ》」とあったり、上—十四「挽《ス》二龍光《ノ》江月禅師《ヲ》一」や上—廿二「丁丑九月《ノ》之望同《ニ》二江月師松花翁《ト》一入《テ》二観瀾亭《ニ》一賞《シ》レ月《ヲ》時《ニ》撮《テ》二翁《ノ》所《ノ》レ詠《ズル》倭歌《ノ》之末字《ヲ》一押《ス》レ韻《ヲ》」、上—廿三「悼二南山《ノ》松花堂《ヲ》一」という詩もあり、松花堂昭乗（天正一二〜寛永一六年／一五八四〜一六三九）や江月宗玩（天正二〜寛永二〇年／一五七四〜一六四三）といった茶人との交流をうかがい知ることができる。また、下—四「赴《キ》二大尹《ノ》都庁《ニ》一謝《ス》二茗飲《ヲ》一」という詩もあり、「懶性従来逕路通《ジ》　年々茗飲被レ招《カ》レ公《ニ》　不レ愁二杖屧家山《ノ》遠《ヲ》一　帰袂飄然《タリ》両腋《ノ》風」とあるように、板倉重宗（天正一四〜明暦二年／一五八六〜一六五六）の茶会に招かれて出かけていたこともわかる。こうした丈山の交流については、多田侑史氏が、

> その寛永文化人グループに属する人たちの交遊範囲を調べて見ると、せまい京都の中で、それぞれのテリトリーがあるのが分かるのです。
>
> まず政治力を背負う幕府派の人たち。伏見奉行で大茶人で造園造邸の手腕家で、しかも一大名である小堀遠州。名司政官である板倉重宗。洛北に隠棲しながら、御所を監視していたという石川丈山などまずこの派

でしょう。石清水の坊官である松花堂昭乗や、豊臣大名くずれの木下長嘯子も、この派に近づかずには生活できなかったでしょう。光悦も内心はともかく、一応、大いに気を遣って出入りを重ねていた様子です。[33]と茶人たちとの交流を示唆している。

さらに、『新編覆醤集』に収められている『続覆醤集』には、利休の孫・千宗旦の名もみられる。それは続一—十「湯社宗旦匪二敢有《テルニ》レ素因介《シテ》二於人一以胎《ラル》二一絶《ヲ》一継レ韻《ヲ》寄謝《ス》」と題された詩に、

懶 性 無《シ》レ縁《ル》二傾 蓋《ノ》顧《ニ》一　懶性　傾蓋の顧に縁る無し
市 朝 懸 隔《ス》 白 雲《ノ》 中　市朝懸隔す　白雲の中
雖レ耽《ルト》二茗 飲《ニ》一殊《ナリ》二流 俗《ニ》一　茗飲に耽ると雖ども流俗に殊なり
髣 像《タリ》 前 身《ノ》 桑 苧 翁　髣像たり　前身の桑苧翁

ともみえる。この詩は、丈山が宗旦の茶会に招かれたものの、市中に出ることを拒み参会を辞退した時の詠のようである。このことを即座に丈山の宗旦拒否だとし、抹茶へ否定的姿勢があったと読むこともできるかもしれない。ただ、『覆醤集』下—廿三「題《ス》二羽林重宗之所レ蔵呂宋真壺《ノ》幷《セ》蓮華壺《ニ》一」や下—十五の「右此四章依《ノ》二京尹羽林《テ》板倉重宗公之需《ニ》一題書《ス》」とある四首の「文林　碾茶壺将軍家所レ賜也」・「賜《フ》二両壺御茶《フ》一　右同事」・「花瓶　右同事」・「繁雪　碾茶壺俗曰《ニ》二肩衝《フ》一《ト》」というように茶道具に寄せた詩があったり、『続覆醤集』には、続八—三「茶《ノ》匙筒銘」・続八—四「宗伴花筩銘二言」・「花筩銘」という詩文もあることと、先に示したような実際の茶道具の伝来をも考え合わせてみれば、丈山が抹茶の嗜みに対して否定的ではなかったことは明白となろう。

きよう。

第四節　「約束は雪の朝食」と茶の湯とのかかわり

「約束は雪の朝食」が、「雪の朝」という「日本文芸の伝統」による「場」に設定されていることは、すでに笠井清氏によって指摘されている。[34]それに加えて小堀遠州による「小堀遠州書捨文」の次の一節との関連が指摘できよう。

それ茶の湯の道とて外にはなし。君父に忠孝を尽し、家々の業を懈怠なく、ことさらに旧友の交をうしなふことなかれ。春は霞、夏は青葉がくれの郭公鳥、秋はいと淋しさまさる夕の空、冬は雪の暁、いづれも茶の湯の風情ぞかし。……一飯をすゝむとても、志厚きをよしとす。多味なりとも、主たる者の志薄きときは、早瀬の鮎、水底の鯉とても、味あるべからず。籬の露、山路の蔦かずら、明くれこぬ人をまつ葉かぜの釜の音たゆることなかれ。[35]

この一節をながめた時、「約束は雪の朝食」は笠井氏のいう『拾遺和歌集』『和泉式部歌集』『山家集』、そして『徒然草』などの伝統的文芸世界にとどまらず、こうした一会の風情を丈山と小栗との間に演出しようと試みたのではないかとさえ想像される。遠州のいう「冬は雪の暁」「志厚き」「一飯をすゝむ」ために「明くれこぬ人を」待ち、「まつ葉かぜの釜の音たゆることな」く住まいする風流人と、丈山のここでの姿は見事なまでに重なるからである。そうなると、小栗との約束を忘れ、「此たびは寒空に、何としてのぼり給ふぞ」といった丈山の記憶喪失ともとれる不自然な態度は、従来の説のように隠者の「反俗」による「反倫理」的行動として解釈するより、茶の湯者としてのあらまほしき態度として捉えた方が、よりよく解釈できるのではなかろうか。

茶の湯者のありようの理想として、『草人木』には「其心は根本茶湯は隠遁者のわさ也。隠遁者は物の利欲に少もかまはす、世間むさほらすして外には仁道を敬ひ、内心には実の道に人事をむねとする故に祖師先徳の遺ける金言の軸物を愛す[36]」べきだと書かれている。ここから、隠遁者ではあっても「反俗」にかこつけて「約束」、すなわち「義理」を忘れてもよしとされるものではなかったことがわかる。にもかかわらず、丈山がすっかり「約束」を忘れた人物として描かれたのにはどのような意味があったのだろうか。

その根拠の一つとして、「約束は雪の朝食」の、

十一月廿六日の夜降し大雪に。筧扱べき道もなければ、まだ人顔の見えぬ曙《あかつき》に、丈山竹箒を手づからに、心はありて心なくも、白雪に跡を付て、踏石のみゆるまでとおもふ折ふし、

の部分と茶の湯との関係の深さを指摘することができよう。ここでまず、丈山が「まだ人顔の見えぬ曙」に、「筧」の水を汲もうとした理由を考えてみる必要がある。丈山が「小栗」の来訪をすっかり忘れ、まったく気にも留めていなかったなら、隠遁の生活にある丈山が、なにゆえ自分の風雅の心を曲げてまでも「人顔の見えぬ」うちに水を汲み、「踏み石のみゆるまでは」と手づから掃除をしなくてはならなかったのだろうか。笠井清氏はこの部分を「せめて飲み水を汲む道だけはつけておきたく」と解しているが、そうした生活感と直結した解釈はかえって「閑居幽棲」の風情を遠ざけると考える。「晨朝」の勤行のため仏に供える水を汲むためであったという仮説も成り立つであろうが、そうなると「まだ人顔の見えぬ曙《あかつき》」とわざわざ記して「曙《あかつき》」に水を汲む設定としている点はどう考えるべきだろう。それは仏事のためというよりも、むしろ『南方録』にある「惣じて朝、昼、夜ともに、茶の水は暁汲たるを用るなり。これ茶の湯者の心がけにて、暁より夜までの茶の水絶ぬやうに用意することとなり。……暁の水は陽分の初にて清気うかぶ。井華水なり。茶に対して大切の水なれば、茶人の用心肝要なり[37]」や「寒中にてはその寒をいとはず汲はこび、暑気には清涼を催し、ともに奔走の一つなり[38]」といった

記事にみられるような背景を持った、茶の湯と深いかかわりのある行動とすべきではなかろうか。

加賀藩に仕えた仙叟宗室の高弟であった臘月庵（浅野屋次郎兵衛）の残した『茶道直指抄』（正徳六・一七一六年奥書）にも、

一、上京に松本と云侘茶人有、唯独暮しければ、日々に朝くらきうち、自身柳の水を汲にまいりし、自然遅まいり、夜月明候へハ、流石に恥敷存候而、道に□子を捨て置候、左候へハ、人不便かりてもたせてやりしと也、是も御物語（石塚注：三斎公）也(39)

という挿話が紹介されていることから、「人顔の見えぬ」暁に水を汲もうとしたのは、おそらく小栗に茶をもてなすための湯を沸かそうとしたための行為とみなしてよい。この茶人「松本」の話は、『細川三斎茶書』（一尾伊織〈慶長七〜元禄二年／一六〇二〜八九〉自筆写本(40)）にもみられるので、茶人の嗜みを示す話としておそらく当時の茶人たちに支持されていたと考えられる。「曙」の一語だけでも十分に意味が通るにもかかわらず、「人顔の見えぬ」と描写を加えたり、「曙」という字にわざわざ「あかつき」とまでふり仮名を付している点などから、先の茶の湯にまつわる挿話に描かれたような理想的な茶人の姿と重なるかたちで、作者がこの朝の丈山の姿を創作しようとしたと考えてもよいだろう。

丈山が小栗の訪問を予期し、その迎えの準備をしていたとしてもなんら不自然ではない。もし、笠井氏のいうように、たんに自分で使うためだけに水を汲むのであるならば、雪の朝のせっかくの風情を「心なく」壊してまで水を汲む必要はなかったはずである。小栗の訪問を承知したうえで、そのもてなしのために丈山は暁からみずから水を汲み、そして露地をもみずから掃こうとしていたわけである。

このことは『好色一代男』巻五の一「後には様つけて呼」で世之介のモデルとなった佐野（灰屋）紹益『にぎ

はひ草』下巻にある本阿弥光悦の鷹峯の隠棲を描いた次の記事も参考になろう。

都のいぬゐにあたりて、たかゞみねと云山あり。其ふもとを光悦に給りてけり。我住所として一宇を立、茶立所などしつらい、都にはまだしらざる初雪の朝たは、心おもしろければ寒さを忘れ、みづから水くみ、かましかけ、程なくにえ音づるゝもいとゞさびしく、みやこの方打ながめ、問くる人もがなと、松の梢の雪は、朝の風にふきはらひて、木の下かげにしばしのこるをおしむ。(41)

と描かれる光悦の侘びた生活ぶりとまさに重なる光景であるといえる。

丈山が小栗を迎えようと準備していたことは「踏石のみゆるまで」という雪の掃き方からも推測できる。それは『利休流茶湯習法』(貞享四・一六八七年、杉木普斎清水甚左衛門宛)の「朝之茶湯習法」に、

俄に雪降には、おやまぬ先に、時分は少し早く候とも、参りてよし、亭主も其心得はあるべし。客来る時、亭主迎にくゞりにても、さほりにても出る時は、竹箒にて飛石をはき〳〵出る事もあるべし。兎角、茶の湯は皆時に臨みての働きを上手といふなるべし。(42)

とあったり、『細川茶湯之書』に、

一、雪の朝さうじの事、飛石の上ノ雪、石段の雪ハかりをはきて取、其外の所は、少も雪にあとのつかぬ様に可レ仕也。(43)

とある、雪の朝における茶人の掃除の作法と通じているからである。『古田織部正殿聞書』(寛文六・一六六六年奥書)にも、

四―一、内外ノ路次雪降候時分掃除心得之事。取テ能所ニ払取テ数寄出シ候ニ会席之中茶ノ中掃除シタル上へ、雪少々降テ溜候ハ不払共不苦。是モ道通ノ分踏石ノ雪ハ払取ヘシ。……踏石之上ハ雪少も無之様ニ払取テ吉。

十四―一、初雪数寄之事。雪ヲ賞シテ出ス心得也。三寸、四・五寸計雪積ニハ路次中其儘置テ吉、四・五寸ヨリ多ク候ト其儘置ハ無掃除成也。道通石旦之上ハ成程払掃キ清ムヘシ……水手鉢《（マヽ）》へ行道之踏石の雪払取テ吉。(44)

と書かれている。さらに『南方録』にも「雪の会は何とぞ足あと多くならぬやうに心得べし。とび石のうへばかり水にてそゝとけすべし」(45)とある。これらと比較すると、丈山が雪の朝の「心はありて心なくも」踏み石の上を掃いたのは、茶の湯の作法にかなった行動であった。

それでは、丈山のこうした茶の湯の作法を背景とした小栗を迎えるための「働き」と、その後、実際に小栗と対して「約束を忘れていた」と相手に告げることとはどのように結びつくのだろうか。それは、たとえば『(針屋)宗春翁茶湯聞書』の、

夫、茶湯は色々習ひ有といへ共、第一、作意肝要也、いかに物を知テモ、無作意の数寄は堅ク心転スル事なく、おもしろからす、是を他流と云。(46)

という部分や『山上宗二記』の「総別、茶湯に作をするというは、第一会席、または暁客を呼ぶか、押し懸けて行くか」(47)とある茶の湯の「作意」という概念によって説明できよう。すなわち、丈山の不自然な言動は、熊倉功夫氏が指摘する、

……茶会は主客のはたらきによって、思いがけない展開をみせる。亭主の心の動きにあわせて客のはたらきがうまれる。両者のはたらきがぴったり合ったときに名茶会ができあがる。前もって予測し得ないところに茶の面白さがあるという。これはハプニングに近い。しかしその茶会も、演出が全くなにもないところには、はたらきもうまれるはずはない。茶会の前提には亭主の演出がある。これが趣向である。

日本の文化は、たぶん趣向というものを一番喜ぶ文化だと思う。なかなか趣向ということを外国の人に伝

えにくい。趣向というのは西欧流にいうテーマとはちがう。極端ないいかたをすれば、テーマを芸能化する工夫、これが趣向である。秦恒平氏によると、趣向は人工的人為的なものであるけれども、いかにも自然にみえるようにたくまれなければならぬ、という（『趣向と自然』）。石州の言葉でいえば「さびたるはよし、さばしたるはあしし」ということだ。しかし、逆に趣向は人為的であればあるほど面白い。趣向は意外性と表裏をなしているからである。(48)

と通じていると考えられる。そのことは熊倉氏も引用する元禄時代の茶風をよく伝えるとされる『石州三百ヶ条』第二巻―九六「茶湯さひたるハよし、さはしたるハあしき事」の、

茶湯ハ根本わひのていにて、……新古善悪とりませてわひの本意をうしなはぬをさひたるといふ也、……さひたるは自然の道理也、さハしたるハ拵へものなり、ことたらぬをさひたると云こゝろに、万事七八分にする事肝要也、(49)

という部分や、『南方録』にある、

客亭主、互の心もち、いかやうに得心してしかるべきやと問。易の云、いかにも互の心にかなふがよし。しかれどもかなひたがるはあしゝ。(50)

といった背景を持つ行為なのである。

「雪の朝」が「作意」の発揮されるにふさわしい場とされていたことは、『茶話指月集』の話し手でもある藤村庸軒の茶書を樋口成房（明和元～文化元年／一七六四～一八〇四）が書写した茶の湯伝書に、

一、会席当座ニ出来候品ニて出すへし、兼て致候品ハ遣ひ不レ申候

とあったり、

一、雪の茶事ハ、兼て案内及はす、先臨時の事なるへし、或ハ口切ニ毎も可レ招レ客人差支共有レ之、招不レ申候内、彼是時節及二寒天一之比、亭主彼ノ客人へ面会之砌、扨雪降候ハヽ、一服可レ進候間、准々被二仰合一御出候様、約束いたし置候事なるへし、亭主ゟ案内無候事とハ申せ共、亭主ゟ噂もなきニ参候てハ、いかゝ成るへし、右口切茶事ニ間違客参り不レ申候共、客人ゟ雪茶事可レ被レ招なとゝ申事ニてハなし、風と申入、亭主も其意ニて有レハ、互ニ随喜いたし面白くも候へ共、若亭主意内当り不レ申候時ハ、却て不興之趣意ニ成て、あしかるへし、又亭主ゟ粗沙汰なきニ、推参いたし候ては、風与何之覚悟も無候時ハ、却て亭主ヲこまらす趣意に成りて、面白からす候、しかし夫も亭主至て数寄ニて、常釜の事ハ勿論申ニ不レ及、雪といへハいつとても茶湯の用意可レ有之程の数寄人なら、案内なく共推参いたしてよし、扨又口切ニ参り、又雪の茶に参候ハ、不二面白一候、しかし是も露地の様子ニより又参りてもよし(51)

と書かれていることからもわかる。とくに庸軒の雪の朝茶事のもてなしの理想と、「約束は雪の朝食」の丈山のもてなしぶりとは大変によく似ている。とくに「雪の朝」にはかねての「約束」さえあれば、不意に訪れ茶の湯を請うて一向に構わないという点を指摘できる。「風と申入、亭主も其意ニて有レは、互ニ随喜いたし面白くも候へ」という趣向は、まさに「約束は雪の朝食」と大いに通じているといえよう。このようにみてくると、「約束は雪の朝食」での丈山のもてなしぶりの背景に茶の湯における「作意」が隠されていたと解してもさほど無理がないと考えられる。

丈山と小栗の二人は「朝食」の約束をしたにすぎず、茶事の約束までしたわけではない。しかし、丈山自身が「然らば廿七日は我心ざしの日なれば、是にて一飯かならず」と「約束」したにもかかわらず、当日に「木葉焼付」け「柚味噌ばかりの膳」を出すという、あまりに粗末な朝飯のもてなしぶりを考え合わせたとき、ここに茶の湯、しかも「わび茶」との深い関連を指摘できるのではないかと考える。

まず、「柚味噌ばかりの膳」を小栗に供した点はどうか。それは丈山が小栗との「約束」を忘れていたため、とっさに用意した「粗飯」であることを、「柚味噌」によって示そうとしたにすぎないのではないかとの見方もできる。しかし、とっさにしつらえた膳が「柚味噌ばかりの膳」でなくてはならない必然性はどこにあるか。笠井清氏などはそれについて、「この朝食に出したのが『柚味噌ばかりの膳』であったのも、いかにも心憎いが」(52)と述べてはいるものの、その背景については言及していない。市川光彦氏も、この「シーン」は「丈山手ずからの食事仕度である。西鶴描く丈山庵には、ふしぎと人の気配がない。これが雰囲気づくりに奏効している」(53)とするにとどまり、その「柚味噌」である必然性について説いていない。その当日は、丈山の言葉を借りれば「心ざし」の日である。とするなら、精進料理であるにせよ相応の料理の準備はあってしかるべきだったはずである。

そう考えたとき、『茶話指月集』に採録されている「柚味噌」にまつわる次の挿話が興味深いものとなる。

森口という所にひとりの侘あり。利休としる人なりければ、いつぞ茶をたべんと約す。ある冬のころ、大坂より京へのぼるに、かの侘をこころざし、夜ぶかに出でて尋ねたれは、亭主よろこび迎え、休内に入る、栖居《スマイ》いとわびて心にかなう、ややありて窓のもとに人の音ないしけるをみれば、亭主行灯に竹竿を持ちそえ出で、柚の樹のしたに行灯をおろし、竿にて柚を二つばかりとりて内に入りぬ、休打みるより、是を一種の調菜にしつるよと、侘のもてなし一きわおもしろく思うに、あんのごとく柚味噌にしたためて出だす。酒一献過ぎて、大坂より到来すとて、ふくらかなる肉餅《カマボコ》を引く、休、さてはよべよりしらするものありて、肴もととのえ侍るにこそ。始め、わざとならぬ体にみせつるは、作りものよ、と興さめて、酒いまだなかばなるに、京に用事あればまかるとて、いかにとむれども聞も入れずのぼりぬ。されば、侘びては、有り合わせた

りとも、にげなき物は出ださぬがよきなり。(54)

残念ながら本書の刊行は元禄一四（一七〇一）年を待たねばならず、直ちに『武家義理物語』の読者たちがこの挿話を広く知っていた根拠とするには問題が残る。しかし、この「柚味噌」の話は、先掲『(針屋)宗春翁茶湯聞書』にも、

一、不時の数寄の習在之。下手、上手相見え候。心意肝要也。……俄ニ□《ママ》ぬ物のかまぼこなどわ《ママ》不出もの也。

会ノ前ニ薄茶をもたて、咽のかわきやめ、扨、炭置会尤候也。乍去、腹中次第也。(55)

とあることから、茶の湯のもてなしの嗜みとして広く知られていたと推察できる。また、筒井紘一氏によると『烏鼠集』（慶長年間成立）に「不時に来たれる人にかねて用意のかまぼこ、きそく、かうたて、手まの入たるもり物など不可取出(56)」とあるので、この献立は茶人の即興の料理として理にかなっていたともいえる。同じく筒井氏は、柚味噌は「わび数寄流行の時代には、もっとも喜ばれた懐石料理の一種であった」とされ、柚味噌が利休会席の典型の一つにあげられることを指摘する。(57)

　このようにみると、「柚味噌」の膳を供するということは、森口の侘び茶人の話も示すように、即興の「作意」を示す趣向につながっている献立だったと理解できる。そう考えると、先の〈暁の水〉と言い、〈雪の掃き方〉と言い、そしてこの「柚味噌ばかりの膳」の供し方まで、すべてが雪の朝における即興の茶事の趣向にそって展開しており、この部分を茶の湯と関連づけて解釈することは、あながち牽強付会ではない。季節を考えると、雪中にあって丈山が実際に柚子を採ることはありえず、たんなる粗飯であることを示したにすぎない設定とも考えにくい。

　『南方録』二「会」には「十月廿九日、朝、但紹鷗の忌日なり」という会記があり、

△汁、みそやき △葛豆腐、ごぼう △柚みそ △菓子　ふのやき、川茸(58)

という献立が紹介されている。『南方録』を天正期の茶の湯の史料とすることについては問題が残るが、少なくとも元禄期頃の「わび茶」の献立に対する標準的な意識を反映した史料としてみることは問題あるまい。その日付は「十月」となっているものの、『茶之湯六宗匠伝記』に、「紹鷗の死去ハ弘治元年十一月廿九日也元禄十五年迄百四十八年に成る」(59)とあることから、「紹鷗忌」が元禄時代には「十一月」と広く解されていた可能性も示唆される。「十一月」末の献立に「柚味噌」が供されているのは、もしかすると紹鷗忌を意識してのことであったかもしれない。ただし現時点では他例をみないので、ここでは事実を指摘するにとどめておく。丈山の用意した「柚味噌ばかりの膳」は「即興性」を感じさせる献立であったと同時に、「わび茶」の風情を十分に醸し出した茶懐石の献立を思わせる膳でもあったのである。

丈山が「木葉焼付」け朝飯の支度をしたことについては、『十三冊本宗和流茶湯伝書』にある次の部分との関連が深いのではないかと推定できる。

一、侘はよし、侘たるは悪ししといふ事、万事心得可レ有レ之事也。常々工夫肝要也。

一、昔へちくわんと云者有。へち、茶の上手なり。紅葉を花にいけ、その葉の散りたるをはきよせ、かますへに用也。囲炉裏を三角に仕も同作人也。惣別へちと云事、本道をよく知り尽し、数寄の道は難レ成ときわめわきまへたる物なとの可レ仕。殊の外作の入事也。本道をませてハへちにてハ無レ之也。縦《たとえば》誹諧の下手は真句の悪をすることく也。(60)

この話の「へちくわん」とは、北野大茶の湯で評判をとった侘び茶人ノ貫のことであり、彼が炭ではなく「木葉」を焚いて茶の湯を沸かそうとしたところに、その趣向がみられるというわけである。丈山の場合は、ただたんに貧しさを表現するための設定ではないかとの見方もできるかもしれない。だが、その貧しさが実際なのか、それとも演出であったのかという点について考えると、彼の経歴から詩仙堂での暮らしぶりを想像すれば、炊事の薪も得られないほど貧しかったとはとうてい考えがたい。市川光彦氏が『近代艶隠者』を引いて、「家童」の存在を指摘していることもその補強となろう。「木葉焼付」の部分も「わび」の趣向を醸し出そうとしている部分なのである。

この主がみずから火をたいてもてなす姿に、連歌師の柴屋軒宗長（文安五〜天文元／一四四八〜一五三二年）の姿も重なる。石田吉貞氏は「遠来の客をもてなすに、八十三歳の身で、みずから火をたいて葛粉を煮てゐるのであるが、そのわびしさを一種の趣あるものと感じて居り」(61)としている。実際に『宗長日記』享禄三（一五三〇）年には、

折ふし中国辺の人にや、富士見のついでとて立ちよりて、ことづて文など有、……一時ばかり逗留。何がな馳走に、葛の粉を煎りて、折ふし人もなくて、我と火を焼侍るをみて感じ侍る。閑居の躰見をよばれ侍る。本望〳〵(62)

とある。直接的な影響関係を安易には断定できないけれども、「中国辺の人にや」や「何がな馳走に」といった表現が類似している点は注目しておくべきであろう。ここでもまさに「折ふし人もなく」、主が一人で遠来の客をもてなす姿が隠者としての理想とされている。

「わび茶」の朝茶事を意識しつつも丈山は最終的に小栗に茶を供していない。たしかに、『(針屋)宗春翁茶湯聞書』には「会ノ前ニ薄茶をもたて、咽のかわきやめ、扨、炭置会尤候也。乍去、腹中次第也」とあるように、とりあえず到着の客に薄茶を点てて供する作法があったことも事実である。それなのに清談にふけり、「朝食」ま

で何も小栗に供していない丈山のもてなしぶりをみると、そこには茶の湯の意識などなかったのではないかという考え方も当然予想される。だが、一方で次のような作法もあった。松屋久重（永禄九～慶安五年／一五六六～一六五二）の『茶道四祖伝書』（正保四～慶安五／一六四七～一六五二年頃成立）に収められている『三斎公伝書全』には朝茶の心得の一つとして、

洞庫ノ有之座敷ニてハ……又亭主より客へ、料理ハ静ニ申付候、其間ニ先薄茶一服可申と云事も有之故ナリ。
又朝ハ飯以前ニ茶呑事ハ無之、夫故茶碗茶具出て不置。(63)

とあって、「飯」以前に茶を出すことを否定している。また、松本見休の『咄覚集』（宝永七・一七一〇年序）には「宝永三年戌七月」の記事として、

一、此案内者四条道場に閑居したる遁世者同道して帰るさに庵に立ちよりて一服給よとすゝめられまいりしに……扨も〳〵も侘たる為体肝に絶たり、床に向へば雛屋立圃自画自賛の掛物風炉ハ飯釜の割たるに雲龍釜掛ルしはし有りて茶菓子盆に隈笹の葉を敷て焼飯やき味噌出候て、(64)

とみられたり、遠藤元閑『茶湯献立指南』（元禄九・一六九六年刊）巻八に、

一、是も去へちの佗人公家衆へ縁有て御出入を申ある時御茶上申度と謂事候外御悦ひにて日定て朝数寄に御出被成しふた茶碗に焼飯を弐つ入向になら漬の瓜弐切小皿置て出し再進と云事もなく茶を点し無ニ是非一御茶まいり追付御立被成しと去人其相伴に参致ニ難儀一与の物語なり(65)

とあることからも、とくに「わび茶」の場合、茶菓子の代わりに「飯」を供することがあったことがうかがえる。実際、この時代の茶の湯で供された菓子には、「栗」や「ふのやき」といった今日の「甘味」の茶菓子とはほど遠いものもあったことも言い添えておく。

こうして、丈山によって用意された「わび茶」の膳を、小栗は「喰仕廻て、其箸も下に置あへず」立ち去っていく。山田宗徧『茶道要録』(元禄四・一六九一年刊)下巻「飯膳之事」によれば、

酷ダ侘タル時ノ一汁一菜ニ、汁椀ヲ飯椀ニ重テ即チ飯椀所ニ置キ、膳ノ向一ツ有器ヲ右ノ隅汁椀所ノ向ニ置キ、箸先ヲ其二ツノ間へ指入、本ノ方膳ノ縁ヲ外シテ寄筋違ニ置ナリ常ハ縁ニ掛テ返スベシ(66)

とあるから、ことによると「其箸も下に置きあへず」の部分も茶事の懐石の作法を踏まえているのかもしれない。このように小栗は茶事の初座の席をそこそこに立ち帰っていくわけである。だからこそ、茶が供されるにまでいたらなかったのである。

第五節　おわりに

「約束は雪の朝飯」の作品の内部にみられる「読み」のうえでの矛盾点を茶の湯の趣向に照らして考えてみた。もともと、この章は小栗の「義理」の話であり、丈山に作品内部で一貫した人間性が持たされていなくとも話の展開のうえからは一向に構わないのではないかという解釈も成り立つ。事実、丈山の発言は、訪問の前には、「是にて一飯かならず」とまで言いながら、当日になり「何としてのぼり給ふぞ」と失念し、最後には自分で「かりそめに申かはせし」と場面により揺れ動いている。その矛盾を「超俗」の隠者の姿勢や老人にありがちな「物忘れ」と解して、文芸と別の問題で処理して解釈すればそれでもよいかもしれない。しかし、やはり石川丈山という実名まであげ、この章を書いたからには、そこに整合性をみる解釈を考えなくてはなるまい。当時の遁世者の象徴的存在であった丈山の実名を使う必然性が奈辺にあったのか考えるとき、そこにはなんらかの文化的意味づけがあったからと考えるのが自然であろう。これまでの解釈では、丈山を「超俗」の象徴として捉えて解

釈してきた。今回、筆者はそこに「茶人」としての意味づけを加味して検証を試みた。その結果、この話を「雪の朝」の茶の湯の趣向にのっとった小栗との再会の話として見直してみると、これまでは矛盾として考えられていた丈山の発言も、あながち矛盾と言いきれないことが証明できたと考える。

「雪の朝」の趣向を持った話は、『好色一代男』巻七の一「其面影は雪むかし」の高橋の挿話にもあることは第二部第一章で指摘した通りである。丈山のこの話も、高橋の場合と同様、茶の湯の作法に照らしたとき、「わび茶」の雪の朝茶の趣向を追求したものといえる。とするならば、これらの話は小林幸夫氏が「数寄雑談とは、世間雑談に対置される、俗を排したいわば風雅なる咄」と定義し、

利休流の侘数寄の茶湯が、世間雑談を排除し、数寄雑談を茶人・茶器の評判に制限したことは、日常性とは切れたところに茶湯の一座建立（談笑性・対座性）を求めた、ということであろう。(67)

と指摘するような数寄雑談の一話として捉えられるかもしれない。そして、その一部が西鶴の文芸へと取り込まれていった過程が想定できるかもしれない。茶の湯の場面は直接描かれていないにせよ、「約束は雪の朝食」の挿話は、茶席で茶人石川丈山の「雪の朝」の趣向のある話として語られ、まことに似つかわしい話ではなかったろうか。その一面をよく伝えている話として実名を出すことに意味があった。もし、丈山のここでのありようを「超俗」とするならば、むしろ「わび数寄」という点からそうみるべきであろう。残念ながら、この章の明確な典拠となる石川丈山にまつわる茶の湯の挿話を示すことは今回かなわなかった。しかし、この「約束は雪の朝食」と茶の湯とは深いかかわりがあるということは、ここで紹介した茶の湯に関する作法や挿話からでも十分に検証できたと考える。そして、そのことで、これまで不自然とされてきた丈山の言動についても一貫性を持って「読める」ようになったのではなかろうか。すなわち、従来の典拠論では、もっとも不可思議な展開であった

「約束」の失念や質素なもてなしのあり方も、茶の湯の挿話・数寄雑談という新しい観点から眺めた時、さほど違和感がなくなったはずである。

（1）江本裕「西鶴武家物についての一考察」（『国文学研究』31集、早稲田大学国文学会、一九七一）七三頁。
（2）江本裕・谷脇理史編『西鶴事典』（おうふう、二〇〇二）七七五頁。
（3）南方熊楠『南方熊楠全集』五巻（平凡社、一九七二、一九六～一九七頁／初出：『月刊日本及日本人』273号、昭和八年）。
（4）笠井清「西鶴の剪燈新話系説話」（『西鶴研究』9号、西鶴学会、一九五六）六二～七七頁。
（5）早川光三郎「西鶴文学と中国説話」（『滋賀大学学芸学部紀要』3号、滋賀大学学芸学部、一九五四）九～一七頁。
（6）金井寅之助「「約束は雪の朝食」の背景」（野間光辰編『西鶴論叢』、中央公論社、一九七五）三七七～四〇四頁。
（7）田中邦夫「『武家義理物語』にあらわれた西鶴の町人思考」（『大阪経大論集』134号、大阪経大学会、一九八〇）二三六～二五八頁。なお『円機活法』の訓点は明暦二（一六九五）年序の架蔵本によった。
（8）笠井清「詩仙堂の文芸―西鶴の『約束は雪の朝食』を中心に―」（『俳文芸と背景』、明治書院、一九八一）六～四七頁。
（9）市川光彦「西鶴のなかの丈山―西鶴における自由とその周辺、第二」（『後藤重郎教授停年退官記念国語国文学論集』、名古屋大学国語国文学会、一九八四）四一三～四二八頁。
（10）ここでの「典拠」の検討については、杉本好伸氏の「『死出の旅行約束の馬』」考（『文教國文学』38・39合併号、一九九八、二〇～三二頁）に導かれたところが大きい。
（11）注（6）に同じ、三八一頁。
（12）注（7）に同じ、二四三～二四四頁。
（13）同右、三三九頁。
（14）注（6）に同じ、三八二頁。

(15)注(7)に同じ、二三七頁。
(16)源了圓『義理と人情』(中央公論社、一九六九)八六～八七頁。
(17)坪井泰士「西鶴『武家義理物語』の武家モラル」(『語文と教育』8号、鳴門国語教育学会、一九九四)三三頁。
(18)注(8)に同じ、二五頁。
(19)注(9)に同じ、四二二頁。
(20)上野洋三注『江戸詩人選集』一巻(岩波書店、一九九一)三四六～三七八頁。
(21)小川武彦『石川丈山年譜　本編』(青裳堂書店、一九九四)。
(22)谷脇理史「自主規制とカムフラージュ」(『文学語学』154号、全国大学国語国文学会、一九九六)四五頁。
(23)注(21)に同じ、四五一～四五二頁。
(24)石川順之『詩仙堂』(淡交社、一九九五)七六～七八頁。
(25)宗政五十緒校注『近世畸人伝・続近世畸人伝』(東洋文庫202、平凡社、一九七二)二六四頁。
(26)矢野公和「武家物の西鶴」(浅野晃ほか『講座元禄の文学』二巻、勉誠社、一九九二)六七頁。
(27)中村幸彦「編輯者西鶴の一面」(注6『西鶴論叢』)三〇～三一頁。
(28)矢部誠一郎「石川丈山と煎茶道」(『國學院雜誌』70巻7号、國學院大學、一九六九)二五～三四頁。
(29)伊藤善隆「近世初期における『遵生八牋』受容─丈山・三竹・読耕斎を中心として─」(『近世文芸研究と評論』54号、近世文芸研究と評論の会、一九九八)一～一四頁。
(30)出光美術館『館蔵　茶の湯の美』作品46解説(一九九七)一二四頁。
(31)西山松之助『茶杓百選』(淡交社、一九九一)一五六～一五七頁。
(32)『覆醤集』(寛文一一・一六七一年刊)の本文は筑波大学図書館蔵本を、『新編覆醤集』(延宝四・一六七六年刊)は国立国会図書館蔵本(マイクロフィルム)を使用し、引用の訓点はこれに従った。
(33)多田侑史「公家まじり─寛永文化人の交流─」(『数寄─茶の湯の周辺─』、角川選書、一九八五)一八八頁。
(34)注(8)に同じ、二四頁。
(35)千宗室編『茶道古典全集』一一巻(淡交社、一九七七)一三七頁。

(36)　井口海仙ほか『茶道全集　文献篇』（創元社、一九三六）二九四〜二九五頁。
(37)　西山松之助校注『南方録』（岩波書店、一九八九）一五頁。
(38)　同右、一〇頁。
(39)　本文は国文学研究資料館マイクロフィルム（金沢市立図書館蔵稼堂文庫）によった。
(40)　橋本博編『茶道古典集成（茶道大鑑）下巻』（大学堂書店、一九三三初版、一九七三再版）三七頁。
(41)　森銑三ほか監修『新燕石十種』三巻（中央公論社、一九八一）一三〇頁。
(42)　桑田忠親編『新修茶道全集　文献篇・下』（春秋社、一九五六）三七一頁〈なお、『利休茶湯書』（延宝八年風月堂版）にも、「一、雪の朝さうじの事、飛石の上のゆきハ石段の雪ばかりをはきて取、其外の所ハ少も雪に跡のつかぬやうに可仕也」（『利休大事典』六四一頁）とある〉。
(43)　注(35)に同じ、八六〜八七頁。
(44)　市野千鶴子校訂『古田織部茶書一』（思文閣出版、一九七六）一二七・二〇〇頁。
(45)　注(37)に同じ、一六頁。
(46)　注(36)に同じ、一九五頁。
(47)　熊倉功夫校注『山上宗二記　付茶話指月集』（岩波書店、二〇〇六）九四頁。
(48)　熊倉功夫『茶の湯』（教育社、一九七七）一一三頁。
(49)　注(35)に同じ、二三二頁。
(50)　注(37)に同じ、一一頁。
(51)　樋口家編『庸軒の茶　茶書茶会記』（河原書房、一九九八）二九五〜二九六頁。
(52)　注(8)に同じ、二五頁。
(53)　注(9)に同じ、四二五頁。
(54)　注(47)に同じ、一四四〜一四五頁。
(55)　注(36)に同じ、一九五頁。
なお『茶之湯聞書』（天和三年奥書、不審菴蔵）にも、

一、鶴屋清兵衛と而富貴成町人有、且公ヲ茶之湯ニ呼候時、膳分出シ候時、山折敷ニ菜汁ヲ致、先ニ柚味噌お付ケ出シ候ハ、且公被仰候は、其方茶之湯ニ此膳部不相応候、膳分致取替候へ、御聞候へ而取替出候由也

とある(『和比』6号、不審菴、二〇〇九、九〇頁)。

(56) 筒井紘一「千利休の懐石　その三」(『淡交』一九九六年八月号)八九頁。

(57) 筒井紘一『懐石の研究―わび茶の食礼』(淡交社、二〇〇二)二四六頁。

(58) 注(37)に同じ、三一頁。

(59) 本文は国文学研究資料館マイクロフィルム(森文庫)によった〈橋本博編『茶道古典集成』では「廿日」となっている〉。

(60) 谷晃校訂『金森宗和茶書』(思文閣出版、一九九七)一四二頁。

(61) 石田吉貞『中世草庵の文学』(河原書房、一九四一)七三頁。

(62) 島津忠夫校注『宗長日記』(岩波書店、一九七五)一四七〜一四八頁。

(63) 松山吟松庵校訂・熊倉功夫補訂『茶道四祖伝書』(思文閣出版、一九七四)二三五頁。

(64) 本文は名古屋市立蓬左文庫蔵本(マイクロフィルム)によった。

(65) 吉井始子『翻刻　江戸時代料理本集成』三巻(臨川書店、一九七九)一〇〇頁。

(66) 本文は国文学研究資料館マイクロフィルム(麗沢大学図書館)によった。

(67) 小林幸夫『咄・雑談の伝承世界―近世説話の成立―』(三弥井書店、一九九六)四六・五四頁。

第四章　『日本永代蔵』巻四の四「茶の十徳も一度に皆」考

第一節　はじめに

貞享五（一六八八）年正月に刊行された井原西鶴の町人物の代表作『日本永代蔵』巻四の四が「茶の十徳も一度に皆」である。その目録題には続いて「越前にかくれなき市立　身は燃杭の小釜の下」とある。

この章の概略は以下の通りである。越前敦賀の町はずれに「小橋の利助」という独り身の男が住んでいた。その男が「才覚」によって、ある商売を思いつく。そして、

……荷ひ茶屋しほらしく拵へ、其身は玉だすきをあげて、くゝり袴利根に、烏帽子おかしげに被き、人よりはやく市町に出、「ゑびすの朝茶」といへば、商人の移り気、咽のかはかぬ人迄も此茶を呑て、大かた十二文づゝなげ入れられ、日毎の仕合、程なく元手出来して、葉茶見せを手広く、其後はあまたの手代をかゝへ、大問屋となれり。

といった成功を収める。しかしその後、利助には彼の尽きぬ欲望から「悪心」が「発りて」、

……越中・越後に若い者をつかはし、捨り行《ゆく》茶の煮辛を買集め、京の染物に入事と申なし、呑茶にも是を入まぜて、人しれずこれを商売しければ、一度は利を得て家栄へしに、天是をとがめ給ふにや、此利助、俄に

乱人となりて、我と身の事を国中に触まはり、茶辛〳〵と口をたゝけば、といった状況におちいる。さらに、利助の病状は、「既に末期におもむき、「我今生のおもひ晴しに茶を一口」と涙を漏《こぼ》す。目に見せても、咽に因果の関居《すはり》て」と悪化していく。そうした状況下でも利助は金銭への強い執着をみせ、「内蔵の金子取出させて跡や枕にならべ」て、「思へば、惜しやかなしやと、しがみ付かみ付、涙に紅ひの筋引て、顔つきはさながら、角なき青鬼のごとし」のありさまとなる。しかも、「面影屋内を飛めぐりて落入を、押付ればよみがへりして、銀を尋る事三十四五度に及べり」といった執着ぶりまでしめす。そして遂には野辺の送りの最中に「俄に黒雲立まよひ、車軸平地に川を流し、風枯木の枝打て、天火ひかり落て、利助がなきがらを、煙になさぬ先に取てや行けん、明乗物ばかり残りて、眼前に火宅のくるしみ」という展開となる。

このように「茶の十徳も一度に皆」は、小橋の利助なる人物がその才覚により「ゑびすの朝茶」を考案し成功したものの、尽きぬ欲望にかられて商売物の葉茶に茶殻を混ぜて販売したため、天罰を受けて没落していくという話である。『日本永代蔵』には、主人公の悪事による没落が書かれた話がいくつかある。だが、この章ほどその主人公の死んでいく経過を詳しく描写しているものはない。

それについて、たとえば谷脇理史氏は「悪徳商人になりきれず狂気で死ぬ主人公の姿は、いささか誇張して類型的な修辞で描かれるが、それがかえって主人公の金銀への執着を浮かび上がらせる」と解説している。(1) だが、先に示したような利助の死の描写は「いささか誇張」された程度ではなく、さらに熾烈な描写であると考える。この部分から、この章は利助の「死」を中心に描こうとしているとさえ受けとめられるほどである。この点に関しては西島孜哉氏が「しかし、(2)の主題（石塚注：巻四の四「茶の十徳も一度に皆」）は、小橋の利助という人物を形象化することによって、金銀に対する異常な執着を通してうまれる人間の一つの生き方を描くことにあったわけで、利助の一代記説話となるべきものなのである」と解説する。(2) 西島氏のようにこの章を利助の一代記とみれば、主人公の「死」の場面に多くの部分が割かれていることについて首肯できる。羽生紀子氏も西島氏のこの説に文章自体の量的な検討を加え、六四行中三五行も占めている利助についての描写は「西鶴の創作視点が、まず人物を描こうとしていることから展開している」ことの証明となるとしている。(3)

しかし、たとえば巻五の三「大豆一粒の光り堂」にも「川ばた九助」の一代記的部分があり、その「死」の場面も描かれているけれども、利助の場合ほど力点が置かれて書かれていない点はどのように考えればよいだろうか。村田穆氏も「利助は物欲の妄執ゆえに狂死し、善蔵（石塚注：巻三の三「世は抜取りの観音の眼」）は理由なく落魄《らくはく》する。人に先んじる機敏な金儲けのすこぶる難しいのに、商人の金儲けに執する気持ちはすさまじくて、ともすれば、詐欺・奸譎《かんきつ》に陥りがちな点を、諷するものである」(4)と指摘する。だがもし、ここでの利助の「死」の描写を「諷する」ためであるとするならば、なぜ巻三の三「世は抜取りの観音の眼」の菊屋善蔵の場合については、「元来すぢなき分限、むかしより浅ましくほろびて、後には、京橋に出てくだり船にたより、請売の焼酎・諸白、あまひも辛ひも人は酔されぬ世や」程度の没落ぶりですましているのだろう。善蔵の場合も利助の場合と同様、天が罰する内容にもっと力点を置いた具体的描写があってもよさそうなものである。

この矛盾を考えるうえで、東明雅氏の次の指摘は興味深い。

> ……三十編の中には町人への教訓として明らかに不適当と思われるものが含まれている。巻三の三「世は抜取りの観音の眼」の主人公菊屋善蔵、巻四の四「茶の十徳も一度に皆」の小橋の利助の如きは、一には長谷観音の戸帳を詐取し、一は茶殻を売りつけ、何れも明らかに不正な商法を営んだものであり、作者も後に破滅零落せしめている。併し乍ら巻二の三「才覚を笠に着大黒」の主人公大黒屋新六の如きは、野良犬を焼い

て狼の黒焼きと称し、これを押売りし乍ら旅費をかせいで江戸に上って遂に長者になり、巻四の二「心を畳込古筆屏風」の金や某は長崎丸山の遊女から騙取した屏風を資本として富豪になった如き、或は巻四の三「仕合の種を蒔銭」の分銅屋某は札銭を売る時二匁三匁のうちから五厘一分の掛込を取って両替屋になった如き、何れも正当な蓄財法とは云えず、むしろ非難顰蹙さるべきものである。かく眺むれば表面には致富・処世の教訓書たることを標榜し、時には道学者的口吻を弄してはいるものの、実際に於ては十分な用意と意志とを欠き、この間の齟齬は余りにも顕著であると言わねばならない。(5)

ここで東氏がいう『日本永代蔵』内部の「齟齬」・「矛盾」については、他にも指摘がある。ただし、その多くは成立論と絡めて、その「齟齬」「矛盾」を処理しようとする論考である。たとえば岡田哲氏の「『日本永代蔵』の構成」(6)は、篠原進氏の『日本永代蔵』全体が「禁欲に徹し金銭を獲し成り上がろうとする人々を縦糸とし、金銭を放出し遊楽を極めて没落する人々を横糸として編み上げた盛衰の曼陀羅であり、唐草模様《アラベスク》である」(7)という説を受け、この「齟齬」「矛盾」の原因は『日本永代蔵』が「連想」の集大成として成立していることに起因することを再確認している。だが、この利助に関する「齟齬」「矛盾」は、果たして『日本永代蔵』全体が「連想」によるために生じたものなのだろうか。ここでの利助への苛烈を極めている天罰の描写をみると、それだけが原因とは考えにくい。

商人が、いかに商取引、すなわち金銭の獲得を職業としているからとはいえ、商品に混ぜものをする不正行為によって客を「騙して」まで金銭を稼ごうとすることは、もちろん道徳的に容認されるべきものではない。しかし、商取引というものが、常にまったく公明正大なのかと問われたならば、完全にそうとも言い難い部分は残るであろう。巻二の三「才覚を笠に着る大黒」の大黒屋新六が犬の黒焼きを「狼の黒焼」として売ったことは不正でなく「才覚」とされ、巻四の三「仕合の種を蒔銭」の分銅や何某が秤目の誤魔化したことも許容されているのに、利助のみが不正とされ、あれほどまでに糾弾されてしまうのは釈然としない。菊屋善蔵との比較からでも、あのような苛烈な最期を与えられるにふさわしい理由が、利助の場合当然用意されるべきである。利助には、たしかに暉峻康隆氏のいうように、

……利助は食へないからやつたのではない。レ・ミゼラブルの主人公のやうに、一塊の麵麭のために一生をあやまつたのではない。茶殻で悪稼ぎする前に、茶の大問屋なのである。そしてこの中流以上の町人たちが憑かれる悪霊の如何ともなしがたいことを知りぬいてゐるから、西鶴は最後まで救ひをあたへてゐないのである。冒した罪におびえて狂気しながら、なほ金銀にしがみついて絶命し、死してなほ借金取りにまはる利助の、永劫に救はれることなき魂を、西鶴はみづから描いてゐるのである。(8)

という側面があるかもしれない。また、大黒屋新六や巻四の二「心を畳込古筆屛風」で遊女から高額の古筆屛風を詐取した金や某の場合とも異なり、自分が「本業」として扱っている商品「葉茶」に茶殻を混ぜ顧客を欺いたという、自分の商売に対する誇りまでもかなぐり捨てた商法をとったことを、西鶴は許さなかったのであろう。だが、巻四の二「心を畳込古筆屛風」に「唐土人」は「薬種にまぎれ物せず」律儀であるのに「只ひすらこきは日本」だとも書かれてあるから、存外「混ぜ物商法」は当時横行していた可能性もある。巻四の三「仕合の種を蒔銭」の分銅や何某の秤目の誤魔化しも、巻五の二「世渡りには淀鯉のはたらき」の山崎屋の丹波・近江の魚を淀の川魚と詐称した商売も、その行為において利助と大差はないようにも考えられる。にもかかわらず、どうして利助のみが苛烈なまでの天罰が執拗に与えられ、その描写も克明になされる必然があったのだろう。それは、たんに道徳的理由からだけではなさそうである。それは西鶴がどのような素材から発想してこの章を「創作」し

ようとしたかに由来していると考えられる。

第二節　「茶の十徳も一度に皆」の発想の典拠

江本裕・谷脇理史編『西鶴事典』六「出典一覧」によれば、この「茶の十徳も一度に皆」について以下の二つの「典拠」が指摘される。

野間光辰「校注余録」『因果物語』平仮名本にのる越前敦賀の分限者の因果話に拠ったか。

吉江久彌「『堪忍記』と西鶴」『堪忍記』巻三の一二「老いたる親を憎みける非道のこと」に拠り、巻四「商人の堪忍　第一五」ノ一、同二、巻二「財欲の堪忍」の序と巻六も影響を与えている。(9)

実際、野間光辰「校注余録」には、

これは平仮名本因果物語の次の一条に拠ったのではないかと思う。……この因果話が、小橋の利助その人のことであったかどうか、判らない。それはどうでもよいが、西鶴はこの一節を引いて、因果の報の恐ろしさよりもむしろ、人間の金に対する執着の恐ろしさを描いてみせている。そしてその一節は、ひきしまった調子のうちに一種凄惨の気をただよわせている、すぐれた描写である。(10)

と指摘され、義雲・雲歩撰『因果物語』〈片仮名本〉下・廿一「慳貪者、生ナガラ餓鬼ノ報ヲ受クル事付種々ノ苦ヲ受事」（寛文元・一六六一年刊）に、

越前鶴河ニ。陰レ無無限者《ブゲンシャ》有。貪欲深キ者也。寛永廿年六月ノ末ニ。難病ヲ受、眼ヲ皿程ニ見出シ。金銀ヲ取出シ積セ。此金ニテ養性シテ、命ヲ助ケヨ、ト、云テ、苦ミケリ。今日死ヌ、今死ヌ、ト、云テ。廿日程、強ク苦痛シテ。怖《ヲソロシキ》布有様ニテ死ス。押籠テ置ニ。又活返、匍回リケルヲ。敲ケドモ死セズ。為方無、終、

切殺ス也。死骸ノ捨様、知タル者無。[11]

という話が実際に確認できる。宗政五十緒氏はこの話にさらに『因果物語』〈片仮名本〉中の五「二舛ヲ用ル者雷ニ膕ル、事」が結びつけられて「茶の十徳も一度に皆」の章が制作されたとする。[12] また、吉江久彌氏はこの章と『堪忍記』との関係について、

巻三の十二（目次では十三）「老いたる親をにくみける非道の事　付親をころさんとして狂乱しける事」と『日本永代蔵』巻四の四「茶の十徳も一度に皆」……両者に共通するのは、自らの悪事を人々の前で口走る狂乱の態で、現報たちどころに至った結果、家も滅びてしまうという点も類似する。『永代蔵』では利助が乱人となった後、直ちに病臥し末期に及ぶが、この接続が何とも急激で必然性を欠く。その点から考えても、我と我が悪事を口にする部分は他から借用した趣向と思われ、『堪忍記』を想定せざるを得ない。……ついでながら『永代蔵』の小橋の利助の悪事とその最後とについて『堪忍記』の他の部分からの影響も見られる。次にこれをまとめて記す。

『堪忍記』巻四の「商人の堪忍　第十五」の一「斗尺《ますものさし》権《はかり》にいつはりをいたす者の事」に、

あるひはよき物にあしきものをまじへ、あるひはよきを見せてあしきを替えわたす、是誠の商人にあらず、……

とあるのは、彼の茶殻の商法の原拠であろうし、これに続く二「梁の商人雷にうたれし事」も利助譚の結末に関係があろう。これと同様に考えられるのが『堪忍記』巻二「財欲の堪忍　第八」の序と六「欲深人は銭の癖ある事　付樊光と云人雷にうたれし事」とで、……利助にも当てはまる。

ところで、悪人が雷に打たれて死ぬ話は右の他にも珍しくないのであるが、その中で巻七の「憐気のおも

ひある堪忍　第二十二」の九「物ねたみ故に死して火車にとられし事　并亡霊になりて来りし事」は特に利助の話とよく似ている。……

女の嫉妬心を商人の悪徳に置きかえ、仏教色を取り去った所に利助の話が成立している様である。以上色々の角度から見て、利助の話は『堪忍記』に負う所が多いと考えられるのである。[13]（傍点は吉江氏）

と述べ、この章が『堪忍記』と深い関係を持つことを論じている。さらに、この章のテーマについても、次のように言及している。

……執念が物欲に向けられた時の凄まじさも作者の十分知悉していたところで、その典型的な具象化が「茶の十徳も一度に皆」だったのである。

冒頭にも触れた様に、この作品は従来不正手段による蓄財を戒めることをテーマとするものとして説かれて居り、作者もその様な筆使いは見せているのではあるが、物欲を対象とした執念・執着こそ第一義におけるテーマである。[14]

このようにみると、野間氏による指摘は、越前敦賀という同じ土地で起きた「慳貪」を中心とした出来事という点から、この章の成立に深くかかわりがある可能性を示唆する。吉江氏の指摘は「悪人が雷に打たれる」点や、臨終にかかわって「火車」が登場する点など話の展開のうえで共通している点から、そこから西鶴が創作のための発想をえた可能性が高いことを示唆する。この両氏の指摘以外にも、冨士昭雄氏の、

当時悪人が死ぬ時、黒雲の中から火車が出て来て、雷神が屍をつかみ取るという俗説があり、『奇異雑談集』巻四の一や、『因果物語』（平仮名本）巻四の五などの仏教説話集にも描かれるところです。[15]

という指摘や堤邦彦氏の、

西鶴『日本永代蔵』巻四の四で、主人公の野辺送りに時ならぬ雷雨が荒れ狂い「なきからを煙になさぬ先に取て」行ったとあるのも、明らかにこの男の貪欲不正に因る「火宅の苦しみ」を描いたものに相違ない。(16)というような指摘もみられ、この章には仏教的色彩が強いこともわかる。杉本好伸氏は「敦賀の市」と「気比神社」、「気比神社」の祭礼日八月十日と「酒呑童子」の連想について指摘し、「西鶴の脳裏にある酒呑童子〈雷〉は、利助の商い設定に一役かっていた」と、この章の発想の一素材を提示している。(17)

こうしたさまざまな指摘をみてみると、やはりこの章は谷脇理史氏が、

……世間の噂を基点にして咄を作っていると思われるが、現在では、西鶴がどの程度創作を加えて描き上げたかを究明することはできない。しかし、そこで鮮やかに描き出される人間像の形象は、単なる噂咄《うわさばなし》の域をはるかに超えている。……巻四の四「茶の十徳も一度に皆」の小橋の利助が金に魅入られたかのように、狂気して「金銀に取り付き眼を開」いたままで死ぬまでのすさまじさ、等々、金銭にふりまわされる人間のさまざまのありようが、誇張され、時に滑稽化された語り口によって、見事に浮かび上がってくる。私は、これらの具体的な描写によって形象化された人間像を、西鶴の虚構が初めて生み出したものと考えざるをえないのである。(18)

と指摘するように、西鶴によって「創り出された」章ということになりそうである。とするならば、西鶴がその「虚構」を「創り出す」ための発想の素材を、これまでの指摘より以上に広い範囲から取り入れていた可能性は十分に考えられる。たとえば、章題の一部にまでされていながら、これまで重要視されることがなかった「茶の十徳」という語句から可能性を探ってみたい。

「茶の十徳も一度に皆」が、おそらくさまざまな「典拠」からの発想により創作された章だということは、こ

れまでの検討からほぼ確認できた。品川晴美氏のように、敦賀と茶との深い関係を歴史的事実にそって綿密に実証された論考もあるけれども、[19]この章にそうした事実情報に基づいた「表現」しかなかったならば、文学作品としての価値を果たして認められるだろうか。そこに西鶴の「創作」の過程が示され、それが読者にも「情報」として伝わってこそ、この章は初めて文学として機能するはずである。だからこそ、先学がさまざまな先行文芸を「典拠」として検討し、そこに西鶴の創作の発想の源があったことを解明しようとしたのであろう。ただし、これまでの研究においては「茶の十徳も一度に皆」という章題までの検討はなされなかった。そもそも章題が、その章の話題・展開と深いかかわりによってつけられたと考えることは不自然なことではない。しかも、この「茶の十徳も一度に皆」という章題には、本文中にみられない「茶の十徳」という語句が用いられてもいる。ということは、その「茶の十徳」という語句に西鶴が「創作」の発想の一部を担わせていた可能性を考えられるのではなかろうか。

「茶の十徳」の語については、大藪虎亮氏の指摘以来、次の二つの先行文芸の例が指摘されてきた。[20]

如儡子『可笑記』（寛永一九・一六四二年刊／十一行本）巻一の、

むかし、ある方に小身なる侍二人あり。独は数寄者ひとりはぶすき者也。中よく道わたりはべりし。さる時すきなる人の云ひけるは、其方ちと数寄の道に心かくべし。すてに古人の書にもちやの十とくをしるせり。……其方又茶の十とくを云るが、我聞茶の十得の内、諸人あいきやうのとく、仏神加護のとく、清心得道のとく、父母孝養のとくあり。実《まこと》に道心あらん人々茶をもてあそび給はんに、其十とくあらん事うたがひあらじ。さりながら当世のすきしやは、かへつて十損ありとも、なんぞ十とくを得べしや。[21]

の部分、および、楳條軒『よだれかけ』（寛文五・一六六五年刊）巻一「茶に十徳あるといふ事」の、万歳すゝみ出ていはく。まづ待たまへ。たづぬべき事あり。蘇摩訶経に挙られたる十の徳義はなに〳〵にて侍るや。つら〳〵思ふに。茶の失損こそおほかるべき物なれ。……手工の坊がいはく。茶の十徳といふはまづ春は午睡をさますによろし。是一。茶烟のかろく颺《あが》るは。かすみの衣にまがふ。是二。夏は炎暑を涼しうする徳あり。是三。あるひは汗をながし漿をなす。口の内を涼しうし。汗をもとむる薬なり。是四五の徳をあらはせり。秋は楼月の興をそふ。是六。落磑とて碾落す茶の。茶臼の上にちら〳〵とみゆるは。落花に似たり。是七。又六の花の興もあり。是八。冬は氷を敲て。よる茶をにる。また一の興なり。是九。第一つれづれをなぐさむるの徳ふかし。是十の徳にあらずや。また女本草の歌に

茶をのめば痰をきりつゝ熱をさり瘡をもいやし上気よくする

とあれば。一首のうちにさへ四の徳をあらはせり。万病を治するの霊薬なりと。耆婆もいへれば。其徳はかぞへがたしといふ。

という部分と、それに続く巻二の

万歳がいはく。蘇摩訶経に。さやうの浅き事を。十徳にはかぞへまじきなり。……手工の坊はこころ静に。茶の徳義をかたり出さんは。はてしなき事なり。貴からずして高位にまじはり。侮を退け貧しきをいやしまず。義をまもり礼をあつくし。法をやぶらず身をきよめて。賤しげなることなし。……茶といふ物はやすからぬ物なり。第一まづ五臓調和の徳あり。寿命長遠の妙薬なり……(22)

という部分である。大藪氏は「さて蘇摩訶経を見るに、茶の十徳といふやうな記事は無い」とも指摘しており、実際に経典を確認してもその通りである。

この二例を「典拠」として認定する場合、「茶の十徳」という語句を西鶴がこれらを知識源として章題に使っ

たのかどうかが問題になろう。つまり、西鶴はじめ当時の読者たちが「茶の十徳」という語句を見聞きしたとき、即座にこの二つの用例に思いがいたったのかという点から考えた場合、この二例以外にあり得ないとするのは疑問がある。では、西鶴当時の「茶の十徳」は実際にどのような語句として捉えられていたのか、以下それについて検証してみる。

なにかの利点を「十徳」としてまとめた例は香十徳・立花十徳など芸能によくあり、文学にかかわる例としては、狂言「連歌十徳」の「ゆかずして名所をしる、しんぜずして神慮にかなふ、おいずしてここんをしれり」(23)の例がある。また、「北野天神連歌十徳」として、

一者　不業至仏位　父母もまことになきハ仏にて　摂政太政大臣
二者　不詣叶神慮　岩をねる鶴来を誰かふるの神　救済法師
三者　不移亘四時　枝わけに花みし梅の紅葉して　救済法師
四者　不節遊花月　したふしの月と花とを枕にて　摂政太政大臣
五者　不行見名所　遠く来ぬれの雲か富士のたけ　救済法師
六者　不老慕古今　むかし見し月もそれとむかひゐて　周阿法師
七者　不変思愛別　月やしる見し人いかに成ぬらん　摂政太政大臣
八者　不捨遁浮世　行水のあハれこの世に住かねて　救済法師
九者　不親為知音　三たまひてむまれ逢しや石の上　摂政太政大臣
十者　不貴交高位　誰か子をもはくゝむ宿か親の路　周阿法師(24)

の例をみることができるので、「茶の十徳」という語句もこうした系統を受けていることはまちがいない。ただ

し「茶の十徳」が諺のように単なる慣用的表現として用いられていたかどうかについての検討をしなくてはなるまい。もし、そうした表現として定着していたならば、西鶴が「茶の十徳」という語句を具体的な意味も考えず、たんに利助の商売の「葉茶屋」の「茶」から「茶の十徳」いう語句を単純な連想関係によって用いてしまった可能性もあるからである。

加藤定彦ほか編『俚諺大成』によれば、「茶の十徳」という語は、松葉軒東井編『譬喩尽』（寛政末頃までに成立）に、

茶に十徳あり[25]

と一例をみるものの、他には用例がみられない。ということは、「茶の十徳」が諺のような慣用的表現として、その意味内容を無視されて使用されるほど一般的な語彙として定着していたとは考えにくいということになる。それでは俳諧の付合語としては一般的だったのだろうか。俳諧師でもあった西鶴にはその可能性も十分に考えられる。『毛吹草』には、

茶…酔醒　染色　桑　うこぎ　枸杞　葹《なもみ》　弱鯉　奈良[26]

となっているし、『俳諧類舩集』でも、

茶…一盃　壱岐　番　伽　栂尾　紙袋　鷹　橘　俵　たつる　壺　爪　摘　結《つめる》　寝起　奈良　無常　昔　臼
氏　宇治　呑　袋　福　粉　小鷹　縁　泡　安倍　水　汐　渋　引　揉　宣旨

茶の湯…炉　初雪　灰　盆　釜　香　礼　媒《なかだち》　菓子　風呂　ふるふ　手水　手前　亭主　出来《でくる》　雪　仕掛《しかくる》[27]

という付合になっており、「茶」と「十徳」の語を西鶴がたんなる付合の連想によってのみ用いたとは考えにくい。

では、西鶴は仮名草子のような散文から「茶の十徳」という語を知識として持ち、章題として用いたのだろう

か。たしかに、いずれの仮名草子も、「茶の十徳」を話題として丁寧に扱って書いてはいる。しかし、『可笑記』はその「十の徳」全てを書き記してはいない。『よだれかけ』にしても、その「春は午睡をさますによろし」で始まる「茶の十徳」は、「万歳」の反論からもわかるように「手工の坊」の創作した独自の「茶の十徳」である。西鶴も含め当時の人びとは、果たしてそうした散文表現の一部分の記憶から、この「茶の十徳」という語句をみずからの知識に組み入れたのだろうか。彼らにとっては、むしろもっと記憶しやすいかたちでの「茶の十徳」を知る機会があったはずである。そして、そうした「十徳」に発想を得ていたからこそ、西鶴は「茶の十徳も一度に皆」という内容とも合致した章題を発想し得たし、当時の読者たちにも、その章題から章の内容や展開に対する予感が生まれ、西鶴の「創作」を「読む」愉しみに浸ることができたとは考えられないだろうか。

第三節　茶の湯資料からみた「茶の十徳」

「茶徳」という語句については、わが国では栄西禅師が将軍実朝に『茶の徳を誉むる所の書』を建保二（一二一四）年二月四日に呈した記録に始まるとされる。[28] 文学では、無住道暁『沙石集』（弘安六・一二八三年成立）巻八の一六「先世房の事」に、ある牛飼が茶を飲む僧のところへ来て、茶を飲ませてほしいと頼むと、

これは三の徳ある薬なり。やすき事なり。とらせんといふ。その徳と云ふは、一には坐禅の時ねぶらるるが、これをのみつれば通夜ねられず。一には食にあける時服すれば、食消して実かろく心あきらかなり。一には不発になる薬なりと云ふ時、さてはえ給はり候はじ。

と、僧がその「徳」を説く。牛飼いは、それを聞き、そのような「徳」ではたまらないと茶を断るという話が出てくる。[29] 管見では「茶(之)徳」という語は、蘭叔の『酒茶論』（天正四・一五七六年成立）にも「未聞茶(之)徳」

とあり、この系譜を受け継ぐ仮名草子『酒茶論』（万治・明暦頃成立）にも、

猶ちやに十徳あり、蘇摩訶童子経に、くわしくこれをほめたり。みつるときはこれをとをし、とをるときはこれをふさぐ。是ちやのとくなり。[30]

ともある。ただし、この『酒茶論』の「猶ちやに十徳あり」の部分は、のちほど詳しく検討する『禅林小歌註』によった部分といえる。さらに、より西鶴に近い時代の資料までみてみると、『源流茶話』に、

問、茶の徳、茶人の品々承度候、

答、……願くハ楽天が水竹を翫ひしにならひ、此道を以て心の師友とし、身を修、道を行ふのたすけとせは、真の茶人、茶の徳共申べき物也、[31]

とあったり、『茶道要録』下巻にも「第一茶徳之事」[32]とあることから、西鶴当時、「茶徳」という語はおそらく十分に定着していたのは事実であろう。ただし、これらはいずれも「茶徳」をより具体的な「十徳」として示すまでにはいたっていない。

「茶の十徳」についてはその十項目について種々の見解がある。その整理のため、茶の湯関連の用語辞典の解説を以下に列挙してみる。

Ⓐ『原色茶道大辞典』

茶の効用を説いた十ケ条。栂尾高山寺の明恵が芦屋釜に十徳を鋳込んだという伝えがある。諸仏加護、五臓調和、孝養父母、煩悩消除、寿命長遠、睡眠自除、息災延命、天神随身（ママ）、諸天加護、臨終不乱、十徳の項目の表現には種々の説がある。[33]

Ⓑ『角川茶道大事典』（谷端昭夫氏）

飲茶の徳目十種をさす。明恵が釜に鋳込んだといわれる「散鬱気、覚睡気、養生気、除病気、制礼、表敬、賞味、修身、雅身、行道」のほか、紹鷗と伝える「諸仏加護、五臓調和、煩悩自在、孝養父母、睡眠自在、臨終不乱、息災延命、諸天加護、天魔随身《ママ》、寿命長延」、利休による「諸天加護、睡眠遠離、孝養父母、消除重病、衆人愛敬、煩悩自在、無病息災、貴人相親、寿命長延、悉除朦気」、杉木普斎の「仏神加護、精気増益、除払煩悩、寿命長延、除邪睡眠、坐禅不退、孝養父母、悪除楽窮、天魔不侵、臨終正念」のほか、井伊直弼によるものなど幾種かが知られる。(34)

Ⓒ桑田忠親編『茶道辞典』

明恵上人が芦屋釜に鋳つけた茶の効能。散鬱気、覚睡気、養生気、除病気、制礼、表敬、賞味、修身、雅身、行道の十ケ条。(35)

Ⓓ千宗守校閲『茶道用語解説』

茶の十徳　チヤノジユツトク　栂尾の明恵上人、芦屋釜に鋳つけしを始めとす、左に記す

一、諸仏加護　二、五臓調和　三、孝養父母　四、煩悩消除　五、寿命長遠　六、睡眠自除　七、息災延命

八、天神随心　九、諸天加護　十、臨終不乱

後に紹鷗の茶の十徳あり(36)

Ⓔ『利休大事典』遺響編「利休茶十徳」

茶を飲むことによって得られる十種目の徳目で、明恵上人が唱えたとされるものなど、諸説が伝わる。利休が説いたと伝える十徳は、諸天加護・睡眠遠離・孝養父母・消除重病・衆人愛敬・煩悩自在・無病息災・貴人相親・寿命長遠・悉除朦気。(37)

また、これら用語辞典以外にも次のような例が指摘できる。

Ⓕ井口海仙『茶道名言集』

散鬱気　覚睡気　養生気　除病気　制礼　表敬　賞味　修身　雅身　行道（明恵上人）

……この十徳は、栂尾の高山寺明恵が、芦屋の釜に鋳込んだものであると伝えられる。(38)

Ⓖ西隆貞『茶道銀杏之木陰』

利休の茶の十徳(一)

諸天加護、睡眠遠離、孝養父母、消除重病、衆人愛敬、煩悩自在、無病息災、貴人相親、寿命長延、悉除矇気

同(二)

諸仏加護、五臓調和、孝養父母、煩悩自在、寿命長遠、睡眠自在、息災延命、天魔道心、諸天加護、臨終不乱

同(三)

早交高位、花無他念、衆人愛敬、不語成友、知草木名、席上常香、朝暮風流、諸悪離別、精魂養性、不事有縁(39)

Ⓐから Ⓖのように「茶の十徳」とは、一般的に明恵上人が芦屋釜に茶の十の徳を句として鋳付けさせたことに始まるとされ、その句についても、細かくみると、いくつかの系統が存在することがわかる。

では、こうしたいくつもの「十徳」の系統うち、いずれが西鶴当時「茶の十徳」として定着していた可能性が高いのだろうか。その「十徳」を推定することは、西鶴の発想の素材を考えるうえで重要な問題となる。

たとえば、釜師西村道冶による『釜師由緒附名物釜所持名寄』（元禄一三年霜月三日奥書）に、

一、芦屋　筑前国

一　上代　極上作　凡五百年／二　中代　同　凡四百年／三　同　春延と云　凡三百年／末　凡百五十年

（浄雪本ニハナシ）

釜鋳元祖は土御門院建仁年中、栂尾明恵上人、筑前国芦屋に御茶湯釜初而鋳しむる也(40)

とある。このことからも、西鶴当時も先の説のように、茶の湯釜の鋳造が明恵上人に由来するとされていたことが十分に考えられる。ただし、「茶」と明恵上人の関係については、その事跡を紹介する『梅尾《ママ》明恵上人物語』（室町写／高山寺蔵）・『栂尾明恵上人伝記』（江戸写／高山寺蔵）には、

或時建仁寺長老ヨリ茶ヲマイラセラレタリケルヲ医師ニ問給ニ、茶者追困消食気ヲ快カラシムル徳アリ。サレトモ本朝ニアマネカラスト申シケレハトカク奔走シテ両三本栽ラレケリ、誠ニ睡ヲサマス験アリ(41)、

と記されていたり、『栂尾明恵上人伝記巻下』（宝永六・一七〇九年刊）にも、

建仁寺の長老より茶を進ぜられけるを、医師に是を問ひ給ふに、茶は困を遣り食気を消して快からしむるの徳あり。然れども本朝に普からざる由申しければ、其の実を尋ねて、両三本植ゑ初められけり。誠に眠をさまし気をはらす徳あれば、衆僧にも服せしめられき(42)。

とある程度で、実際に釜を鋳させたかどうかは不確定である。

さらに、この明恵上人の「茶の十徳」制定説は、湖月編『茶家酔古襍』（天保一二・一八四一年／嘉永五・一八五二年刊）初篇にみられる、

一、諸仏加護　二、五臓調和　三、孝養父母　四、煩悩消除　五、寿命長遠　六、睡眠自除　七、息災延命

八、天神随心　九、諸天加護　十、臨終不乱

右銘ハ栂尾明恵上人釜ニ鋳付サセラレシ御自筆ナリ古筆家四人ノ添書アリ、此釜栂尾ノ什物ナリシヲ利休乞得蔵シタリシヲ松丸殿御所望アリ、後京極安知殿へ伝リ当時本多伊予守殿御所蔵ナリ(43)

という記事にも詳しい。速水宗達『喫茶幽意』（寛政一一・一七九九年）には、

珠光云、……栂尾ノ明恵上人ソノ製法ヲ宗《ママ》ヨリ伝テ、茶ヲ初テ栂尾ニ植へ、茶ニ十徳有事ヲ偈ニ造リ、釜ニ鋳ツケテ人ニ茶ヲスヽメ玉フ文ニ云、一者　諸仏加護　二者　五臓調和　三者　考《ママ》養父母　四者　煩悩自在　五者　寿命長遠　六者　睡眠自在　七者　息災延命　八者　天魔随心　九者　諸天加護　十者　臨終不乱ト。此釜ハ栂尾ノ重宝ナルヲ、利休貴キ御言葉ト申受ケ、コレヲ所持セラルヽト云ヒ伝フ。(44)

とあり、もしも、これらが事実だとすれば、その説は利休の頃にはすでに存在していたことになる。ただ、この「十徳」が明恵上人が茶の湯釜に鋳させたものかどうかということに関しては、香取秀真氏が「茶釜の歴史」で、

……栂尾の什物であるからかならずしも明恵上人の自筆銘であるとは断定し難いが、早くから釜のあつたことを窺知することができよう。

……嚢に引用した『茶家酔古襍』初篇の茶の十徳釜は明恵上人が釜師に命じて鋳させたやうに書いてゐるが、天明釜に十徳の句を鋳出してあるものが道冶の記すところにもあるから、芦屋でだけ鋳たものとは思はれない。右の『酔古襍』のものが、果して明恵上人時代のものであつたか否かは、遽かに断ずることは出来ない。(45)

と反論もしており、事実として認定することは難しい部分もある。

このように「茶の十徳」そのものが明恵上人の発案かどうかは別として、「茶の十徳」は利休の頃には具体化した十句となって存在し、先の『可笑記』に「茶の十得の内、諸人あいきやうのとく、仏神加護のとく、清心得

道のとく、父母孝養のとくあり」とあったり、『よだれかけ』にも「茶といふ物はやすからぬ物なり。第一まづ五臟調和の徳あり。寿命長遠の妙薬なり」とみられる部分に先だって存在していたことは十分考えられる。そして、この十句はⒷの谷端氏やⒸで桑田氏が指摘するような「散鬱気、覚睡気、養生気、除病気、制礼、表敬、賞味、修身、雅身、行道」という「茶の十徳」ではなかったようである。まして、「茶の十徳といふはまづ春は午睡をさますによろし、是一」以下の「十徳」でもなかった。とすれば、西鶴の知り得た可能性のある「茶の十徳」とは具体的にどのような「十徳」だったのだろうか。

第四節　西鶴の知りえた「十徳」

西鶴が知識として持っていた可能性がある短句形の「茶の十徳」を考えるうえで、先にあげた西村道冶の『釜師由緒附名物釜所持名寄』の「名物釜所持名寄」に、

　極上作

一、十徳釜　十徳文字有鐶付道安印　　金勝慶安／浪花　泉屋助右衛門

とある茶の湯釜、すなわち「十徳釜」の存在が重要となろう。この釜については随流斎宗佐（正保三～元禄四年／一六四六～九一）の『随流斎延紙ノ書』（貞享三・一六八六年頃か）にも、

　茶之十徳

一者　諸仏加護　二者　五臓調和　三者　考《ママ》養父母　四者　煩悩自在　五者　寿命長遠　六者　睡眠自在

七者　息災延命　八者　天魔随心　九者　諸天加護　十者　臨終不乱

右古キ釜ニ書付有(46)

とみられるから、西鶴当時にこの「十徳釜」は存在しており、そこには具体的な「茶の十徳」が十句として鋳付けられていたことも確認できる。さらに、この釜は実物が現在も福岡県芦屋町所蔵の「十徳(句)釜」として伝存する。

　この十徳句釜の年代は、ふつう室町時代と考えられています。ただ、鎌倉時代の始《ママ》めとする見かたもあるようです。「明恵上人（一一七三―一二三二）が芦屋に命じて、自筆の茶之十徳句を釜に鋳付けさせた」というようなことが、江戸時代の元禄（一六八八―一七〇四）の頃からいわれるようになりました。そして、その明恵上人の注文の釜が、この芦屋町の十徳釜だ、というのです。

　一般には、この見かたは間違いだとされています。なによりも、この十徳句釜が明恵上人の時代のものとは思われないからです。[47]

との解説からもわかるように、十徳釜は室町時代末期に製作された釜のようである。この芦屋町所蔵の「十徳(句)釜」については、さらに中野政樹氏が詳しく以下のように解説している。

　古芦屋釜のなかに十徳釜という釜がある。(石塚注：図1・2として芦屋町歴史民俗資料館蔵の釜の写真を示す)この釜は古式の形態をした茶の湯釜であり、胴に喫茶の徳を示す次のような句を鋳出している。「諸神加護、五臓調和、煩悩断念、寿命長遠、睡眠自除、孝養父母、息災安穏、天魔随心、衆人愛敬、臨終不乱」

　かつて芦屋釜の研究が進む中で特記すべき論争があった。この釜の製作年代について論じられたもので、釜の研究家であり釜師である長野垤志氏は、文様が鎌倉時代初期の鏡の文様に近いこと、とくに州浜の霰地の部分が鎌倉期の古鏡にみられる霰文に似ていること、また、茶の十徳は明恵上人の言葉であることなどを根拠とされて、この釜は鎌倉時代の初めに製作された早い時期の芦屋釜であると論じた。これに反対して、美術収集家として知られた細見良氏は鎌倉前期にはこのような釜はまだ出現していないとし、室町時代末のものであるという説を提示した。(48)

中野氏も引用する茶の湯釜研究家長野垤志氏は、三重県四日市市在住の服部章三氏所蔵の「(茶之)十徳釜」をとりあげ、「筑前あしやの釜としては一番古い釜と考えられる形で、この形に属する者は現在までに三口より見て」いないと紹介する。そして、その釜には、

一　諸神加護／二　五臓調(和)／三　煩悩断(念)／四　寿命長(遠)／五　朝眠自(除)
六　孝養父母／七　息災安穏／八　天魔随心／九　衆人愛教／十　臨終不乱／小過毒成／徳説只可
(石塚注：(　)内は後補)

と鋳出してあることも紹介している。(49)長野氏は同じ釜を『あしやの釜』でもとりあげ、『禅林小歌註』・『猗蘭台集』(本多忠統／享保一七・一七三二年刊)・『茶家酔古襍』所載の十徳の句とこの釜の十徳の句を比較し検討を加え、その文言の変化は、江戸期になって利休所持の写しとして造られたことによると考察している。(50)

このように「十徳釜」という茶の湯釜の存在を考え合わせると、西鶴は「茶の十徳」の十句を、もしかするとこの十徳釜からの「知識」として持ちえた可能性もあると考えざるをえない。そして、記憶への定着という点からは、こちらからの知識として考える方が先の仮名草子の文中の表現からの知識として考えるよりも、はるかに鮮明に残りやすかったとも推察できる。ただし残念ながら、現時点では西鶴がこの「十徳(句)釜」を所持していたり、彼の身近な人物が所持していたことについて確認できない。しかし、少なくとも「茶の十徳」という語を

見聞きしたとき、西鶴を含む当時の人びとの脳裏には、「散鬱気」に始まる「茶の十徳」や「まづ春は午睡をさますによろし、是一」以下の「茶の十徳」が浮かんだとは考えにくく、「諸天加護、五臓調和、煩悩断念、寿命長遠、睡眠自除、父母孝養、息災安穏、天魔随心、衆人敬愛、臨終不乱」といった釜に鋳込まれていた「十徳」の系統が記憶され、呼び起こされた可能性の高いことは検証できたと考える。

また、西鶴が仮りに「十徳釜」そのものを見知っていなかったとしても、それ以外の資料からも「諸天加護」で始まる系統の「茶の十徳」を見知っていた可能性を探ることもできる。その一つは聖冏作・聖聡註『禅林小歌註』（応永二二・一四一五年頃成立）の存在である。

亦我是体哈笑不為音。彼瞋恚憍慢何修羅基也。雖然茶有十徳。（割注）〈一諸仏加護。二五臓調和。三煩悩自在。四寿命長遠。五睡眠自在。六孝養父母。七息災延命。八天魔怖畏。九諸天加護。十臨終不乱。〉蘇摩訶童子経委讃之。[51]

この部分について、榊泰純氏は次のように解説する。

茶有十徳〈一諸仏加護。二五臓調和。三煩悩自在。四寿命長遠。五睡眠自在。六孝養父母。七息災延命。八天魔怖畏。九諸天加護。十臨終不乱。〉

所謂「茶の十徳」というのは、栂尾の明恵上人が、芦屋釜の胴に鋳つけたと伝えられるもので、井口海仙編の『茶道用語集』は、次の十をあげている。

一、諸仏加護　二、五臓調和　三、孝養父母　四、煩悩消除　五、寿命長遠　六、睡眠自除　七、息災延命　八、天神随心　九、諸天加護　十、臨終不乱　（傍○は榊氏）

順序と語句に少々の違いはあるが、この十徳を注したのは誰か、誰のものなのか。文体の上からは決定しか

ねるが、聖冏上人の注と考えてもおかしくないと考えている。(52)

榊氏の指摘のように、聖冏が「十徳を注した」かどうかは断定はできない。しかし、『可笑記』の「すでに古人の書にもちやの十とくをしるせり。……其方又茶の十とくと云るが、我聞茶の十得の内、諸人あいきやうのとく、仏神加護のとく、清心得道のとく、父母孝養のとくあり」という部分や『よだれかけ』の「万歳すゝみ出ていはく。まづ待たまへ。たづぬべき事あり。蘇摩訶経に挙られたる十の徳義はなに〳〵にて侍るや」「茶といふ物はやすからぬ物なり。第一まづ五臓調和の徳あり。寿命長遠の妙薬なり」、さらに『酒茶論』の「猶ちやに十徳あり、蘇摩訶童子経に、くわしくこれをほめたり。みつるときはこれをとをし、とをるときはこれをふさぐ。是ちやのとくなり」といった部分は、若干の異同もあるものの、この『禅林小歌註』に影響された可能性がある。とくに後者の二つについては、「蘇摩訶童子経」に「茶の十徳」が由来するという点で『禅林小歌註』と一致してもいる。このようにみてみると、近世期初期にあって、『禅林小歌註』が「茶の十徳」を知らしめるための知識源としての役割を担っていた可能性が高いことが推定できる。

では、西鶴が仮りに『禅林小歌註』から「茶の十徳」の知識をえたとして、どのようにその知識をえたのだろう。それは、おそらく『序語類要』(天和三・一六八三年刊)によると考えられる。なぜなら、この『禅林小歌註』が「阿弥陀経義疏序」などと並び、その掉尾に収録されているからである。(53)『序語類要』は浄土宗関連の有名な経典の「序」を収録した詞華集である。その刊年や宗派からも、西鶴がこれをみた可能性は極めて高いと考えられる。

さらに、この他に福井随時『普公茶話』(天保五・一八三四年序)の存在もあげられよう。その刊行は天保五年であるけれども、寛文八(一六六八)年の杉木普斎の筆跡という注の記事に誤りがなければ、

一、前文断テ不存　坐禅に切レタリ寔に有かたき心せつなるへし仰きねかはくハ世上茶湯してたのしみをしらは貧富の望悲しみもなくおのれか分限をわきまへ当代の茶湯の心をのそきいにしへをしたはゝ何か物にうらやむ事かあらん朝に茶の道乃筋を聞ゆふへに死すとも可なり予も亦此道にふけるとはいへともわきまへ知にはあらす或人蘇摩訶童子経に茶の十徳ありとて文のかたはしに書付伝ふも殊勝に覚え侍るなり
一仏神加護　二精気増益　三除撥煩悩　四寿命長延　五除邪睡眠　六坐禅不退　七孝養父母　八悪除楽窮
九天魔不侵　十臨終正念　上に茶のゆの道を教との仰いかはかりいなみかたく聞もらし見もらし侍ハわか愚なるへし先達の罪あるへきにもあらねハ墨をかいつけ本反となし侍なり道しれる人の身てはわらひしさのたねのまきなるへし他見はかならすしもあるへからす猶彼道の巧者なる人に伝へあるへき叓しるなり　同前
（石塚注：寛文八年先生真跡巻物端書）別巻(54)

という部分が注目に値しよう。ここにも、やや文言は違うものの「蘇摩訶童子経に茶の十徳あり」を根拠とした「一　仏神加護」で始まる「茶の十徳」が説かれている。この普斎の「十徳」が千宗旦に由来していることは『普斎伝書』（内題『利休流聞書』／神宮文庫蔵／享保一五・一七三〇年奥書／嘉永五・一八五二年正住弘美写）に、

茶湯之十徳
一　仏神加護　二　精気増益　三　除払煩悩　四　寿命長延　五　除邪睡眠　六　坐禅不退　七　孝養父母
八　悪除楽窮　九　天魔不侵　十　臨終正念
奥書　右之一冊者従宗旦先生杉木普斎へ不残奥義秘伝之書留也、普斎以自筆書写之畢
享保十五戌五月中旬（花押）(55)

とみられたり、『普斎伝書』と同内容である『茶湯十徳伝』（京都大学図書館蔵八―六三―チ―一七／書写年不明／一オ）・『茶の湯十徳伝』（今日庵文庫二二九六／京大転写本／井口海仙師寄贈本）にも、

茶湯之十徳

一　仏神加護　二　精気増益　三　除払煩悩　四　寿命長延　五　除邪睡眠　六　坐禅不退　七　孝養父母

八　悪除楽窮　九　天魔不侵　十　臨終正念

とあることからも、ほぼ間違いがないところである。

ここまでの検討から、西鶴が知識として持っていたと推測できる十句を、いま一度整理してみる。

(1)「十徳釜」系統　諸天（仏・神）加護　五臓調和　煩悩断念（自在）　寿命長遠　睡（朝）眠自除　孝養父母　息災安穏（延命）　天魔（道）随心　衆人愛敬（諸天加護）　臨終不乱

(2)『禅林小歌註』系統　一　諸仏加護　二　五臓調和　三　煩悩自在　四　寿命長遠　五　睡眠自在　六　孝養父母　七　息災延命　八　天魔怖畏　九　諸天加護　十　臨終不乱

(3)杉木普斎系統　一　仏神加護　二　精気増益　三　除撥（払）煩悩　四　寿命長延　五　除邪睡眠　六　坐禅不退　七　孝養父母　八　悪除楽窮　九　天魔不侵　十　臨終正念

以上の三系統が、西鶴が見聞したであろう可能性が高い「茶の十徳」ということになる。そして、こうしてみると「茶の十徳も一度に皆」における内容の展開が、これらの十句のうちのいくつかに重なっていることに気づかされる。つまり、西鶴のこの章の創作に「茶の十徳」が具体的内容にまで踏み込んだかたちで影響を与えているといえるのである。それは、その章題を（「茶の十徳」を「一度に皆」失なってしまう）と読むならば、この「茶の十徳」に明らかに反したかたちで、利助の描写はなされている部分がみられるからである。そう考えると、

たとえば利助の苛烈な最期の描写は、「臨終不乱(臨終正念)」に発想を得て、それを反転、すなわち「失なう」かたちで描かれたことにならないだろうか。このように西鶴のこの章を創作するさいの発想に具体的な「茶の十徳」の影響があったことを想定すれば、利助にのみ与えられた臨終の狂乱ぶりにも説明がつくのである。

第五節　おわりに

『日本永代蔵』巻四の四「茶の十徳も一度に皆」の展開に、章題の「茶の十徳」により想起される十句そのものがかかわっている可能性について検証してきた。そして、おそらく西鶴が知識として持っていたであろう十句は、十徳釜・『禅林小歌註』・杉木普斎などを知識源とした「諸天(仏)加護」に始まり「臨終不乱(臨終正念)」に終わる十句であった可能性が高いことを導くにいたった。

これらを「茶の十徳も一度に皆」の話の展開に重ねたとき、あの利助のあまりにむごたらしい最期の描写が何に由来したかという疑問に対する答えが出てくる。たとえ西鶴がその十句全てを詳細に記憶していなかったにせよ、彼によって「茶の十徳」が部分的にでも内容と関連づけられて創作されたとすることには問題がなかろう。また、当時の読者たちでその「茶の十徳」を知る者が、この関連性に気づいて「読んだ」とき、西鶴の創作力の豊かさをそこにみた可能性は否定できまい。

もちろん、その十句全てが逐一この話の展開と深く影響しあっているなどというつもりはない。そのため、西鶴もさほど「茶の十徳」の文言を意識して用いてはいないだろうという反論も当然出てこよう。しかし、この章の主要な場面の展開と「茶の十徳」の句を照らして「読んだ」とき、そこに整合性があるのは事実である。利助の異常な死の有り様は「臨終不乱(臨終正念)」の徳にいたれないための苦しみの姿である。また、利助は茶を商いながら「煩悩断念」の徳もなく、茶殻を混ぜることに奔走してもいる。さらに、利助は「寿命長遠」の徳もなく病苦に冒される。そして、利助は「諸天(仏)加護」の徳もなく「火宅の苦しみ」にさいなまれつつ、天罰によって苛烈な最期を迎えるのである。とくに「諸天(仏)加護」と「臨終不乱(臨終正念)」については第一句と第十句である。この二句がとくに西鶴の記憶に強く残っていて活用された可能性は高い。

利助は、西鶴によって、なぜあれほどの苦しみにさいなまれた姿に創られなくてはならなかったのか。その疑問を「茶の十徳」の語の持つ意味に原因があるのではないかと考え、検討してきた。もとよりその原因の根底に、利助の「不正」があったことは言うまでもない。だが、その「不正」という道徳的理由だけでは、西鶴があれほどまでの苦しみをなぜ利助に与えたかは説明できまい。それを「齟齬」「矛盾」として片付けてしまうのは、たやすいことである。ただ、西鶴が創作の素材を先行文芸のみにこだわらず、もっと広い視野に立って収集していた可能性を模索したなら、『日本永代蔵』でいわれてきたこうした「齟齬」「矛盾」の一部が、そうではなくなる。『日本永代蔵』が名作とされてきたのは、そこに西鶴の創作の「力」がみられるからである。章題の「茶の十徳」という語の具体的内容からの発想をその章全体の展開に認めることは、西鶴の創作にさいしての発想の豊富さをも認めることにもつながるのではなかろうか。

〔補記〕

もしも「茶の十徳」の制定を明恵上人がしたとするならば、その背景に『華厳経』の存在があったことが考えられる。明恵上人は華厳宗の復興者であり、京都大学船山徹氏(インド哲学)の教示によると、『華厳経』では「十徳」によって教えを述べる傾向が強いという。管見でも、『私聚百因縁集』(承応二・一六五三年版本)巻三の一三「貧女一燈事」に「又華厳経有十徳」という一節を知り得た（湯谷祐三氏「私聚百因縁集　私論」、平成一一年度説話文学会大会発表資料）。ただ、この程度の資料から明恵上人を「茶の十徳」の本当の制定者であったかどうかを確定することは困難である。ここでは「茶の十徳」の制定が明恵上人であるとするならば、『華厳経』との関連があった可能性についてのみ指摘をしておく。

（1）谷脇理史校注訳『新編日本古典文学全集　井原西鶴集三』（小学館、一九九六）一三四頁。
（2）西島孜哉『日本永代蔵』（和泉書院影印叢刊、一九八七）二六八頁。
（3）羽生紀子「『日本永代蔵』の構造―創作姿勢と教訓のあり方―」（『鳴尾説林』2号、狂孜会、一九九四）一〇頁。
（4）村田穆校注『日本古典集成　日本永代蔵』（新潮社、一九七七）二二三頁。
（5）東明雅校注『日本永代蔵』（岩波書店、一九六八）一九五～一九六頁。
（6）岡田哲「『日本永代蔵』の構成」（『日本文学論究』85冊、國學院大學国語国文学会、二〇〇〇）一〇五～一一三頁。
（7）篠原進「『日本永代蔵』の主題」（『弘前大学国語国文学会学会誌』7号、一九八一）三〇頁。
（8）暉峻康隆『西鶴　評論と研究・下』（中央公論社、一九五〇）六八頁。
（9）江本裕・谷脇理史編『西鶴事典』（おうふう、一九九六）七七一頁。
（10）野間光辰「校注余録」（日本古典文学大系月報40、岩波書店、一九六〇）六頁。
（11）朝倉治彦『仮名草子集成』第四巻（東京堂書店、一九八三）三六七頁。
（12）宗政五十緒「西鶴と仏教説話」（『西鶴の研究』、未来社、一九六九）九〇～九一頁。
（13）吉江久彌「『堪忍記』と西鶴」（『西鶴文学とその周辺』、新典社、一九九〇）一八～二一頁。
（14）吉江久彌「茶がらの利助の離魂譚」（『西鶴文学研究』、笠間書院、一九七四）五五〇頁。

(15)冨士昭雄「晩年の西鶴の世界」（暉峻康隆ほか『西鶴への招待』、岩波書店、一九九五）二五七頁。
(16)堤邦彦『近世説話と禅僧』（和泉書院、一九九九）一〇一～一〇二頁。
(17)杉本好伸「西鶴と雷・地獄―作品背景としての発想基盤―」（『安田女子大学紀要』23号、一九九五）一五頁。
(18)注(1)に同じ、六〇五頁。
(19)品川晴美「『日本永代蔵』の教賀譚について―都市のイメージを中心に―」（『国文学研究』10号、群馬県立女子大学、一九九〇）八九～一〇七頁。
(20)大藪虎亮『日本永代蔵新講』（白帝社、一九三七）三八七～三八八頁。
(21)田中伸ほか『可笑記大成――影印・校異・研究』（笠間書院、一九七四）九一～一〇三頁（句読点は石塚）。
(22)近世文学書誌研究会編『近世文芸資料類従・仮名草子編8』（勉誠社、一九七三）四八～五〇・五七～六五頁。
(23)池田廣司・北原保雄『大蔵虎明本　狂言集の研究・本文編上』（表現社、一九七二）一四四頁。
(24)北野天満宮宝物館「平成二三年度秋特別展覧会展示目録」（北野天満宮、二〇一一）。
(25)加藤定彦ほか『俚諺大成』（日本書誌学大系59、青裳堂書店、一九八九）三七一頁。
(26)竹内若校訂『毛吹草』（岩波書店、一九四三）一一六頁。
(27)野間光辰鑑修『俳諧類舩集索引』（近世文芸叢刊・別巻一、野間光辰先生華甲記念会、一九七三）二七七～二七八頁。
(28)森鹿三「栄西禅師年譜」（千宗室編『茶道古典全集』二巻、淡交社、一九五一）一五九頁〈原記事は『吾妻鏡』による〉。
(29)筑土鈴寛校訂『沙石集・下』（岩波書店、一九四三）九三頁〈底本は貞享三年刊本による〉。
(30)藝能史研究会編『日本庶民文化史料集成』巻一〇「数寄」（三一書房、一九七六）八頁。
(31)千宗室編『茶道古典全集』三巻（淡交社、一九五六）四五〇～四五一頁。
(32)本文は国文学研究資料館マイクロフィルム（麗沢大学図書館）によった。
(33)永島福太郎ほか監修『原色茶道大辞典』（淡交社、一九七五）六〇一～六〇二頁。
(34)林屋辰三郎ほか編『角川茶道大事典』（角川書店、一九九〇）九〇〇頁〈なお杉木普斎の十徳が『普公茶話』によるものであることは、筒井紘一「続数寄の名言(4)」（『淡交』一九七九年四月号、一一三頁）からも確認できる〉。
(35)　桑田忠親編『茶道辞典』（東京堂出版、一九五六）三九〇頁。
(36)　井口海仙ほか編『茶道全集　茶道用語解説・古今茶人綜覧』（創元社、一九三六）九九頁。
(37)　千宗左ほか編『利休大事典』（淡交社、一九八九）七二八頁。
(38)　井口海仙『茶道名言集』（社会思想社、一九六八）七五頁。
(39)　西隆貞『茶道銀杏之木蔭』（永沢金港堂、一九二三）一二三頁。
(40)　加藤逸庵『茶道文庫2・釜』（河原書店、一九三八）五五～五九頁〈本文は、「釜師道也から借請て写置候本」（天保二年写）と浄雪本「大坂いな垣休叟様に有之」（文化九年写）によるとする〉。
(41)　高山寺典籍文書総合調査団『明恵上人資料第一』（東京大学出版会、一九七一）三五〇・四五四頁。
(42)　平泉洸『明恵上人伝記』（講談社、一九八〇）一八四頁。
(43)　本文は、架蔵本〈弘化三年新刻・池内蔵板本／谷脇理史先生旧蔵本〉によった。
(44)　神原邦男『速水宗達の研究』（吉備人出版、一九九八年）一一六～一一七頁。
(45)　井口海仙ほか編『茶道全集　器物篇二』（創元社、一九三六）三〇八・三三〇頁。
(46)　千宗室編『茶道古典全集』一〇巻（淡交社、一九七六）一〇八～一〇九頁。
(47)　芦屋町教育委員会編『芦屋釜の図録』図10「芦屋町蔵　茶之十徳句釜」解説（芦屋町教育委員会、一九九五）四一頁。
(48)　中野政樹「茶の湯釜鑑賞4」（『茶道の研究』488号、茶道之研究社、一九九六）三一～三二頁。
(49)　長野垤志『茶の湯釜の見方』（泰東書房、一九五六）九〇～九一頁。
(50)　長野垤志『あしやの釜』（便利堂、一九四五）二四～二五頁。
(51)　『続群書類従』巻一九輯下（同完成会、一九五七）二六一頁。
(52)　榊泰純「『禅林小歌註』について」（大谷旭雄編『聖聰上人典籍研究』、大本山増上寺、一九八九）五四五頁。
(53)　東北大学附属図書館狩野文庫のマイクロフィルムにより確認した。
(54)　井口海仙ほか編『茶道全集　茶人篇三』（創元社、一九三七）七二〇～七二一頁。

(55)『茶道文化研究』二輯（今日庵文庫、一九八〇）一八六頁。

第五章　『日本永代蔵』の「目利き」譚
――巻三の三「世はぬき取の観音の眼」・巻四の二「心を畳込古筆屏風」から――

第一節　はじめに

『日本永代蔵』は、元禄元（一六八八）年に刊行された井原西鶴の「町人物」の代表作である。暉峻康隆氏はその版本の種類の多さから、「西鶴の全作品の中で、もっとも広く読まれたのは『日本永代蔵』である」[1]としている。副題に「大福新長者教」とあることからもわかる通り、その内容は町人たちがみずからの商売を「知恵」「才覚」によって「工夫」して成功を収め、金持ちにのしあがっていく姿を描く。ただし、西鶴がどういう意図でこの本を著わし、また、当時の読者たちが本書に何を期待したかについて、現在のところ、さまざまに議論が分かれるところである。たとえば、矢野公和氏のまとめによれば、

……好評を博した主な原因が致富の道を説くという教訓的側面にあったことは想像に難くないであろう。……そうした教訓性とうらはらに、金銭の魔的な力や、金に翻弄される人間の愚かさを描き出した所にこの作品の〝文学性〟を見ようとする説が根強く主張されているのも周知の通りである。[2]

ということになる。『日本永代蔵』の書かれた意図が、「教訓性」にあるのか、「文学性」にあるのかについての結論を、ここで即座に述べることは容易なことではない。しかし、『日本永代蔵』が当時の町人たちに広く読ま

れ受けいれられたにとどまらず、現代までもこうした議論を喚起し続ける原動力を持つ魅力ある作品だということは十分に確認できる。本章では、その原動力の背景の一つに、当時の「茶の湯」界から得られた情報の力があった可能性を検証しようとするものである。

第二節　『日本永代蔵』と茶の湯

西鶴がその思想を自己の文芸にどのように反映したかについて、谷脇理史氏は次のように解説する。

……いわば、云わんとする所は、常識の枠内にとどまると見ていい思想や現実認識を表白しているにすぎないのである。しかし、その常識を見事に的確・簡潔に表現することで読者の共感を得、時には、その常識を突き破って生きる人間を奇談・珍談めいた話の中で活躍させることによって読者の喝采を博してその現実認識の幅を拡大させるのが、西鶴の浮世草子なのである。(3)

（傍点は谷脇氏）

この指摘は『日本永代蔵』にも十分に当てはまる。たとえば、巻一の一「初午は乗て来る仕合」には、

福徳は其身の堅固に有、朝夕油断する事なかれ。殊更世の仁義を本として、神仏をまつるべし。是、和国の風俗なり。

とあるように、『日本永代蔵』全編を通して、きわめて常識的な致富のあり方が示されていると考えられるからである。「茶の湯」はそうした当時の町人の常識において、どのような存在として扱われているだろうか。巻三の一「煎じやう常とはかはる問薬」には、「長者丸」の効能を発揮させるため「是に大事は毒断あり」とし、

○美食・淫乱・絹物を不断着　○内義を乗物全盛、娘に琴・歌賀留多　○男子に万の打囃　○鞠・楊弓・香会・連俳　○座敷普請・茶の湯数奇　○花見・船遊び・日風呂入　○夜歩行・博奕・碁・雙六……

と「茶の湯」が戒められている。また、次の二例も元禄時代の町人の遊芸としての「茶の湯」について述べるとき、よく用いられる例である。(4)

㋐巻二の三「才覚を笠に着る大黒」

又一人は泉州堺の者なりしが、万にかしこ過て、芸自慢してこゝにくだりぬ。手は平野仲庵に筆道をゆるされ、茶の湯は金森宗和の流れを汲、詩文は深草の元政に学び、連俳は西山宗因の門下と成、能は小畠の扇を請、鼓は生田与右衛門の手筋、朝に伊藤源吉に道を聞、ゆふべに飛鳥井殿の御鞠の色を見、昼は玄斎の碁会にまじはり、夜は八橋検校に弾ならひ、一節切は宗三の弟子となりて息づかひ、浄るりは宇治嘉太夫節、おどりは大和屋の甚兵衛に立ならび、女郎狂ひは島原の太夫高橋にもまれ、野郎遊びは、鈴木平八をこなし、噪ぎは両色里の太鼓に本透になされ、人間のする程の事、其道の名人に尋ね覚え、「何したればとて、人の中には住べきものを」と、腕だのみせしが。かゝる至り穿鑿、当分身業の用には立がたく、十露盤をおかず、秤目しらぬ事を悔しがりぬ。武士づとめは勝手をしらず、町人奉公もおろかなりとて追出され、今此身になりて思ひあたり、諸芸のかはりに、身を過る種をおしへをかれぬ親達をうらみける。

㋑巻六の二「見立て養子が利発」

京の室町れき〳〵人の男子……この男の器ようさ、謡は三百五十番覚え、碁二つと申、鞠はむらさき腰をゆるされ、楊弓は金書ぐらひ、小歌は本手の名人、浄るりは山本角太夫とかたりくらべ、茶の湯は利休がながれをくみ、文作には神楽・願斎もはだしでにげ、枕がへしなどは、いにしへ伝内に横手をうたせ、連俳も当流の行かたを覚え、香を利事、京にもならびなし、人中にて長口上もいひかねず、目安も自筆に書かねず、何にひとつくらからねど、身過の大事をしらず、当所もなく江戸にくだりて奉公するに、「銀見るか、算用か」といへば、さしあたつて口おしく、諸芸此時の用に立ず。二たび京都にのぼりて、「とかくすみなれし所よし」と、年月したしみの友をたのみて、諷・鼓の指南して、やう〳〵身ひとつくらし、……

この㋐㋑の例からもわかる通り、「茶の湯」は「当分身業の用には立がた」いものの一つであり、「身過の大事をしら」ない者のする遊芸の一つとして数えられている。

その一方で、「茶の湯」は当時の上級町人たちの交際において大切な役割を果たしていた。そのことは巻一の三「浪風静に神通丸」に、

惣じて大坂の手前よろしき人、代々つゞきしにはあらず。大かたは吉蔵・三助がなりあがり、銀持になり、其時をえて、詩歌・鞠・楊弓・琴・笛・鼓・香会・茶の湯も、おのづからに覚えてよき人付会、むかしの片言もうさりぬ。菟角に人はならはせ、公家のおとし子作り花して売まじき物にもあらず。

とあることなどから、時宜を得て金持ち（分限・長者）となり、町人社会で成功した者が持つべき教養の一つに「茶の湯」は数えられていたことがわかる。そのためか、先にも紹介した巻三の一「煎じやう常とはかはる問薬」で、主人公箸屋甚兵衛が「長者丸」を飲むこと、すなわち教訓に忠実に従った生活を送ることで「次第分限」になり、

今は七十余歳なれば、すこしの不養生もくるしからじと、はじめて上下共に飛驒紬に着替、芝肴もそれ〴〵に喰覚へ、筑《(ママ)》地の門跡に日参して、下向に、木引町の芝居を見物、夜は碁友達をあつめ、雪のうちには壺の口を切、水仙の初咲なげ入花のしほらしき事共、いつならひ初られしも見えざりしが、銀さへあれば何事もなる事ぞかし。

という優雅な老後の生活を送るようになるわけだが、その老後の楽しみのなかに、当然のごとく「茶の湯」が盛

り込まれている。巻六の四「身体かたまる淀川のうるし」にも「今時の商人」が世間を欺く手だてとして、

……今時の商人、おのれが身体に応ぜざる奢を、皆人の物にて昼夜を明し、大年の暮におどろき、工みてたふるゝ拵へして、世間の見せかけよく、隣を買添軒をつゞけ、町の衆を舟あそびにさそひ、琴引女をよびよせ、女ばう一門をいさめ、松茸・大和柿のはじめを、ねだんにかまはず、見せのはしにて買取、茶の湯は出きねど、口切前に露地をつくり、久七に明暮たゝき土をさせて、奥深に金屏をひけらかし、……

とあることからも、一般の町人たちが目指すあこがれの成功者たちの社交界に、「茶の湯」が不可欠な教養として認識されていたことがうかがえる。これはあたかも明治・大正期の新興実業家（近代数寄者）たちが、「茶の湯」にとりつかれていく姿と酷似していて興味深い。[5]

ただし、町人たちは金持ちになり「茶の湯」を「する」ことが可能になっただけでは不十分であった。「茶の湯」をただ「する」だけではなく、その階層にふさわしい「道具」を「持つ」こともあわせて要求されたのである。その「道具」の有無こそが「歴々」と「成りあがり」の決定的な差ともなった。そのことは、巻六の五「知恵をはかる八十八の升掻」に「遠国の分限」と「都の長者」の違いを述べた部分に、

もつ共都の長者は、金銀の外世の宝と成諸道ぐを持伝へたり。亀屋といへる家の茶入、ひとつを銀三百貫目に糸屋へもらふ事有。

とあることからもわかる。これは暉峻康隆氏の指摘もあるように、[6] 三井高房の『町人考見録』の「糸屋十右衛門」の項にみられる、

……一二（マヽ）代の十右衛門、よき道具どもをあまた調《ととのえ》所持いたし候。其内亀や何某の味噌屋肩衝の茶入を、判金千枚に調、右の代銀を車に積で、白昼に引通り、請取渡し致候と申伝ふ。[7]

の記事によるものである。

町人として、こうした名物とされる茶道具を手に入れ、所持することが、いかに大きな権威とされていたかは、次の『世間胸算用』（元禄五・一六九二年刊）の巻三の四「神さへお目違ひ」の、

泉州堺は……風俗しとやかに見へて、身の勝手よし。諸道具代々持伝えければ、年わすれの茶の湯振舞、世間へは花車に聞えて、さのみ物の入るにもあらず、

の例などからも知ることができる。『町人考見録』に最初にあげられる「石河自安」の例への高房の批評に、「今京都町人の内銘物の道具多は石河が所持也。古瀬戸の鑓のさやの茶入、高麗筒の花生、杵のおれの花生、わり高台の茶碗、其外絵讃墨跡等の類、多は彼のものゝ所持なりと承伝へ申候」[8]とあったり、鴻池道億（明暦元〜元文元年／一六五五〜一七三六）の道具帳『鴻池家道具帳』[9]（元禄四・一六九一年成立）の存在なども考えあわせると、当時の町人にとって、「道具」を「持つ」ことが「茶の湯」を「する」という段階から、次なる上級階層に所属することを示す段階として、社会的に捉えられていたことは確実である。もちろん「名物」の「所持」が茶人のあこがれになることは、この時期から始まったわけではない。しかし、『日本永代蔵』の読者層である町人たちが、経済的成功者は「茶の湯」を「する」段階から「道具」を「持つ」段階に進まなくては、経済的成功者となった意味がないということに強い関心を示していたことは、この時期の「茶の湯」界をめぐる特徴の一つとして指摘できよう。菊本嘉保の『古今和漢万宝全書』が元禄七（一六九四）年の時点で編集されたことなども、そうした町人たちの茶の湯への関心の高まりの影響があってのことかもしれない。

一般の町人たちにも「道具」への関心が高まっていたとするならば、西鶴がそのことを見逃したはずはない。『日本永代蔵』にも、先に示したような「金持ち」の教養の一例としてではなく、本文の「読み」にもかかわる

ようなかたちでその痕跡が当然認められるはずである。

その可能性を持つ章として、巻三の三「世はぬき取の観音の眼」と巻四の二「心を畳込古筆屏風」の二章をあげることができる。これらはいずれも話の展開に茶道具の「目利き」が重要な役割を果たしているからである。この二章は、これまで互いに特別に深い関連がある章としては捉えられてこなかった。しかし、「目利き」譚という観点からみると、この二章はきわめて対照的な章であることに気づかされる。巻三の三は、「目利き」に成功はするものの、結局は没落してしまう。巻四の二は、没落していたものの、「目利き」により成功し、結局元のような金持ちにもどるという好対照な展開になっているからである。なぜこうした結末の違いが生じたのか、以下、その違いの原因を「目利き」という行為に注目しつつ検討していくこととする。それにより元禄期の町人と「茶の湯」における「道具」とがどのようなかかわりを持っていたのか、また、「茶の湯」が町人たちの日常においてどのような関心事として扱われていたのかを解明することにつながると考える。

第三節　巻三の三「世はぬき取の観音の眼」と「目利き」

「目利き」という語と茶の湯との深い結びつきについては、たとえば、桑田忠親氏の「茶の湯者としての資格を、『山上宗二記』によってたしかめると、『目利ニテ、茶湯モ上手、数寄ノ師匠ヲシテ世ヲ渡ルハ茶湯者ト云』ということになる」(10)という指摘や、『山上宗二記』の「また十体の事」に、

一、目聞き　注にいわく、茶湯の道具の事、申すに及ばず。目にてみるほどの物の善悪を見分け、人の誂えるほどの物をしおらしく数寄に入れ、好む事専らなり。目聞きに嫌う事は、むまき物に似たる物をすく目聞きを嫌うなり(11)

とみられることからも、「目利き」という言葉と茶の湯との深いかかわりがうかがえる。

さらに、『日葡辞書』にも、「Meqiqi／メキキ(目利き)」の項があり、「物を見て非常によく見分ける人。すなわち、物を鑑定する立派な眼力を備えている人」(12)と記述されていることから、一般的な語彙として定着していたこともわかる。

巻三の三「世はぬき取の観音の眼」には、この「目利き」という語は直接には使われていないものの、主人公の菊屋が長谷寺の「戸帳」を「時代裂」だと「目利き」したことが、この章の展開上の重要な部分になっているので、「目利き」譚として扱っても支障はないと考える。

「世はぬき取の観音の眼」は、伏見の質屋菊屋善蔵を主人公とする。前半で伏見の街のさびれようを描き、その「町はづれに、菊屋の善蔵といへる質屋有しが、内蔵さへもたず、車のかゝりし長持ひとつ、物置にも蔵にも、是を頼みにして、此道をしるとて、二百目にたらぬ元銀にて、先繰に利を得て、八人口を大かたにして渡世しける」男が登場する。続いてさびれた伏見ならではのあやしげな質草を持った客が次々と訪れ、哀愁を誘う。そうして「四五年に銀二貫目あまり仕出し」した菊屋であるが、ある時から、「遠ひ初瀬の観音を信心し」始めるようになり、世間は「人の気もあのごとくかはる物かと」評判する。しかし、その信心も実はある目的のためだったのである。

……菊や申せしは、「我たびく開帳せしに、戸帳、かくきれ損じけるを、寄進に、新しく掛かへん」といふ。僧中、これをよろこび、都より金襴とりよせ、あらためける。そのゝち、菊屋申は、「此ふるき戸帳を申うけ、京の三十三所の観音へかけたき」といへば、「安き事」とてつかはしけるを、残らず取てかへる。

此唐織、申もおろか、時代わたりの柿地の小蔓・浅黄地の花兎・紺地の雲鳳、其外も模様かはりぬ、是みな、大事の茶入の袋・表具切に売ける程に、大分の金銀とりて家栄へ、五百貫目と脇から指図違ひなし。観音信仰にはあらず、是をすべき手だて、さてもすかぬ男、一たびはおもふまゝなりしが、元来すぢなき分限、むかしより浅ましくほろびて、後には、京橋に出てくだり舟にたより、請売の焼酎・諸白、あまひも辛ひも人は酔されぬ世や。

というような展開になり、菊屋は思い通りに戸帳を手に入れたものの、最終的には没落の憂き目をみることになる。

この菊屋の没落については、これまでの『日本永代蔵』の「読み」において盛んに問題にされてきた。たとえば村田穆氏の「僧をだまして一度は巨利を得た菊屋を『筋なき分限』というだけで没落させたのは、唐突にすぎるが、そこには、西鶴の金儲けのためには手段を選ばぬ俗物を憎む心の激しさが見られる」(13)という見解に代表されるその結末の「唐突」感は、村田氏のみならず、この話を読んだ読者の多くが受ける自然な印象であろう。ただ、この唐突な没落が西鶴の「憎しみ」によるものかどうかについては再検討を要すると考える。

巻四の二「心を畳込古筆屛風」の概要をみてみると、こちらは、冒頭に唐人の商売が律儀であることを説き、日本人の商人の「ひすらこき」様を際立たせる。その後登場するのが、この章の主人公である「長崎商ひせし」、「筑前の国博多に住みなして、金やとかやいへる人」である。数度の海難により没落したが、

……むかしにかはりて手代もなく、我と長崎に下り、人の宝の市にまじはり、唐織・薬種・鮫・諸道具見しに、買ばあがりを受くるをしりながら、金銀に余慶なく、京・堺の者によい事させて、知恵・才覚には、天晴人にはおとらね共、是非なき革袋に取集て五十両、爰の商人の数にはいらず。

はかどらぬ算用捨て、わざくれ心になりて、丸山の遊女町に行て、全盛の時に身なし太夫を、今宵ばかり

を一生のおさめと、以前の便を求め、花鳥といへるに逢初しよりあさからず。常よりしめやかなる枕屏風を見しに、両面の惣金にして、古筆明所もなく押けるが、いづれかあだなるはなかりし。中にも定家の小倉色紙、名物記に入たる外六枚、見程、時代紙、正筆に疑ひなし。「いかなる人か、此太夫に送られし」と、欲心発りて、遊興は脇になりぬ。それより明暮通ひなれて、上手を仕掛しに、いつとなく女蕩悩て、我黒髪も惜からず切程の首尾になりて、彼屏風貰かけしに、子細もなくくれける。取りあへず、暇乞ひなしに、上方にのぼり、手筋を頼み、大名衆へあげて、大分の金子申請て、又むかしにかはらぬ大商人と成て、眷属あまた召つかひ、其後長崎に行て、花鳥を請出し、願ひの男豊前の浦里に有なれば、其元へ金銀・諸道具、何に不足もなく拵へ縁に付れば、花鳥限りもなく悦び、「この御恩は忘れじ」と申ぬ。「一たびは傾城をたらすにといへど、是らは悪からぬ仕かた。其目利、ぬからぬ男」と、世間皆是をほめける。

と、こちらは花鳥の屏風を「目利き」したことで再起を果たす話になっている。

これら二章は致富譚として「いかにも安易であり、それに特殊な才能を必要とするわけでもない。いささか悪賢い不潔な精神を持ち合わせていて、その上チャンスにめぐまれれば、誰にでも可能という方法である」(14)という暉峻氏の指摘があるものの、全く同種の話に分類してしまうことは尚早であると考える。この二つの話の結末の違いに違和感を覚えざるをえないからである。

この二人の主人公の行状にはさほどの違いはないのに、かたや没落し、かたや成功するという話の展開になっているのはなぜだろう。たしかに、菊屋は「僧」を騙したのに対して、金屋は「遊女」を騙したという違いはある。しかし、この違いは結末に違いをもたらすほど決定的な要因なのであろうか。

たとえば、巻四の一「祈る印は神の折敷」の貧乏神の描き方などをみてもわかるように、『日本永代蔵』で西鶴は神仏の「絶対性」をあまり信じていなかったようである。[15]つまり、西鶴の主人公への「憎しみ」が没落させた原因であるなら、なぜ善蔵に、巻四の四「茶の十徳も一度に皆」の小橋の利助のような苛烈で悲惨な結末を与えなかったのか。むしろ、西鶴は基本的には菊屋にせよ金屋にせよ、「目利き」という手段で商売を目論んだ「商人」として同等に扱っている。

その意味でこの二章を「何れも正当な蓄財法とは云えず、むしろ非難顰蹙されるべきものである」[16]とする東明雅氏の見解や、麻生磯次・富士昭雄両氏の巻四の二・巻三の三・巻五の一について「町人は商機を見るに敏でなければならない。……当時の商人が金儲けのために狂奔する姿が、まざまざと描き出されている」[17]とする見方は的確であるといえる。

商人が金儲けの機会を逃すことなく努力することは、社会的にけっして否定されるべきことではないはずである。たしかに菊屋は長谷寺の僧たちを騙した。しかし、当時の噺本などでの僧侶の描かれ方からみても、形式上は別として、俗人たちから彼らが畏敬をもってみられていた存在であるとは考えにくい。「騙す」こと自体を全て「悪」とするなら、原価に利幅をかけている時点で消費者をすでに「騙す」ことで成り立っている「商業」そのものが「悪」になってしまう。そう考えると、ここでの問題となるのは、誰を騙したかというよりも誰が何を商ったかという点ではなかろうか。

菊屋の没落の原因は、僧たちを騙したことによるのではなく、「元来すぢなき分限」であったことに由来するとはいえまいか。それを解明するには、まず菊屋が坂井利三郎氏の指摘するように「信仰を踏み台にして金儲けを企」らむ「神仏をも恐れぬ不遜な態度」[18]の持ち主であったのかどうかについての検証が必要となろう。菊屋は長谷寺の戸帳が時代裂として価値あるものかどうかを事前に知っていて長谷寺に近づいたのだろうか。それについて、谷脇理史氏は「西鶴の記述では、菊屋が開帳する以前から戸帳の価値を知っていたとは読めない[19]」とする。これに対して、村田穆氏は「三度目の開帳の時、初めて入念に戸帳を見て、その損ねに気づいたふりをするのだが、この戸帳のすぐれた品であることは、初めから承知していたのである[20]」としている。谷脇氏は「ある時心をつけて戸帳を見しに」とあることから、事前に知っていたとすることに疑問を投げかけたのに対して、村田氏は一度開帳するのに大判一枚もの大金がかかるのに「二貫目の身袋《だい》」で三度したのには相応の計算が働いていると考え、のちの「観音信仰にはあらず」と呼応した解釈を提示している。筆者も事前に知っていたというよりも、少なくとも一度目の開帳の後に「知った」とするのが妥当であると考える。

菊屋がわざわざ三度まで開帳したのは、戸帳への入念な「目利き」をするとともに、僧たちから戸帳を譲られるだけの信用も得ようとしたためであろう。もちろん、伝統ある寺院には相応の時代裂があるだろうことは、菊屋でなくとも常識的に推測できる。しかし、実物をみないことには、その裂の商品的価値について判断をつけようがない。また、もしも僧たちが戸帳の時代裂としての商品的価値を知っていたならば、「用捨もなくあげおろすどころか、重宝として寺の奥深くしまい込み、開帳によってみることは叶わなかったはずである。ここでの菊屋の行為は、西島孜哉氏が「ここで（石塚注：巻五の一）西鶴は、何に目をつけるかという『目利き』、いうならば才覚の重要性を教訓しているのである[21]」と指摘するような「目利き」の実践であったのである。

菊屋はなぜ長谷寺に目をつけたのか。それについては永井義憲氏[22]や小林幸夫氏[23]が、勧進聖と「戸帳」とのかかわりを指摘する。永井氏は、長谷寺の戸帳は唱導の話材として引かれる「世間周知の貴重な宝物であった」とする。小林氏は、永井氏の指摘する長谷寺信仰の背景を西鶴が「はなし」の趣向として盛り込み、「『仏面帳』の奇瑞譚を心得ている読者には、ことさらおもしろく読め」るようにし、「なるほどあの霊験あらたかな『戸帳』ならば、大儲けもできるだろう」という思いをかりたたせたのだと指摘する。もちろんこれらの説に全面的に異を唱えるつもりはない。ただ小林氏のいうように、「『仏面帳』、すなわち十一面観音の梵字が織られた」裂が、時代裂として果たして商品的価値を持ったかどうかという点については多少の疑問を呈したい。寺院から切り出された裂全てに茶道具における時代裂としての商品的価値が付与されたとはとうてい考えにくいからである。おそらく菊屋にもその程度の知識はあったであろう。しかし、その一方で時代裂には寺院の戸帳に由来するものが多いことは、菊屋もおそらく知識として持っていたはずである。それは守田公夫氏の次の指摘からも推定できよう。

> 表装裂や袋裂の名称の整理もおそらく遠州時代に試みられたものではあるまいか。元禄四年（石塚注・・『鴻池道具帳』の記載年）といえば遠州没してすでに四十有年を経過している。その間に除々（ママ）に整理態勢は進められて道具帳にみられる名称が成立したのであろう。すでに、これらの裂は名物と呼ばれていた裂もあったのではあるまいか。
>
> このことに関連して参考になるものは「万宝全書」である。
>
> 「万宝全書」は菊本幸甫斉（ママ）嘉保が元禄七年に編纂したもので公刊は享保三年であるが、……この「万宝全書」は元禄当時の一種の茶道具辞典とも考えられるため、編者はこれに記載する事項については信憑性の濃いものでなければならない。したがって一部の説や独善的解釈によるものは当然避けたことと考えるべきだろう。さすれば、元禄七年頃までに、すでに名物裂という名称は確立していたとみられる。[24]

とりたてて茶人としての活動もない町人であっても、俳諧のたしなみがある場合には、ある程度の茶道具に関する知識があったことは第一部第一章で検証した。そうした風潮のなか、さびれた伏見の町はずれの小さな質屋の主人菊屋善蔵でさえ、時代裂について多少の知識を持てるようになっていたとしても不思議はない。

鈴木一氏編「名譜要録」[25]を通覧すると、「清水裂」「金閣寺金襴」「銀閣寺金襴」「建仁寺金襴」「高台寺金襴」「高台寺緞子」「興福寺銀襴・金襴」「高野金襴」「松雲寺金襴」「招提寺金襴」「正法寺緞子」「浄福寺金襴」「正法寺緞子」「禅林寺金襴」「長楽寺金襴」「東大寺金襴」「法隆寺裂」「本願寺金襴」「本圀寺金襴」「本法寺金襴」といった寺院に直接由来する裂の名称がならぶ。これらは『名器録』（文禄四・一五九五年写）・『漢織並に茶入記』（文禄四年写）にすでに確認できるようであり、先の守田氏の説と考え合わせれば、寺院と名物裂のかかわりは、茶人のみならず菊屋のような一般人であっても、ある程度茶の湯に関心を持った人びとであれば広く知っていた可能性が十分に考えられる。しかも、そこに名刹である長谷寺の名が入っていないとなれば、そここそが菊屋の「目利き」の発揮のしどころとなったわけであろう。

一度目の長谷寺の開帳は、半分は「目利き」、半分は「信仰」によるものであったのかもしれない。しかし、一度開帳してもらいその戸帳を見たところ、他の寺院から切り出されたような商品価値のある時代裂がしっかり存在していた。そのため、二度目からは自分の「目利き」の結果を「換金」と結びつけるための開帳を目論んだのであろう。その結果として菊屋は自分の全資産の約三分の二までを賭けた「目利き」による商売を敢行した。菊屋が「目利き」した時代裂は「小蔓」「花兎」「雲鳳」といった裂であった。これらは茶人にとってはけっして特殊な模様の裂ではない。にもかかわらず、むしろ菊屋よりも戸帳や袈裟などで名物裂に詳しい存在であったはずの長谷寺の僧たちはなぜそれらの商品的価値に気づかなかったのだろう。おそらく僧たちは菊屋と異なり、知識はあったものの、ある点に気がつかなかったのではあるまいか。それは、『鴻池家道具帳』の、茶入の仕覆《しふく》のなかに、

一、唐物塞／大燈袈裟切袋壱ツ　一、根貫釣舟／嵯峨戸帳切金襴袋壱ツ　一、根貫尻張蛍／大燈袈裟切袋壱

ツ　一、青江杜若／嵯峨戸帳切金襴袋壱ツ[26]

とあったり、有岡道瑞（享保一九・一七三四年没）が天和元年から享保五年まで書いた茶会記と推定できる『茶湯百亭百会之記』（元禄一二・一六九九年序／享保五年写）に、

四十二　八月廿四日　鴻池幸十郎亭／一　掛軸　啓書記筆　観音　表具清水切
五十七　五月十一日　上嶋安九郎亭／一　茶箱嶋桐の木地　茶入　尻ふくら袋清水切
七十一　四月十四日　鴻池宗牧亭／一　掛軸　宗旦絵賛　表具清水切
七十六　十二月四日　鴻池道億亭／一　樽茶入　唐物　袋　本能寺切　替袋　興福寺切　弥左衛門広東
七十八　四月十二日　福嶋屋了意亭／所望　小棗　袋長楽寺切
九十二　五月十四日　近藤宗故亭／一　茶入　袋建仁寺切[27]

などとあることと比較することによってみえてくる。ここでは寺院関係の裂を用いている例のみを引用したが、そこには「宗旦の絵賛」や「小棗」といった「わび道具」に対する袋（仕覆）や表具にも時代裂を用いるようになってきた当時の茶の湯界の風潮が垣間見られる。『後西院茶会記』（延宝六～貞享二年／一六七八～八五）を引用し、「表具は常修院宮好みになるもので上下が浅黄純子《ママ》、中廻しが丹地金襴、一文字が茶地金襴とみえる。この会の直後の十八日、真敬法親王は常修院宮から『表具取合色事』の相伝をうけるし、貞享元年には同じく常修院宮が著した『表具取合之図』の書写を許されている」[28]とする谷端昭夫氏の指摘とも深い関連があると考えられる。つまり、元禄期は、新規に価値を見い出された茶道具の増加や茶人の道具の「好み」の多様化につれ、新しい仕覆や表具の需要が増加したばかりではなく、それまで添えられていた仕覆や表具では満足されない茶人たちの新たな「好み」による需要も発生していた時期でもあったということである。現在でも表具する場合に本紙の

時代に合わせた裂を用いた表具が珍重されるように、当時ももちろんそうした傾向があったことは、当時表具されて現存する掛け軸からも推定できる。そうした時代裂の需要が大幅に伸びてきている状況を菊屋は察知していたが、長谷寺の僧たちは知らなかったのではないか。僧たちも、戸帳が時代裂だと当然知ってはいた。だが、その社会的需要の増加による価値の高騰までは認識していなかったため、菊屋に事もなげに戸帳を渡してしまったのである。仮に知っていたにしても、骨董市場の価値が僧たちの思惑をはるかに超え、破格の値段で戸帳は取引きされてしまったのである。菊屋がそうした茶の湯を取り巻く状況を敏感に察知し、これまでの裂において寺の名前の出ていない長谷寺にあたりをつけて「目利き」をし、そこにはもしかするとまだ知られていない時代裂があるかもしれないという目論見をもって信仰を絡めた開帳に踏み切ったと解釈すれば、菊屋の行動も俄然整合性を帯びてくる。

その結果、果たしてその思惑は見事に的中し、菊屋は思惑通りに大金を手にする。ところが、その後商売が急転し結局は没落してしまう。その原因を西鶴は「元来、すぢなき分限」であったためだと書いている。この「すぢなき」については、暉峻康隆氏らように「道理に合わない・不正である」[29]とする説と、大藪虎亮氏らのように「血統・家系がない成り上がりの金持ち」[30]とする説とがあるが、菊屋の「目利き」のあり方からみると後者の意味として捉えるのが適切であると筆者は考える。すなわち、菊屋は時代裂を「目利き」するという茶人たちの価値観にかかわる範疇に踏み込み、そこで「目利き」した時代裂は、たしかに価値は高かったものの、茶人でなくとも見い出せるような平凡な時代裂であった。[31]古さという点ではもちろん価値を持つ裂であったけれども、「長谷寺金襴」などと改めて名づけられるほどの意匠のある裂ではなかったわけである。そこまでがしょせんは蔵も持てない質屋の境遇でできた「目利き」の限界だった。もし、菊屋が上流町人のように茶の湯に深い造詣があり、ほんとうの意味での「目利き」ができたなら、そこに新しい意匠を見い出して世評を得られたはずであった。残念ながらそこまでの「目筋のよさ」を菊屋はこの話のなかで与えられていない。

そのことは、たとえば、本書第二部第一章でもとりあげた佐野（灰屋）紹益『にぎはひ草』上巻の次の部分を参考にしてみるとよくわかる。

先、茶湯道によく達し叶へる人とは、いかなるをいはんやとおもひいりて見るに、心第一なり、自然と物ごとに器用有レ之、人目に物をよく見知、耳に物をよくきゝ覚へ、鼻にも能香それときゝしり、弁説能身持むさからず、六根皆不足ならぬがよし、此中に、心のはたらきと、目に物を見しると、この二つ茶湯の道の眼也、……眼きゝたる人は、見事なると見事ならぬは見知事也、又、とり売目利とて一通有、和漢を能見分、価いかほどならんなど、能見知りたりといへ共、茶湯道の目利には及ざる事有、価はしらず、さても見事なると云物有。(32)

ここから『日本永代蔵』当時、「目利き」はたんに「鑑定」の能力のみではなく、道具の善し悪しをみて茶道具として見い出す能力、すなわち「目明き」の能力までも含まれた意味で使われるようになってきたことがわかる。「とり売目利」という語が改めて生まれてきたのは、時代の鑑定による価値づけだけでは道具を理解したことにはならないと考えたためであろう。

また、『日葡辞書』にもみられた、諸道具全般を「見分ける能力」という意味でも「目利き」を用いることは続いていたようである。このことは、『日本永代蔵』巻五の一「廻り遠きは時計細工」で長崎の繁栄ぶりを描いた部分に、

日本富貴の宝の津、秋舟入ての有さま、糸・巻物・薬物・鮫・伽羅・諸道具の入札、年々大分の物なるに、

是をあまさず。たとへば、神鳴の犢鼻褌・鬼の角細工、何にても買取、世界の広き事、思ひしられぬ。国々の商人、爰に集る中に、京・大坂・江戸・堺の利発者共、万を中ぐゝりにして、雲をしるしの異国船になげかねも捨らず、それ〴〵の道にかしこく、目利をしるにたがはず。金銀すぐれてもうくる手代は、算用は合てつかふ事にかしこく、

とあることからもわかる。

すなわち、菊屋は「とり売目利」としての成功を収めたにとどまったというわけである。菊屋は長谷寺のような、茶人や道具商たちが数寄道具の供給源としてまだ手をつけていない仕入れ先を継続してみつけられず、商売がつながらなくなってしまったのである。そこに菊屋の唐突な没落の大きな原因があった。逆にいえば、数寄道具の仕入先を安定して持つことこそ、茶道具商も含めた骨董商の商売の根幹となる要因であり、「とり売目利」に不可欠の要素であることは、当時の『日本永代蔵』の読者たちも十分に理解していたと推測できる。だからこそ、菊屋が一度は長谷寺から時代裂を持ち出し巨利を得ても、その後の商売を持続できないために没落してしまう展開に、当時の読者は合点がいったのであろう。菊屋の没落は茶道具の「目利き」の側面からは当然の結果であり、けっして唐突な結末ではなかったのである。(33)

第四節　巻四の二「心を畳込古筆屏風」と「目利き」

『日本永代蔵』巻四の二「心を畳込古筆屏風」は、第三節で梗概を述べた通り、博多出身の商人金屋が一度は商売に失敗するものの、蜘蛛が巣を何度も張りかえる姿により発奮し、長崎で再起を図るという話である。そのさいに丸山の遊女花鳥の部屋で貴重な古筆切れが張り込まれている屏風をたまたま目にし、通いつめて、花鳥を

たぶらかしてそれを手に入れる。それを手筋を求めて売り巨利を得て、その金の一部を使って花鳥を請け出し、幸せにしてやる。

巻四の二の冒頭には当時の長崎での日本の商人と唐人商人との駆け引きのありさまが次のように描かれる。

……和国は扨置て、唐へのなげがねの大気、先は見えぬ事ながら、唐土人は律儀に、云約束のたがはず、絹物に奥口せず、薬種にまぎれ物せず、木は木、銀は銀に、幾年かかはる事なし。只ひすらこきは日本、次第に針をみぢかく摺り、織布の幅をちゞめ、傘にも油をひかず、銭安きを本として、売渡すと跡をかまはず、身にかゝらぬ大雨に、親でもはだしになし、只は通さず。

むかし、対馬行の莨菪とて、ちいさき箱入りにしてかぎりもなく時花、大坂にて其職人に刻ませけるに、当分知れぬ事とて、下づみ手ぬきして、然も水にしたし遣はしけるに、舟わたりのうちにかたまり、煙の種とはならざりき。唐人是をふかく恨み、其次の年、なを又過つる年の十倍もあつらへければ、欲に目のあかぬ人、我おそしと取急下しけるに、大分湊に積せ置て、「去年たばこは、水にしめされ思はしからず。当年は、湯か塩につけて見給へ」と、皆々つき返され、自らに朽て、磯の土とは成ぬ。

ここには、ある年、唐人との商売において煙草を水に浸して量目をごまかして売りつけた「ひすらこき」日本商人が、翌年その仕返しをされて失敗する様子が描かれている。当時の読者の多くはこの部分を読み進めていくとき、この「ひすらこき」日本商人の描かれ方について首肯したのだろうか。たしかに続けて「是を思ふに、人をぬく事は跡つゞかず、正直なれば神明も頭に宿り、貞廉なれば仏陀も心を照らす」と教訓めいた言葉が書かれている。しかしながら、この批評を額面通りに受け止め、この日本商人のあり方が不誠実であったために天罰が下ったことによる失敗談であるとするのは、あまりに単純な「読み」だろう。

当時の長崎貿易において、果たして日本人ばかりがこうした不正な行為をしていたのだろうか。唐人にも日本人にも善人もいれば悪人もいたはずだと考えるのが自然であろう。唐人は絶対的に善であり、日本人は絶対的に悪であるという単純な二項対立構造で描写されている先ほどの部分を読んだ時、現代の私たちでもそこに違和感を覚える。まして当時の読者にはより違和感があったとしても不自然ではあるまい。にもかかわらず、あえてそうした書き方をしたのは、何かもっと深い「長崎商い」という存在の本質とかかわることがらを伝えようとしたためであると考えるべきであろう。

この挿話からは、たしかに唐人と比較した場合の日本商人のずるさが読みとれる。しかし、たしかにずるさはあるが、ずるがしこさまであるかというと、結末からもわかる通り、むしろ唐人商人の方が狡猾であり、ずるがしこい。日本の商人は唐人商人を巧みに騙したつもりが、逆手をとられて大損をしているわけである。いくら欲に眼がくらんでいたとしても、前年の一〇倍もの注文を受け、これ幸いとその商談に乗ってしまうようでは、そもそも人を騙して金儲けをする資格すらあるまい。つまり、あの結末はただの欲望の産物として導かれたのではなく、長崎での唐人貿易における根本的に必要な資質に欠けていたために生じたと考えられる。

巻四の二の失敗について、佐藤鶴吉氏は「『ひすらこき』日本と言って、唐人の律儀さと比べて、我が商人の徳義の欠乏を剔抉してゐるのは小気味がよい。対外的に我が国を反省し、其の商業道徳の腐敗を戒めてゐる態度は堂々たるものである」(34)と評する。谷脇理史氏は、「目先の利欲を追って大局を誤る日本商人の貿易の仕方を批判し、具体的な一挿話をあげて印象を強める」(35)と指摘する。これらからもわかるように、この部分はこれまでは日本の商人たちの非道が招いた因果応報による当然の帰結としての失敗が批判的に描かれていると読むのが一般的であった。「これを思ふに」以下の評言をそのままに受けいれた読み方である。

では、こうした話が金屋の成功話の前になぜ置かれているのか。唐人に「だまされた」ことと花鳥を「だました」こととの連想によるのだろうか。または前者は失敗し後者は成功するという対比・対照的展開を楽しませる構造にするためだったと理解すればよいのだろうか。

「ひすらこき」について、諸注釈は「狡猾・こずるい」[36]と解説する。「ひすらこき」の一般的な意味も「欲がふかい・けち・ずるい・悪がしこい・こすい・ひすらし」[37]とされる。しかし、厳密に考えると「ずるい」ことと「悪がしこい」こととは意味が異なるはずである。もし日本の商人たちが「狡猾でずるがしこい」商人であったならば、前年の一〇倍もの注文がきた時点でもっと警戒したはずである。ところが「欲に目の明かぬ人」になりさがった商人たちは、その危機管理を怠り、大きな損害を被った。この点を「正直」の側面から考えれば因果応報の話となる。長崎における商売で成功の鍵となるのは「正直」「律儀」につきるということになるわけである。だが、長崎貿易に限らず、異国との商取引の場で多少なりともなんらかの不正ともとれる行為が双方の商人たちによって行われていたことは、当時の京阪や江戸の商業の現場にあった人間ならば理解がおよんでいたはずであり、「正直」といった徳目こそが異国との商取引で成功の鍵になるなどと本気で信じていたとは考えにくい。

長崎での日本商人の煙草貿易に関するトラブルについては、野間光辰氏が『通航一覧』の記事を根拠に次のような指摘をしている。

「淅海鈔関則例に、倭の匣烟といふ事あり。知らざれば長崎の人に尋(ね)しに、まへかたは日本の煙草を刻みて箱にいれて匣煙と云て、唐人へうりたり。其後かのたばこに水をうち、しめりをかけて目を重くしたりしゆゑ、唐へかへる船中にてたばこ腐りしによりて、今は持(ち)ゆかずと也」。その年代を明らかにしないが、永代蔵の記事と符節を合すること興味深い。[38]

この指摘を踏まえたなら、先の話は完全なフィクションと言いがたく、こうした事実が長崎貿易において実際にみられたとした方が自然である。村田穆氏も、根拠は明確に示していないものの「輸出煙草にこのような不正があったことは事実[39]」との見解を示すし、原道生氏も「以下のような不正のあったことは事実らしい[40]」と述べている。また近年では位田絵美氏が「唐人」の「唐」という語に着目して長崎貿易のあり方について論を展開している。[41]

ただし、こうした挿話があったからといって、ただちに「心静かな」唐人たちを「ひすらこき」手段で日本人たちが騙すという構図を作り上げ、日本商人の失敗は、その不正によるもので自業自得の至極当然な結果であると読むのは早計であろう。唐人たちのこうした画策に、当時の読者たちも諸手を上げて快哉を唱えたとは考えにくいからである。そうした事実は事実として受けいれたうえで、さらにこの挿話を別の商業上の訓戒が示されたものとして「読む」ことができたにちがいない。

巻五の一「廻り遠きは時計細工」の冒頭は、

唐土人は心静かにして、世の翺も急がず、琴棊詩酒に暮らして、秋は月見る浦に出、春は海棠の咲く山をながめ、三月の節句前共しらぬは、身過かまはぬ唐人の風俗、中〳〵和朝にて、此まねする人愚なり。

と書き出されており、「心静かに」風雅に暮らしていて商売とは無頓着な唐人の姿が提示されている。しかし、こうした唐人の姿は、当時の唐人たちの実態に即した描写として読まれていたのだろうか。

唐人たちは、「糸・巻物・薬物・鮫・伽羅・諸道具の入札、年々大分の物なるに、これを余さず、たとへば神鳴の犢鼻褌・鬼の角細工」とさまざまな舶載品をもたらす存在であった。またそれらを「神鳴の犢鼻褌・鬼の角細工」まで買い取るのが日本商人だと、その姿は誇張して描かれている。この誇張については、森耕一氏は「世界」の「広さ」と商人の視野の「狭さ」の対比だと指摘する。[42] いずれにしても、こうした唐人たちの商才も大いに発揮されたからこそ長崎貿易の繁栄がもたらされたわけである。

　国々の商人、爰に集る中に、京・大坂・江戸・堺の利発者共、万を中ぐゝりにして、雲をしるしの異国船になげかねも捨らず、それ〴〵の道にかしこく、目利をしるにたかはず。

……此所、唐物の買置、勝れて安き相場物の年累ても損ぜぬ物、買置て利を得ぬ事なし。有人、龍の子の弐尺余り成を、金子廿両に求め、はや十年も過ぎて、少し逞なりて気遣絶ず。又火喰鳥の卵一つ、判金壱枚に買て是を復させ、炭を喰事疑なし。いかに珍敷とて、此買置国土の費なり。

というように、ここでも長崎には多様な「唐物」が船載され、そこに日本の商人が群がり投機に走る姿が描かれる。長崎貿易での日本人商人たちの思惑が「火喰鳥の卵」や「龍の子」といった怪しげな「唐物」まで買いつけさせる。買いつけに群がる日本人商人ももちろんいなくては商売にならないけれども、それ以前に船載する唐人がいなくては貿易は成り立たない。こうした長崎での商売への大坂商人たちの関心はとても高かったようである。『日本永代蔵』巻二の一「世界の借屋大将」にも、主人公の藤市が「木薬屋・呉服屋の若い者に長崎の様子を尋ね」とあったり、巻六の三「買置は世の心やすい時」にも、

……此津（石塚注：堺）は長者のかくれ里、根のしれぬ大金持其数をしらず。殊更名物の諸道具・から物・唐織、先祖より五代このかた買置して、内蔵におさめ置人も有。又寛永年中より年々取込金銀、今に一度も出さぬ人も有。……

　此人世間によく思はれ、分限になるはじめは、其頃唐船かず〴〵入て、糸・綿下直になりて、上々吉の緋りんず、一巻拾八匁五分づゝにあたれり。前後かやうの事は、又有まじきと思ひ入、念比なる友に商ひの望

みを語りて、一人より銀五貫づゝ、十人より銀五拾貫目借りて、此りんずを買置けるに、その明の年、大分の利を得て三十五貫目儲け、よろこびの折ふし、……

とあることからも、その関心度の高さがわかる。それは何に由来したのか。その儲けの大きさももちろんあっただろうが、実はこの時期にあった長崎貿易の体制の変化と大きくかかわっていたことを指摘したい。

長崎での唐人貿易はもともと「糸割符」貿易であったものが、金銀の輸出量と輸入品の元値を抑えるべく寛文一二（一六七二）年に「市法」貿易へと変化する。この経過について、以下、山脇悌二郎氏の説をまとめつつ説明する。(43)

「市法」とは「市法貨物商法」「貨物」とも称され、仕入れ価格と貿易高の抑制を目的とした統制である。その仕入れ価格は、京・大坂・堺・江戸・長崎の五か所の貨物札宿老と貨物目利が出て、貨物目利がそれぞれ入札を行い、その五枚の平均値段を出して、貨物宿老の意見も求めつつ長崎奉行が決定した。商人たちはその元値を参考に入札をして唐物を手に入れた。また入札の許される商人についても規制がなされ、全国を先の五か所の管区に分け、さらに資力に応じて大・中・小の三等級に分けられて落札銀高が限定されていたのである。こうした結果、天和二（一六八二）年には落札銀高一八、二五七貫九五八匁余、商人数は六六五五人と寛文一二年と比較しても銀高において五貫三八四匁余の減少、人数においても九名の増加にとどめるという効果をもたらしたのである。この「市法」制度は貞享元（一六八四）年まで続けられた。

ただしそれでも貿易額の増大に歯止めがかからなかったため、貞享二（一六八五）年以降、唐船の貿易高を銀六千貫に制限する定高法が定められることになる。『日本永代蔵』での長崎商いのイメージが、市法制度なのか定高制度なのか、本文の用例からは残念ながら判断できない。

また、この時期は中国における鄭成功の戦力を奪うために一六六一年から一六八四年の間出されていた沿岸貿易制限を定めた「遷界令」が鄭氏の降伏により解除され、「展海令」が交付されたために貞享二年には前年二四隻であった唐船が八五隻になるという幕府も予想できない急転があった。そのため定高法が急遽発令されるにいたったのも事実である。『日本永代蔵』で唐人の話題が扱われたのも、長崎に唐船の来航が急増した事実を受けてのことであったとも推測できる。

さらにこの時期の長崎貿易での大きな話題は、市法制度から定高制度への転換もさることながら、もう一つ「唐人屋敷」の設置でもあったろう。正式な設置は元禄二（一六八九）年四月二日であるが、その設置にいたる経緯からすれば、唐人の来航が頻繁になったために、密貿易の横行や漢籍がキリシタン禁令の抜け道になる可能性を危惧した政治的な判断もあった。元禄一四（一七〇一）年に長崎奉行が唐人に伝えた「今程、唐人共町屋ニ御出しなされ候ては（山脇注：元禄十四年九月、唐人たちが、従前のように長崎市中に散宿することを願い出たことを指す）、銀子等の御心遣ひなられ、色々、悪事出来もこれあるべく候、さ候ては、日本人を多く御殺しなられる儀ニ候……」[44]の一説からもうかがえるように、唐人のなかには町屋において問題を起こす者もいたことは否定できまい。

以上のような長崎貿易の転換期に書かれた『日本永代蔵』で、唐人が「心静かに」描かれ、日本人が「ひすらこく」描かれていたとしても、読者がこの描写を全面的に商人倫理の有無の問題として受容したとすることは尚早であろう。日本の商人の失敗を商業倫理の問題にとどめず、商取引上の商才の決定的欠陥によりもたらされたと考えるべきである。

実際の長崎貿易では唐人たちが日本人をだましていた例もある。それにはかの鄭成功が深くかかわっていた。

住友家の長崎貿易資料『長崎初発書』(元禄期までには成立)(45)には、

……割糸符直段相究メ申候義者夏船秋船ニ持渡候糸上中下と三品ニ直段致シ置冬春積参候直段も夏秋之直段同前ニ年々買取申候其頃者唐船何程参り候得而も国性府《(国姓爺)》と申者之仕出シ船ゟ外無御座候新官と申唐人右之旨ヲ考秋船ニ白糸四萬斤計積渡シ直段高直ニ極メ置冬春船ニ白糸拾参萬斤余持来り前々ノ通り秋直段同前ニ可仕由申候然ル時者五ヶ所中間に千貫目余損銀御座候

という記述があり、前年の秋には品薄にして高値にしておいて、翌年に大量に持込みその値で取引きを求められたために糸割符商人がこれを買いえない事例があったことがわかる。この件は貞享二年の糸割符復活の奉書を受けた長崎奉行川口宗恒による老中への伺いにも確認できるし、さらにこのことが糸割符制度の廃止につながったとの説もあるという。(46)

この挿話と巻四の二の煙草の挿話を比較すると、ある共通点がある。すなわち白糸の方は、前年に仕組まれた唐人の商取引きの仕掛けに日本人が騙され、煙草は日本人が前年に仕掛けた騙しを翌年騙し返されるという展開である。「前年と翌年」にわたる貿易、これが長崎貿易の場合の商取引習慣の上での重要な問題であり、先の日本人商人たちは、ここを見誤ったために失敗したのである。彼らが「ひすらこき」ためにみえなくなっていたのは、長崎貿易で忘れてはいけない重要な要因だった。

もちろん煙草の挿話での日本の商人のやり口は天罰を蒙っても当然の仕方である。だが、そうした倫理観によってのみ失敗がもたらされたとするのは性急であろう。唐人たちとの長崎商いの本質にふれる部分での失敗もあったためにもたらされた結果であったと理解すべきと考える。目先の利欲に走るがゆえに翌年のことまで気がまわらず、そのために思わぬ仕返しをされた日本商人の姿に、長崎商いはもちろんのこと、広く一般化できる商売上の知恵を『日本永代蔵』は伝えようとしているのである。

目先の利欲で「目の利かない」商人たち、すなわち長期的展望のない商人たちに対して巻四の二の主人公金屋は古筆屛風への「目が利いた」ために成功を収めた。唐人貿易の急増によって活況を呈していた長崎には、大坂商人も強い関心を持ち、投資意欲に駆られて実際に投資した商人も多数いたはずである。しかし、その「ひすらこき」商才で短期投資に走ったため失敗した人も少なからずいたにちがいない。

巻四の二の冒頭の挿話は、そうした商人の姿を端的に描き出したのである。「只ひすらこきは日本」とは、何も唐人の「律儀さ」に対する日本人の「こずるさ」のみをことさらに強調しているのではなく、長崎貿易における年越し商習慣の難しさも伝えているのである。さらに「目利きをしるにたがはず」とあるように「目利き」の正確さも必須の商才だった。「買置き」に重きを置く長崎貿易では、目先の利欲に駆られた荒っぽい商売は利を得られない。

巻四の二の金屋が没落しなかった理由は「目利き」の才能が本物であったためであろう。村田穆氏のように「この屛風の価値を見抜いて活用した抜け目のなさは、詐欺行為でもあるが、その利益の一部を還元して花鳥の身の立つようにしてやったところに、金屋と巻三の三の善蔵や巻四の四の利助と区別する町人意識の一種の限界があるようだ(47)」といった金屋の事後処理のあり方にのみ目を向けるのではなく、先の菊屋と同様に「目利き」という観点から検討してみる必要があると考える。

「金屋」を「博多の人」としてわざわざ位置づけたのは、金屋にそうした才能があっても不思議はないとする設定のためだと考える。博多は神屋宗湛（天文二〇～寛永一二年／一五五一～一六三五）や島井宗室（天文八～元和元年／一五三九～一六一五）といった豪商の茶人たちが活躍し、『南方録』に「博多、袖のみなとゝ云所は、名所にて、富貴の人多く、数奇の人、歌人、風流の人あまたあり。休の門弟となり、その後堺に尋来りし人も多し。……山城、大和、近江、摂河泉《せつかせん》は各別、その外に、筑前博多ほど茶人多きはなきなり」[48]と書かれるほど茶の湯が盛んな土地柄であった。金屋は、その博多で相応の商家であった。つまり、「目利き」のための素地が十分に備わっていることが予想される存在なのである。だからこそ「定家の小倉色紙、名物記にも入たる外、六枚、見程、時代紙、正筆に疑ひなし」という「目利き」ができた。先ほどの菊屋の見つけた時代裂は茶の湯の世界ではすでに広く知られたものばかりであったのに対して、金屋は「名物記にも入りたる外」まで「目利き」できたのである。その点でも菊屋の「とり売目利」の範疇を超えていた。しかも、それらの古筆を手に入れた後、「手筋を頼み、大名衆へあげて、大分の金子申請」る。この点も菊屋と異なる。金屋は、おそらくは茶の湯を通じて得たであろう人脈を活用したうえで、相応の流通の手続きを踏んで古筆を売買したわけである。西鶴が古筆に関心を持っていたことは、上野洋三氏が慶安刊本『御手鑑』について、

井原西鶴が『御手鑑』を模倣して『古今誹諧師手鑑』（延宝三年十月序、刊）を編集・刊行したように、本書は、江戸時代を通じて歌人に限らずさまざまな分野の人々に影響を与えたと思われる。[49]

と述べていることからもわかる。さらに金屋は、そうした「目利き」の力量によって古筆屏風を元手に資金を得た後も没落するどころか、巻五の一「廻り遠きは時計細工」にもあるように「目利き」を求められる長崎での商売にあって成功を収められたのである。

金屋も菊屋同様、一見すると相手の無知につけ込んだかのようにみえる。実際「欲心発りて、遊興は脇になりぬ。それより、明暮通ひなれて、上手を仕掛」けて、「彼屏風貰かけ」たとあるから、けっして「正直」一筋ではない。だが、花鳥が屏風を金屋に「子細もなくくれ」たのは、ほんとうに花鳥の「無知」によるのだろうか。

小倉色紙の当時の価値は、『鴻池家道具帳』によれば、
一、小堀遠州様御所持 定家草枕の色紙　壱幅　代金百七拾五両
一、小堀遠州様御所持 一休和尚之筆　江南野水詩　壱幅　代金拾両(50)

となっている。その高価さは一休の墨跡と比較するといかに破格であったかがわかる。それほどの古筆の価値を花鳥がまったく知らなかったとする読みには無理があろう。だとすると花鳥も先の長谷寺の僧たちと同じようにある程度の価値があるとは知りつつも、実際にそれほどの値がつくとは考えていなかったとするのが穏当な読みになるのではなかろうか。

花鳥がそう思った背景には、丸山遊郭という環境の影響があったと考えられる。古賀十二郎氏によれば、当時の丸山遊郭は、

長崎の花街が他郷のそれと全く趣を異にしていたのは、確に丸山遊女と異邦人との関係にあった。……唐人たちは、元禄二己巳年一六八九年唐人屋敷の新に設けらるゝ迄は、市中に町宿する事を許されてゐた。町宿の唐人たちは、太だ夥しく、概ね数千人、特に元禄元戊辰年の如きは、一万人ぐらゐもゐた。(51)

という状況であった。古賀氏の指摘にもあるように、清朝の中国国内統一の安定により、長崎への唐人の来航は貞享期になって飛躍的に伸び、『日本永代蔵』の刊行された元禄元年にはその最盛期を迎えていた。そうした雰囲気のなかで花鳥は生活をしていたのである。もちろん遊女は客によって「日本行」「唐人行」「阿蘭陀行」と区分されていて、花鳥が金屋と唐人を同時に客としていたわけではないが、横山宏章氏の指摘するように丸山の遊女と唐人たちの交流が彼女たちの嗜好に影響をおよぼしていたことは想像に難くない。(52)宮本由紀子氏も丸山遊女の特殊性として、「紅毛人からの贈与物に好んで反物を貰っていること」をあげ、衣裳が豪華であったとする。(53)

外出も自由に認められ、花鳥が自分の部屋の古筆屏風に余り関心を抱かなかったのも当然といえば当然であったのかもしれない。

具体的に丸山遊女の部屋のしつらえはどのようであったのかをうかがわせる資料に、やや時代は下がるが、享保五（一七二〇）年頃の長崎を描いた『長崎閑話』（筆者不明）がある。

扨又太夫の馳走は、座敷も十六畳位にて、床違棚床縁は真の黒塗抔香盆香炉等は唐物にて奇南を焚。扨畳縁板縁雪隠等も御客雪隠のことし。庭には鉢木を植、石の手水鉢等手拭等新敷をかけ、床には唐絵の懸物など懸、多葉粉盆随分宜也。(54)

というのが、遊女の部屋のしつらえだったようである。元禄二年の渡航制限後、唐人の来航が少なくなったなかでも、まだこうした雰囲気であったということは、『日本永代蔵』書かれた頃には、より一層、唐物趣味が盛んであったと考えられる。

だからこそ、花鳥も古筆に対してそれほど深い関心もなく、その部屋の古筆屏風に「いかなる人か、此太夫に送られし」と疑問を持つような「目利き」の客も、当時の長崎にはほとんどいなかったのではないだろうか。そう考えると、金屋が「上方にのぼり」古筆を処分したのも首肯できる。また、長崎に中国趣味が横溢していたため、京都の茶の湯からは遠い存在であったことは、筒井紘一氏の「若杉氏を代表とする町乙名達が不見斎門に入ったのは、寛政一二（一八〇〇）年のことであった」(55)という史実の指摘からみて推測できる。

茶の湯が上級町人の社交術として定着していた京都・大坂・博多と比較して、長崎ではそれほど盛んに行われてはいなかったことを背景に置くと、金屋の成功は「恩返し」といった倫理的問題を超えて整合性を持つものとなる。しかも、その成功の鍵が小倉色紙に代表される和物道具であったことも、茶の湯にある程度の知識を持っていたであろう『日本永代蔵』の読者には話の趣向として納得できた点であったにちがいない。

第五節　おわりに

「目利き」という観点から、『日本永代蔵』の二章を検討してみた。その検討を通してこれまであまり問題にされてこなかった「茶の湯」の「道具」売買を町人たちがどのようにみていたのかについても、多少は明らかできたと考える。現在でも、茶道具の「目利き」は大変に難しく、この問題は多くの茶の湯愛好者たちを悩ませている。また、茶の湯と全くかかわりのない人たちにとって、そうした茶の湯愛好者の悩みなどゆめ思いつかないことでもある。お茶というとなにやら道具を褒めちぎり、妙な古ぼけたものを高い価で買っては悦に入っているにすぎないと批判する人も多い。しかし、社会的に成功を収め、ある程度の地位に就いたとき、茶室に入ってみたいという衝動に駆られる人も少なくない。そして、本章での検討を通して、こうした状況が現在に限ったことでなく、『日本永代蔵』の時代にもあったことがみえてきた。さらに、道具の「目利き」というものが、俄になし得るものではなく、茶の湯との長年のかかわりによって培われる能力であることについても、同様に現在にも通じる問題として『日本永代蔵』は私たちに投げかけてくれているのである。人はともすれば、菊屋のような「とり売目利」の魅力に翻弄されがちなものである。それに対して、自身の「目」をしっかり持って「目利き」することは、至難の業でもある。だからこそ、西鶴は金屋の例によって、正しい「目利き」の在り方を示そうとしたのかもしれない。自分の審美眼を確固たる自信をもって他人に示すことができてこそ、「目利き」による商売は成功するのである。自分への自信があればこそ、茶道具以外の物を商っても成功を収めることができる。そうしたことを、茶の湯を背景としながら、西鶴は読者に示そうとしたのかもしれない。

バブル経済に日本中が酔いしれていた頃、西洋絵画を法外な価格で狂ったように求めた日本人の姿があった。その結末は、買値の半額でも売れない絵画の山であった。そうした三〇〇年後の日本人の姿が菊屋善蔵の姿ときわめてよく似ているのはなぜだろうか。そこにこそ、『日本永代蔵』が多くの読者を引きつけてやまない魅力があるのかもしれない。

(1) 暉峻康隆訳注『日本永代蔵』解説（角川書店、一九六七）二九八頁。
(2) 矢野公和「『日本永代蔵』冒頭の文章について」(『国語と国文学』74号、東京大学国語国文学会、一九九七）一頁〈のち『虚構としての『日本永代蔵』』所収、笠間書院、二〇〇二〉。
(3) 谷脇理史「西鶴の文学(二、西鶴の思想)」(『西鶴事典』、おうふう、一九九六）五八頁。
(4) 熊倉功夫『茶の湯文化史』(日本放送出版協会、一九九五）七六頁。
(5) 熊倉功夫『近代数寄者の茶の湯』(河原書店、一九九七)。
(6) 注(1)に同じ、一九一頁。
(7) 中村幸彦校注『日本思想大系　近世町人思想』(岩波書店、一九七五）一八一頁。
(8) 同右、一七八頁。
(9) 守田公夫（『名物裂の成立』、奈良国立文化財研究所学報20冊、文化庁、一九七〇、六五頁）によれば〈表紙には中央に大きく道具帳と書かれ、右に元禄四歳、左に正月吉日と記されてあり〉とある。
(10) 桑田忠親『日本茶道史』(河原書店、一九八〇、初版一九五八）二〇一頁。
(11) 熊倉功夫校注『山上宗二記　付茶話指月集』(岩波書店、二〇〇六）九一〜九二頁。
(12) 土井忠生ほか編『邦訳日葡辞書』(岩波書店、一九八〇）三九八頁。
(13) 村田穆校注『日本古典集成　日本永代蔵』(新潮社、一九七七）九八頁。
(14) 注(1)に同じ、三一七頁。

(15)　石塚修「『日本永代蔵』の神仏表現と教訓性について」(『日本語と日本文学』22号、筑波大学国語国文学会、一九九六)一～一一頁。
(16)　東明雅校訂『日本永代蔵』解説(岩波書店、一九八一)一九五頁。
(17)　麻生磯次・富士昭雄訳注『決定版対訳西鶴全集』12(明治書院、一九九三)二一一～二一二頁。
(18)　坂井利三郎「再び『心を畳込む古筆屛風』について」(『文学研究』40号、日本文学研究会、一九七四)四一頁。
(19)　谷脇理史校注訳『新編日本古典文学全集　井原西鶴集三』(小学館、一九九六)一〇〇頁。
(20)　注(13)に同じ、九八頁。
(21)　西島孜哉「『日本永代蔵』の成立」(『西鶴と浮世草子』、桜楓社、一九八九)三二九頁。
(22)　永井義憲「長谷寺と十穀聖」(『豊山教学大会紀要』14号、豊山教学振興会、一九八六)一二三頁。
(23)　小林幸夫「長谷観音の古帳―『日本永代蔵』巻三の三について―」(『東海近世』9号、東海近世文学会、一九九八)一～一三頁。
(24)　注(9)に同じ、六六～六八頁。ただし、井上和人氏のご教示によると、元禄七年刊本は東北大などに存在するという。筑波大学図書館蔵本(大坂雁金屋庄兵衛ほか版)にも元禄七年の刊記が認められた。
(25)　鈴木一編「名譜要録」(『角川茶道大事典』資料・索引編、角川書店、一九九〇)一三〇～一四三頁。
(26)　井口海仙ほか編『茶道全集　器物篇四』(創元社、一九三七)六九七～七五五頁。
(27)　岡田利兵衛編『伊丹文芸資料』(伊丹資料叢書1、伊丹市役所、一九七五)六七～一〇五頁。
(28)　谷端昭夫『近世茶道史』(淡交社、一九八八)一一八頁。
(29)　暉峻康隆校注『定本西鶴全集』七巻(中央公論社、一九五〇)、暉峻康隆訳注『日本永代蔵』(角川書店、一九九二)、谷脇理史校注訳『新編日本古典文学全集』(注19)、麻生磯次・富士昭雄訳注『決定版対訳西鶴全集』(注17)、田中伸編『日本永代蔵』(桜楓社、一九六九)、重友毅『日本永代蔵評論』(文理書院、一九七四)などは、「不正」として捉えている。
(30)　大藪虎亮『日本永代蔵新講』(白帝社、一九三八)、野間光辰校注『日本古典文学大系　西鶴集下』(岩波書店、一九六〇)、村田穆校注『日本古典集成　日本永代蔵』(注13)、浮橋康彦編『日本永代蔵』(桜楓社、一九八八)は

〈血筋のないにわか成金〉と解している。

(31) 菊本嘉保『古今和漢万宝全書』巻八（筑波大学図書館蔵本）によれば、〈一時代切　東山時代より久敷物をさす渡りの古き物也大蔓小蔓二重つる紋よし上手物地あらく金色能也袋端表具端……一花兎金襴上手也前後渡り有角の内に兎の花をくはへたる紋有〉とみられる。

(32) 森銑三ほか監修『新燕石十種』三巻（中央公論社、一九八〇）九六頁。

(33) 尾形仂「芭蕉・西鶴の時代―『京乗』を通して―」（『続芭蕉・蕪村』、花神社、一九八五）では「しゃくせんだん風説」という小堀権十郎が額板の揮毫を依頼されたが、それを伽羅であると知り、だまして譲り受けたことで騒ぎとなり閉門になった噂をとりあげ、巻三の三との関係を指摘する。

(34) 佐藤鶴吉『日本永代蔵評釈』（明治書院、一九三〇）一九八頁。

(35) 注(19)に同じ、一二二頁。

(36) 最新の注釈書である堀切実訳注『日本永代蔵』（角川書店、二〇〇九、三三六頁）でも「狡猾で貪欲な。ずるい」という注を付けている。

(37)『日本国語大辞典　第二版』一一巻（小学館、二〇〇一）二八五頁。

(38) 野間光辰校注『日本古典文学大系　西鶴集下』（注30）の補注27（五〇二頁）。

(39) 注(13)に同じ、一二二頁。

(40) 原道生『校注日本永代蔵』（武蔵野書院、一九九三、一〇五頁――根拠は示されていないが、おそらくは野間説に依拠した指摘だと考えられる）。

(41) 位田絵美「西鶴の描いた『異国』―天和〜元禄期の大阪から見た異国商人」（『国文学解釈と鑑賞　別冊』、至文堂、二〇〇五）二三五〜二四二頁。

(42) 森耕一「『日本永代蔵』論―世界は広し」（『西鶴論―性愛と金のダイナミズム』、おうふう、二〇〇四）一八八頁。

(43) 山脇悌二郎『長崎の唐人貿易』（吉川弘文館、一九六四）三七〜一〇三頁。

(44) 同右、七六頁。

(45) 住友家「近世前期に於ける住友の輸入貿易」付録（『泉屋叢考』10輯、住友修史室編、一九五八）九〜一〇頁。

(46) 注(43)に同じ、六一頁。
(47) 注(13)に同じ、一二六頁。
(48) 西山松之助校注『南方録』（岩波書店、一九八六）二六九頁。
(49) 上野洋三「慶安刊本『御手鑑』について」（『館報池田文庫』4号、一九九三）五頁。
(50) 注(26)に同じ、七二四頁。
(51) 古賀十二郎『新訂丸山遊女と唐紅毛人』前編（長崎文献社、一九九五）四二二頁。
(52) 横山宏章『長崎唐人屋敷の謎』（集英社、二〇一一）六三〜七〇頁。
(53) 宮本由紀子「丸山遊女犯科帳」（西山松之助先生古稀記念会編『江戸の芸能と文化』、吉川弘文館、一九八五）二三七〜二三八頁。
(54) 原田伴彦編『日本庶民生活史料集成』八巻「見聞記」（三一書房、一九六九）四六五頁。
(55) 筒井紘一「認得斎と若杉喜得郎」（『淡交』一九九五年一〇月号、淡交社）四三頁、同「認得斎と若杉喜得郎・得重郎」（『茶人交遊抄』、淡交社、二〇一一）一四一〜一四八頁。

第六章　『西鶴名残の友』巻五の六「入れ歯は花の昔」にみる茶の湯文化

第一節　はじめに

西鶴没後七年目の元禄一二（一六九九）年四月に刊行された北条団水編遺稿集『西鶴名残の友』（以下『名残の友』とする）は、元禄六（一六九三）年の『西鶴置土産』・同七年『西鶴織留』・同八年『西鶴俗つれづれ』・同九年『万の文反古』に続く西鶴初版遺稿集の最後の作品である。その最終章が巻五の六「入れ歯は花の昔」という茶の湯をテーマとした章で幕を閉じていることは、西鶴と茶の湯文化との関連を論ずるうえで示唆的な出来事であるといえよう。

そもそも『名残の友』の文学作品としての評価は、従来研究者によって大きく分かれる。果たして西鶴自身の作品なのか、団水の擬作なのか、それとも補筆なのか、それらが定まらないため、なかなか評価が定めきれていない。

これまでの『名残の友』の評価にかかわる研究をまとめると、まず団水の序に「跡は消せぬかたみの反古のうちより、一書を探り得たり。諸国の雑譚、例の狂言をしるせり」とあることや、『名残の友』の総目録にも「自筆」と記載があるため、山口剛氏(1)・潁原退蔵氏(2)・瀧田貞治氏(3)の西鶴自稿説がまず唱えられ、これを補強する暉峻康隆氏[4]や野間光辰氏[5]の説が昭和三〇年代までに定着した。金子和正氏・大内田貞郎氏[6]らもこの自稿説を支持している。

　これらの説には中村幸彦氏が疑念を提示した。[7]中村氏は版下の精査から大部分を自筆とはしたものの、十数か所については疑わしい部分があることを指摘した。版下が自筆でないことが直ちに擬作説の根拠とはならないにせよ、それまでの西鶴自稿説に対して新たな研究方向が提示されることになった。島田勇雄氏も中村幸彦氏と同様に『名残の友』のかな遣いを精査して巻一の一について自筆でないことを証明しようとし、[8]若木太一氏も挿絵に注目して「前半は『永代蔵』を主に、後半は『男色大鑑』などから人物を模写、参照、構図の剽窃」したものとして補作者の存在を推定した。[9]金井寅之助氏は諸本の版下を整理・検討して四種類に分類し、「西鶴の自筆原稿を謄写したものと見たい」[10]と結論づけた。この他に、西鶴が六巻三六章の体裁で師の西山宗因の一三回忌にあたる元禄七（一六九四）年三月に刊行を目論んでいたが、その刊行前年に没したため団水がこれに補作し、さらに六年を経て刊行したとする作品全体に整合性をみる宗政五十緒氏[11]の説もある。

　このように『名残の友』は西鶴の作品として確定していない不安定な作品であり、そのため『名残の友』に何を読むべきかについても、まだ多くの問題点を抱えている。浮橋康彦氏の「戦前は西鶴作品の中で余り評価されなかった作品であるが、一面では俳諧師西鶴の心境の真実が自然に流露した随筆風作品である点、また西鶴らしいはなしの姿勢で、はなしの持味が十分に発揮された作品であるという角度から、改めて新しい評価を受けるようになっている」[12]（傍点は浮橋氏）とする見解は簡潔で的を射ている。

　西鶴の「晩年の心境」を『名残の友』に読みとることについては、はやく片岡良一氏が「『名残の友』もまた晩年の西鶴の心境を記念すべき、重要な作品の一つであったのである」[13]と述べた。この指摘を受けて論を展開した吉江久彌氏は、「いわば此処には俳諧の『まこと』が示されていると考えられるのである。作者の訴えたいポイントは実にここにあったのではなかろうか」(14)とし、さらに、「此の書における作者の真意がえせ芸道者とまことの芸道者とを峻別とようとするにあること、そしてその底に、ひたむきの修業によって終には何ものにも束縛せられない融通無礙の境に至るべき、まことの道を信念として主張しようとする気持ちが一貫していることは、容易に窺い知る事が出来る」(15)（傍点は吉江氏）と結論づけている。市川道雄氏は「……作品の出来具合はともかくとして、少なくとも、西鶴の執筆意図は、俳諧を知らない人や、見せかけの俳人たちに対して、真の俳諧や俳人のあり方を述べようとしたものであるといえる」(16)と吉江氏に近い見解を示す。白倉一由氏も「『西鶴名残の友』の各説話は西鶴の他の小説に比べると優れているとは言い難い。笑話性を文芸性として小説を書こうとしているのだが、構成は一定せず分量もさまざまであり、文芸性も高くはない。しかし晩年の西鶴の心境を知ることのできる貴重な作品である」(17)と指摘し、あくまで作家西鶴の晩年の心境を探究するための素材としての価値を見いだそうとする。井上敏幸氏は「『名残の友』は、まさに笑話集だったのであるが、その笑いの背後に、元禄期の談林俳諧師西鶴のやや淋しげな心境がのぞいており、そのことがかえって独自の味わいを醸し出していることを忘れてはならないであろう」(18)と述べ、最終的には笑いを通して作家西鶴に迫るべき作品だとした。

『名残の友』に西鶴の「はなし」のあり方を読みとり、『世間胸算用』や『西鶴置土産』への影響もみようとする説もある。広嶋進氏は「虚実を交えた、俳人に関する笑話が、長短さまざまに展開されている。西鶴の『名残の友』執筆の経験は、『胸算用』や『置土産』の諸章の、喜劇的な味わいに影響を及ぼしているように思われる」(19)と指摘する。岡雅彦氏は咄本との関連を論じつつ、『名残の友』における西鶴の「はなし」のあり方を「現実にありそうにない咄と実在の俳人、或いは世に広く行われていた咄と俳人を結び付けることにより、作者はうそばなしを楽しんでいるのである」[20]とする。

『名残の友』における「はなし」の方法の成否については、有働裕氏が野間光辰氏の「西鶴の方法」における「むしろ『名残の友』こそ、西鶴のもっとも自然なはなしの姿勢の下に、彼のはなしの趣味が遺憾なく発揮せられた作品」[21]（傍点は有働氏）とする見解をとりあげて、

　しかしながら、『西鶴名残の友』は、西鶴作品中最も低調な部類に属すると誰が読んでも判断せざるをえないものであろう。没後六年を経過してから刊行されたこの作品は、あまりに単純素朴な雑話集で、西鶴のものとしてはひねりが無さすぎ、擬作説や補作説も提示されている。[22]

と指摘し、『名残の友』には文学的価値を評価し得ない立場を示している。

　このように『名残の友』の評価には、西鶴の自作とした場合、「はなし」としての完成度が高い作品かどうかについての評価が不可欠なのである。

「入れ歯は花の昔」に関しては、楠元六男氏がこれまで紹介してきた諸見解をまとめ、とくに宗政五十緒氏による末尾部分の団水加筆説・塩村耕氏の全体の団水補筆説をとりあげ、

　本来『名残の友』は未完成な作品だと指摘されている。どこが未完成なのかは、見る人により異なっていくレベルの問題である。また、巻五ノ六の話が最終章であるという確かな証拠もない。団水の手によって編集されたことは間違いなかろうが、補筆の具体に関しては印象批評の枠組みから出ることはできないからである。

　従来の批評を一瞥して疑問を感ずるのは、最終章としての不自然さを指摘する論理のプロセスである。全体の話末尾の「次第にいたりたる世のさま云々」がうまく関連していかないことを指摘する。……末尾の章

という概念を捨てて一話全体を眺めまわしてみると、ほぼ完全な話になりえているのではないのか。(23)
とする新たな視座を提示している。

この楠元氏の、最終章であるからかくあらねばならないという先入観を払拭して「入れ歯は花の昔」を読むべきであるとする見解には、まことに同感である。編集したのが西鶴自身ではないわけであるから、この章を無理に改変しなくとも、さらにふさわしい章を探して「次第にいたりたる世のさま、豊かなる御時のためし也」という祝言の末尾を加筆・補筆して最終章とすることは不可能ではなかったはずである。しかし、編集者がわざわざ加筆してまでも、この「入れ歯は花の昔」を最終章としなくてはならなかった根拠についてはこれまで提示されていない。後年、多数の読み手からこれほどまでに不完全さや不自然さを指摘されるならば、当時においても読者は同じ印象を抱いたはずである。西鶴自身が「次第にいたりたる世のさま、豊かなる御時のためし也」と筆を走らせていたため、この章が編集のさいに目をつけられて最終章に置かれたとした方が自然ではなかろうか。

第二節　「入れ歯は花の昔」にみられる茶道観

「入れ歯は花の昔」にみられる「茶の湯観」は、西鶴が持っていたと推測できる「茶の湯観」と、果たしてどの程度合致するのだろう。それは西鶴の晩年のどのような心境をあらわし、「はなし」としての完成度もどれほどのものなのだろうか。

西鶴の「茶の湯観」といっても、西鶴が茶の湯についての自己の考えをまとめている著述があるわけではない。しかしながら、西鶴が作品のなかで茶の湯に関する題材をとりあげたり、断片的ではあるが作品のなかで茶の湯について自己の見解を示したりしている部分はいくつか見受けられる。たとえば、『新可笑記』巻二の四「兵法

の奥は宮城野」では、

又茶の湯は、和朝の風俗、人のまじはり、心の花車になるのひとつなり。是に入ての徳は、常住万事に気の付所各別なり。武士も我役の一腰は其まゝ、此付合も手ぬきとはいひがたし。今の町人茶事は栄耀と心得、諸道具に金銀をつゐやし、数寄屋・長露路に、商ひはんじやうの地をせばめ、美食を好み、衣服をあらため、よろづにきようをつくし、此畜に家をうしなふ人、かしこき京都にもあまたなり。さはいへど、此事わきまへなきは、人間ふつゝかにして口をしき事のみ。あるひは欠茶碗にしても其心ざしひとつなり。元是作意なれば、一通り手をひかれ、其上の道理さへつまらば、何事にてもくるしからず。世のたのしみなるに、皆人心つくせし振舞にあひながら、其座を立ば、花の生やう、炭の形をそしりぬ。是ならひえて茶入の名を付て見る程には、おつ取て十年のけいこなくては成がたし。

という茶の湯に関する批評がある。この「あるひは欠茶碗にしても其心ざしひとつなり」の評言は「入れ歯は花の昔」で「宇治の上林の法師」が語る「世を心のまゝなる人の茶事は、不自由なる体に仕かけたるこそよけれ」の言葉に近い。茶の湯にまつわる「はなし」の代表としては第二部第二章でとりあげた『西鶴諸国ばなし』巻五の一「灯挑に朝顔」があり、西鶴が茶の湯に少なからず関心を寄せていたことは確かである。この章にそうした西鶴の茶の湯への関心の片鱗が尋ねられれば、加筆・補筆問題に関する一つの答えともなりうると考える。

「入れ歯は花の昔」の梗概は次の通りである。

摂津国の野田に藤の花咲く頃、ある楽坊主の招きで俳友五、六人が草庵を訪れる。ただしその草庵は「いずれを見ても子細の過て、気のつまる物好きなり」という様子であった。やがて俳諧がすんで、亭主が釜がかけてあるというので茶事におよぶ。盆点てで濃茶が点てられ正客に出されるが、急に顔が赤くなって連客の分まで飲みほして、次客へ回そうとせず「私の入れ歯が落ち込んでしまったので」と言い訳を残して茶室から出て行ってしまう。連客は「ちつともくるしからぬ御事」で何の支障もないというけれども、座の雰囲気が白けてしまい、かといって亭主も他に点てる茶の用意もしていなかったので、そのままはやり歌を歌い出して一座の笑い者となる。この挿話に対して「是をおもふに、惣じて詫たる事のよいといふ事はなし。あたま数の焼物、猫といふもの世に住ば、用心して、替釜かけ置、茶の湯ありたき物ぞかし。次第にいたりたる世のさま、豊かなる御時のためし也」と評言が付されて終わる。

そもそもこの茶事の失敗の原因はどこにあるのだろうか。楠元氏は、わび茶特有の「不自由」さを見せているが、完全な準備が必要なことを指摘しているのである。話にみえる失敗談は、あまるほどの準備をしていなかったために、入れ歯を落とされて大服は台無しになってしまったのである。(24)

と、その原因を指摘しているが、この亭主の失敗の原因はただたんに「あまるほどの用意をしていなかったため」なのであろうか。濃茶は元来一服きり供されるものであり、一人当たりの茶の量もおよそ決まっている。茶が機械で挽かれる現在でさえ席中の人数から割り出してそれほど余分に用意するものではない。まして茶壺から出して挽くとすれば、相当の手間がかかるわけであるから、「ありあまるほどの用意」がされていないこと自体はなんら不思議はない。たとえば、近松茂矩『茶湯古事談』(享保一六・一七三一年序)の次の挿話からも当時の濃茶の馳走のあり方をうかがい知ることができる。もちろん『名残の友』と比べて時代や身分にも違いがあるけれども、おそらくそこにみられる濃茶のもてなしに対する考え方には大きな差異はないはずである。

秀吉公伏見にて家康卿、利家卿、氏郷と享せられ、是より聚楽へ行て遊ひ、明日帰路にハ家康卿の許へ立よらんと有しかハ、家康卿御帰り有て聚楽にての美食のうへなれハ、御茶はかりにてよろしからんとて御掃除仰付られ、御手自壺の口を切せられ、茶一袋出させられ、茶道朱斎に御渡し有て挽せられぬ、翌日家康卿は聚楽を早々御断御立ありて、御馬はやめられ御かへり有、彼茶を御覧有に甚少し、朱斎に御尋ねあるに御小性《ママ》某来りて、上の御茶成と申せとも聞き入れすたてゝたへ候と有之儘に申上ぬ、そこにて又新たにつほの口を切せられ、別に一袋を取出させ給ひ、茶道休閑にひけよと仰付られしに、御近習某申上しハ、上ははや御成と申に唯今より挽きかゝりてハ遅々仕るへし、初の御茶減少なれともいまたたてまいらせらるゝほとハ有へしと申上しに、家康卿やゝ汝が側に居て我くちまねをするほとの者にて、加様の心得なきか、茶をそくて上徒らに御帰りありて不興になるとも、既に人の飲たるあまりを進むる事や有と御しかり有しとなん(25)

この挿話と『名残の友』を比較すれば、「老人が手にかけて引きましたばかりを御地走《ママ》」とあるのは濃茶のもてなしぶりとしては至極当然であることがわかる。濃茶での粗相にたいして亭主が「あらためて一ぷく是非たつる所なれども、外《ママ》に引きたる茶もなく」と言い訳をしても、それが客から非難されるほどのことではなかったことは、この挿話からもわかるであろう。通常の茶事ならば濃茶の後にもちろん薄茶の用意があり、濃茶席での粗相を薄茶席で挽回することは可能であったはずである。「あまるほどの準備」をしなかったための失態とするならば、むしろ薄茶の用意がなされていなかった点にこそ注目すべきである。薄茶の用意がなかったため、亭主は「仕舞いかねて」、ついには「はやり歌」を歌い出して連客の失笑を買うことになったといえるからである。客も濃茶のみのもてなしであることを十分に承知していたために「ちつとも苦しからぬ御事」と亭主に言葉をかけているのであろう。

では、なぜ濃茶に続いて薄茶の用意がなかったのか。濃茶と同じ席での用意がないならば、正客が動座して

「広座敷」に移っていったわけであるから、そちらに薄茶の点前があってもしかるべきではなかったのか。にもかかわらず、この亭主がその席にあって「あらためて一ぷく是非たつる所なれども、外に引きたる茶もなく」と言い訳をし、ついに濃茶の仕舞いもかなわずに「はやり歌」を歌い出す羽目におちいっている展開には大いに違和感が残る。

その答えは「手前つくろひ過て、むかし行なり。殊に盆だてして、みせ顔に」という亭主のありようとかかわっていると考える。『草人木』には、

一、こい茶斗立て、其儘其茶入にて薄茶をたてす。当代は其茶入にて、一服成共、二服成共たつる。是ハ中興始る。此由来はくハしく奥にしるす。此吟味色々あり。名物の茶入を盆たてにいたし、又すくれたる道具、又から物あひしらひの時は、薄茶をたてす。若、亭主是非といふ時、客よりのまぬやうにすへしと定たる人あり。此説を用へからす。その子細ハ、盆立はむかしのしきしやうの茶湯也。当世の盆点はむかしのしきしやうの中より、下の佗のする事也[26]

とある。この記事からもわかるように、亭主が盆点にした時点で、濃茶だけのもてなし分しか茶の用意がないのは、むしろ当然の作法だったのである。亭主の気取りがかえって亭主にとって悲劇を招く結果となってしまう必然は、こうして作法のうえでも用意されていた。

また、そうした名物自慢の茶の湯であったにもかかわらず、亭主のわび茶志向が失敗に拍車をかける。濃茶の回し飲みがなくてはこの「はなし」は成り立たないからである。濃茶のもてなし方は古くは各服点てで、客一人に対して一碗ずつ供されるものであった。それが千利休以降になって連客に一碗で供されるようになったようである。前掲の『茶湯古事談』では、

むかしは濃茶を一人一服つゝにたてしを、其間余り久しく主客共に退屈なりとて、利休か吸茶に仕そめしとなん、(27)

と、その変化を伝えている。また神谷宗湛（天文二〇～寛永一二年／一五五一～一六三五）の『宗湛日記』天正一五（一五八七）年正月三日条には、

御詑ニハ、多人数ナルホドニ、一服ヲ三人ツヽニテノメヤ、サラバクジ取テ次第ヲ定ヨリ被仰出候へバ、(28)

との記事もみられ、一碗を分け合い（おもあい）で飲む作法は、「わび茶」ならではの習慣であったことがうかがえる。

また、「老人が手にかけて引きましたばかりを御地走。さらば大ぶくにたてましてあげん」という亭主の一言には茶人としての気取りを大いに感じさせる。「手にかけて」わざわざ挽いた濃茶だから、大服に、しかも名物の茶入で盆点で供しようというのである。大服にできたということは、事前に亭主は通常の定量以上に用意してそれなりに準備はされていたということでもある。この気取りが水屋の控えとして残るはずの分までもついつい点てて客に出してしまうことにつながった。亭主として盆点の難しい点前も滞りなく進み、正客に出し終わっていい気分になっていたところに、回し飲みしなくてはならない濃茶で最初に飲む正客が茶碗に入れ歯を落とすという失態を演じてしまう。この二重の不幸が亭主の混乱ぶりを助長し、「はなし」としての滑稽さを増幅している。正客があわてて「広座敷」に出ていってしまったとしても、亭主に薄茶の用意さえあればなんら問題はなかった。しかしながら濃茶の用意しかしていなかった場面設定こそが、この「はなし」を盛りあげる大きな要素なのである。

亭主が「わび茶」を標榜したゆえのこうした失敗は、当時としては珍しかったのだろうか。『西鶴織留』巻三

の二「芸者は人をそしりの種」には、

……茶の湯は道具にたよれば、中〳〵貧者の成がたし。「万事あるにまかせて侘たるをよし」といひ伝へり。是利休の言葉にもせよ、貧家にてはおもしろからず。ことのたりたる宿にして、物好をさびたるかまへにいたせる事ぞかし。

とあることなどから、「わび茶」への志向が町人階層に浸透していたことは確実であり、おそらく多くの茶の湯愛好者が「わび茶」へと傾倒していたに違いない。だからこそ、「わび茶」への曲解も数多く生じて、その結果として滑稽譚も生み出されたのであろう。前掲『茶湯古事談』の次の挿話をみてもその傾向がわかる。

水谷出羽家の浪人山井弥兵衛ハ江戸下谷辺に閑居し、始ハ一尾に学ひ、終ハ貞置に習ひ、茶のミにて暮せしか、一日貞置を招請し茶をたてぬ、茶盌すゝきの湯を汲入、釜の蓋をしめる時、いかゝしけん青竹の蓋置か蓋のうらにつきて有し儘、すほんと釜の湯のうちへ落入し、其時これハ近比麁相仕候とて、騒す柄杓を棚へ上置、勝手へ入、鐶を持出、釜を取入、勝手に自在にて釣置し、小釜を釣にかけなから持出、炉へかけ置、外の蓋置を持出、しはらくして沸出てから茶たて出し也、何程の侘にても茶会いたすほとの事ならば、勝手にかへ釜かけ置へしとの古伝をよく守り居しと一座も感せしとなん(29)

このように山井弥兵衛が控えの釜を用心のために事前に用意しておいたことが、茶人の間で讃えられたということは、「わび茶」を標榜する人たちの多くが「不自由な用意」こそ「わび茶」の本道だと信じていたためのトラブルが少なからず発生していたことの証しとなろう。「何程の侘にても茶会いたすほとの事ならば、勝手にかへ釜かけ置へし」という「古伝」が多くの場合に守られていなかったのである。茶と釜の違いがあるではないかとの反論ももちろんあろう。しかし、茶は茶の湯でもっとも大切な要素である。かといって鮮度が重要であるため不用意に大量に用意すればよいというものでもない。亭主が気負ってついつい「大ぶく」にしてしまい、正客も失態を演じたため、せっかくの「わび茶」の心入れのもてなしが台無しになった。「わび茶」の要諦であるはずのほどのよいもてなしぶりをつい忘れて、亭主が気負ったための失敗譚であり、そこにこそ「入れ歯は花の昔」の「はなし」としてのおもしろさがある。

つまり、「入れ歯は花の昔」の亭主である「楽坊主」の最大の問題点は過ぎた趣向なのである。千利休の教えを伝えた『石州三百ヶ条』第一巻—九六に「茶湯さひたるハよし、さはしたるハあしき事」として、

茶湯ハ根本わひのていにて、数寄屋も草庵なり、然れ共、その本意をうしなはす、路次の木石に至るまて侘たる草木取ませ、ふミ石迄も野石のよからぬとりませ、料理もわひたる野菜を用ひたる、新古善悪とりませてわひの本意をうしなはぬをさひたるといふ也、草庵の内に錦をなんきんよき道具そろへ、会席結構をつくし、庭にハよき木能石をうへすへて、わひの本意にそむくをさハしたるといふなり、さひたるは自然の道理也、さハしたるハ拵へものなり、ことたらぬをさひたると云こゝろに、万事七八分にする事肝要也、(30)

とあったり、『源流茶話』にも、

一、利休云、さひたるハよし、さはしたるハあしゝ、古語にも風流ならざる処又風流と有之候、もとめて風流なるは却而風流ならざる也、(31)

と述べられる「わび茶」の考え方と、「入れ歯は花の昔」の「楽坊主」の草庵の、

見越の松・杉さまぐ\に枝ふらせ、びやくしん竜に作り、つゝじの帆かけ舟、こでまり・山吹のおのれと咲し外は、皆兼好が嫌ひたる庭木、へうたんの手水ひしやくさし、釣瓶のふるきに摺鉢きせたる燈籠、いづれを見ても子細の過て、気のつまる物好なり。

といった光景とを比較してみると、その趣向の行きすぎぶりがよくわかる。「瓢箪」「釣瓶」「摺鉢」はいずれも「わび茶」を彷彿とさせる道具立てである。にもかかわらず、「子細の過て、気のつまる物好」に仕立ててしまう亭主ぶりは、千宗左逢源斎（慶長一八～寛文一二年／一六一三～七二）の『逢源斎書』（寛文三～一二年・一六六三～七二頃成立）に、

一、茶之湯ハ二十年もいたし不申候てハならす候、極を二三斤のミ不申候てハならぬと古ゟハ申候、今ハきのふ、けふの茶之湯いたし、ぢまんいたし候(32)

とあったり、同じく『江岑夏書』（寛文三・一六六三年頃）にも、

一、茶之湯根本、さひたを本ニして致候、但大事之所也、さひたるがへちに似申候、但格別之事也、心持肝要也(33)

とある、「わび茶」の教えとは相反しているあり方であることがわかる。久保権大輔（元亀二～寛永一七年／一五七一～一六四〇）『長闇堂記《ちょうあんどうき》』（寛永一七・一六四〇年頃）にも、

一、去方に、佗の茶湯者有て、遠州御供に参、可有式の茶湯したると申せハ、尤可有式の茶湯なりしか、それにてハ佗の心なし、佗は佗の心をもたてハ、茶湯は出来さる物也、けふのしかた、引さいの重を取不入して、そのまゝ可置事也、佗に似合てさいかすくなき程に、くひきりし時、又、取てもちいんための覚悟也、酒かんなへにて出し、湯を湯桶にていたせり、是もおしかへし、かんなへよく洗て、湯をつき出さハよからんとの給へり、佗は万事にその心なくてハあるへからす、よの常の茶湯にほこる人ハ、かやうの心持、胸におちかたき物也(34)

と「わび茶」の心得が説かれている。「佗は万事にその心なくてハあるへからす」の一節は、『西鶴織留』の「万

事あるにまかせて侘たるをよし」と酷似している。「わび茶」のもてなしが、形式的なわびしさの真似であってはならないとする考え方が「入れ歯は花の昔」からは感じとれる。その意味で「さびたるはよし」の本来の「わび茶」の精神が明確に伝えられている章として捉えることに問題はないだろう。この章の作者には、ありあまる用意は求めてはいないけれども、不自由そのものであってもならないとする、もてなしにおけるほどの良さが「わび茶」の極地であることが理解されていたと考えられる。

第三節　西鶴周辺の「わび茶」環境

「入れ歯は花の昔」にみられるような「わび茶」観を西鶴が知りえるには、果たしてどのような機会があったのだろう。たとえば次の挿話がその鍵となる。

㋐家原自仙ハかくれなき道具持にて、或時の会に池西言水を相伴によひしか、帰路に今日の道具直段皆々存知ハ申候か、何々ハこれほと〳〵とかそへたつるに都合三千八百両の道具をつかひしほとの者なりしに、一年両替屋善六か三千両にて名物の茶入をかふて、茶を出さんとてまつ自仙をよひし、後に自仙方へ善六をよひし時にハ、清水やきの新茶入に白ぬめ綸子の袋に自分に少し墨絵をかきて出しを、善六ハいふに不及、時の宗匠も大いにかんせしとなん(35)

㋑宇治の通円か辞世、

一服一銭一期中　最期一念雲脚淡

行さきも又行さきも手くるほうのいときれぬハもとの木のきれ

これを一紙に書きしを、京の俳諧師池西言水か不斗かひ出し、其儘大徳寺の真珠庵宗賢へ持行て見せしに、暫く考て扨々珍奇なる物哉、是ハうり物かと問うに、いや私がほり出しに候といへハ、左有ハほしき程に予にくれよ、我も始《（ママ）》て見しか、是ハ通円か手跡ならん、紙か其時代墨も同し頃、さて此書様筆法にかく作りし気象かうつれハ決して通円か真筆なり、折節金子もなけれハあの床にかけて有雪舟の横物とかへん、是ハ正筆疑ひなく、後藤三右かほしかられしか共遣らさりし程に是をかわりに持行、外へハうるな三右へうれよと有しを、言水更に実とせす、度々御覧ありし手跡にもあらす、扨〳〵けふかる事をとわらひ居しに中〳〵座興にあらす、真実あの掛物とかへん程にはつしてかへれと有しかハ、言水大いに驚きなから、左有ハ申うけなんとてかけ物はつして持かへりかけに、三右衛門宅へ立寄見せしに、一目ミてこれハいかにして持参せしそや、先比真珠庵にて見て達而所望せし一軸なるか、其方手に入しや、是非〳〵くれよといひし、成程御望の様子も宗賢か咄しにて外へハ遣すな貴公へ進せよとかへ物に給りしゆへ直に持参せしといへハ、三右甚悦ひ直に置て行てくれよ百両遣さんなれとも此程余に道具に大金出せし程に、是にて堪忍せよとて金八十両渡ぬ。言水は常々道具の取扱ひをもし、茶をすきしか、通円の筆とたいとうのかけ物と二色か生涯のほり出しなりし、通円の手ハ天下の珍物にて宗賢茶会の度毎にかけしか、今に真珠庵に有となん[36]

この㋐と㋑の二つの挿話は、いずれも前掲『茶湯古事談』に採録されている。ここにみられる池西言水が西鶴と交流があったことは、野間光辰『刪補西鶴年譜考證』からも指摘できる。

天和三年

○春、京都池西言水西国旅行の途次大阪に立ち寄り、西鶴・高瀧以仙・一時軒岡西惟中等と出会、俳諧あり。

元禄三年

○十二月下旬、西鶴京に上り、北條団水亭夜話に両吟歌仙二巻を試み、いづれも半ばにして止む。また団水・言水等と北山に遊ぶ(37)

とくに元禄三年の記事は『名残の友』巻四の一「小野の炭がしらも消時」に、

桜柳も年よりたる人の姿を見るごとく、冬山の淋しき比都にのぼりて、俳諧の友せし団水・言水などゝ、うき世の事どもを語りなぐさみて、「何にも心にかゝらぬ楽介、世間のいそがしき時、ことに隙坊主」と、我身をうち笑ひて、北山の在郷道を行に、松の嵐のおとのみ。

とあるのと同時の記事であり、西鶴と言水の深い交流の可能性が示唆される。

言水は先の『茶湯古事談』にもあるように家原自仙との交流もあった。自仙は「利休作園城寺花入ほか名物を所有し、道具持ちとして知られた。仙叟宗室の茶会記には、客として七度登場している(38)」とされる人物であり、「わび茶」についての造詣の深い人物であることは確実である。言水は道具の目利きとして知られ、道具の取引にも深くかかわっていた人物でもあるので、自仙のみならず、そうした「わび茶」の茶人たちとの交流が少なからずあったはずである。

また、池西言水以外の茶の湯に関する情報源としては上島鬼貫もあげられる。上島鬼貫の周辺には伊丹の文化人交流圏があり、鬼貫自身も元禄一二（一六九九）年には伊丹領主である近衛家の家来分にとりたてられたほどである(39)。元禄期前後の伊丹での茶の湯の盛行については、『有岡逸士伝』（百丸編／享保八・一七二三年序）と『茶湯百亭百会之記』に関しての八尾嘉男氏による綿密な考証があり、そこに表千家覚々斎の系統の可能性があることや家原自仙も茶会を通して伊丹と交流していたことが確認されている(40)。『刪補西鶴年譜考證』にある西鶴と鬼貫の交流に関する記事としては、

元禄三年

●五月、大阪上島鬼貫撰『誹諧大悟物狂』刊。西鶴出座の鉄卵懐旧百韻の内五十句（二折の裏まで）を収む。

○八月、河内生駒堂月津燈外撰『誹諧生駒堂』刊。燈外・来山・由平・萬外・鬼貫との六吟半歌仙一順、ならびに発句入集。(41)

が確認でき、鬼貫自身は茶の湯の宗匠ではなかったものの、周辺の見聞から、おそらくは先の言水と同様に西鶴に「わび茶」の茶の湯の挿話を伝える機会があったことは十分に考えられる。長谷あゆす氏の指摘する「談林の『座』」を継承する「咄の『座』(42)」に茶の湯の「はなし」が加わったのも西鶴がそうした環境にいたためといえよう。いずれにせよ、西鶴が茶の湯の挿話を耳にする可能性があった場は環境的にけっして乏しくはなく、それらを通してことに「わび茶」にかかわる知識をそれなりに持っていたと推測できるのである。

第四節　おわりに

西鶴の作品ははからずも茶の湯文化と関係する章で閉じられている。団水による編集であるにせよ、当時の読者たちはそこにどのような「西鶴らしさ」をみたのであろうか。「わび茶」への傾倒ぶりを西鶴に認めるとするならば、そこにいたった心情はどのようであったのだろう。吉江久彌氏のいう「西鶴にとっての道の究極が『まねてなるまじき』境地であり、それが行動における当意即妙ということになる」ことであったのか。氏の「ところで、心が働くとはよく気が付くことでもある。西鶴は早くから心が働く、働かぬという構想を作品に持ち込んでいるのも右と関連するのである(43)」との指摘もここにいたって響いてくる。茶の湯とて俳諧とて、きわめた先は同じはずである。表面的な修練ではとうていおよばない「『まねてなるまじき』境地」にいたった西鶴像をそこに見いだすべきと考える。そう考えると「次第にいたりたる世のさま、豊なる御時のためし也」とある末文も「わび茶」の表層にとらわれて失敗を重ねる似非茶人たちへの皮肉としてとれる。教訓的に読むことはむしろこの章の本意ではないだろうが、「わび茶」の本意をはき違えたとき、大きな失敗をしでかしてしまうという茶の湯の極意を、俳諧の作意にも通じるものとして読みとることに問題はあるまい。また、「『名残の友』の諸篇は、巧妙に細工された騙し絵のようなもので、角度を変えて本文を眺めれば、第一印象とは異なる新たな『意味』が浮かびあがってくる(44)」という長谷あゆす氏の指摘にも通じる。西島孜哉氏は、

……小説家西鶴の三度目の転換は『名残の友』によってなされている。『名残の友』は西鶴が俳諧師達への見聞や随想をまとめた俳諧を通しての身辺雑記的な笑話集とみる向きがあるが、実は『諸国はなし』としての雑譚である。それまでの西鶴は世の人心の不可解さを自己の論理の中に組み込もうとし、それに対して教訓する姿勢をとっていた。しかし『名残の友』に至って、初めて世の人心、特に西鶴からみれば愚かともいえる人心に対して教訓することを放棄するのである。というよりもその愚かともいうべき人心の中に積極的な意義を認めようとするようになった。言い換えると人間の生き方そのものに信頼を寄せるようになったといえる。(45)

と『名残の友』そのものを高く評価する視座を提起している。愚かな似非わび茶人の姿は、一読すればただのおろか話で切り捨てられてしまうであろう。しかし、それは本来「豊かなる御世」にあって心の幸せを願うための「わび茶」の本質を忘れて、「モノ」にとらわれてしまう人の姿として読み直してみたらどうだろうか。

「入れ歯は花の昔」は茶の湯の側面からみるとき、「はなし」としての完成度はけっして低くなく、しかも西鶴の晩年の心境も巧みに取り入れられている章なのである。そのうえ祝言の言葉で閉じられてもいる。だからこそ

「入れ歯は花の昔」は西鶴作品の最後を飾る作品として機能したといえる。

［付記］

「入れ歯は花の昔」は、巷説に知られる石田三成と大谷刑部とが茶席をともにしたさいに刑部が膿汁を垂らしてしまった濃茶を連客の三成（一説には秀吉）がきれいに飲み干したという挿話を思わせる。朝倉治彦・三浦一郎編『世界人物逸話大事典』（角川書店、一九九六／徳永真一郎項目執筆）には『宗湛日記』を典拠としてこの挿話をとりあげているが『宗湛日記』にその記載はなく、残念ながらこの挿話の由来は解明できなかった。豊橋創造大学島田大助氏から川柳「せきか原大谷かりをかへすなり」（麻布・安四松4『川柳評万句合勝句刷』）の句を教示いただき、また東京大学史料編纂所松澤克行氏より落語「荒茶」・講談「福島正則荒茶の湯」も髭が茶につかってしまう点などで共通点がみられるとの教示を得たが、こちらも原話の解明にはいたれなかったので、今後の課題としたい。

『日本永代蔵』の最終章巻六の五「智恵をはかる八十八の升掻」にも、亀屋が名物茶入「味噌屋肩衝」を糸屋に銀三百貫で譲り渡した挿話が組み込まれていることもここにあわせ紹介しておく。

（1）山口剛『日本名著全集　西鶴名作集（下）』（同刊行会、一九二九）一三二～一三五頁。
（2）穎原退蔵『日本文学書目解説（5）』（岩波書店、一九三三）三四～三五頁。
（3）瀧田貞治「西鶴遺稿集をめぐる諸問題」（『西鶴研究』2冊、西鶴学会、一九四二）二〇～三二頁。
（4）暉峻康隆「西鶴著作考」（『西鶴　評論と研究・下』、中央公論社、一九五〇）五三四～五四六頁。
（5）野間光辰「西鶴の方法」（『西鶴新新攷』、岩波書店、一九八一）七五～一〇〇頁。

（6）金子和正・大内田貞郎「天理図書館西鶴本書誌」（『ビブリヤ』28号、天理大学出版部、一九六四）一八五頁。
（7）中村幸彦『中村幸彦著作集』六巻（中央公論社、一九八二、六六～九七頁／初出：「万の文反古の諸問題」、『国文学　研究と資料』一輯、慶応義塾大学国文学研究会、一九五七）。
（8）島田勇雄「西鶴本のかなづかい（七）」（『研究』47号、神戸大学文学会、一九七一）一～三四頁。
（9）若木太一「『西鶴名残の友』挿絵考」（『語文研究』28号、九州大学国文学会、一九七〇）二四～三九頁。
（10）金井寅之助「『西鶴名残の友』の版下」（『西鶴考　作品・書誌』、八木書店、一九八九、二九三～三二二頁／初出：『近世文学資料類従西鶴編』19、勉誠社、一九八〇）。
（11）宗政五十緒『西鶴の研究』（未来社、一九六九、一五四～一八四頁、初出：「西鶴後期諸作品成立考」、『国文学論叢』10、慶応義塾大学国文学研究会、一九六二）。
（12）浮橋康彦「『西鶴名残の友』―身辺雑話集―」（浅野晃ほか編『西鶴物語』、有斐閣、一九七八）二二三頁。
（13）片岡良一『片岡良一著作集』一巻（中央公論社、一九七九、二〇一頁、初出：「浮世草子作者としての西鶴」、『井原西鶴』、至文堂、一九二六）。
（14）吉江久彌「西鶴名残之友」（『西鶴文学研究』、笠間書院、一九七四）三八七頁。
（15）吉江久彌『西鶴　人ごころの文学』（和泉書院、一九八八、九九頁、初出：「西鶴の芸道観――『西鶴名残の友』を中心に」、『西鶴論叢』、中央公論社、一九七五）。
（16）市川道雄「『西鶴名残の友』をめぐって」（『文学研究』49号、日本文学研究会、一九七九）三八～三九頁。
（17）白倉一由「西鶴名残の友の世界」（『西鶴文芸の研究』、明治書院、一九九四）七三〇頁。
（18）井上敏幸校注『新日本古典文学大系　西鶴名残の友』解説（岩波書店、一九八九）六三五頁。
（19）広嶋進「西鶴の遺稿作品」（谷脇理史ほか『西鶴を学ぶ人のために』、世界思想社、一九九三）二〇四頁。
（20）岡雅彦「西鶴名残の友と咄本」（『近世文芸』22号、日本近世文学会、一九七三）三三頁。
（21）注（5）に同じ、九一頁。
（22）有働裕「西鶴の『はなし』を読む」（『江古田文学』51号、江古田文学会、二〇〇二）二〇二頁。
（23）楠元六男・大木京子編『西鶴選集　西鶴名残の友（翻刻）』（おうふう、二〇〇七）六四～六六頁。

(24) 同右、六五頁。
(25) 藝能史研究会編『日本庶民文化史料集成』一〇巻「数奇」(三一書房、一九七六)一一二頁。
(26) 井口海仙ほか『茶道全集　文献篇』(創元社、一九三六)二五七頁。
(27) 注(25)に同じ、八九頁。
(28) 千宗室編『茶道古典全集』六巻(淡交社、一九七七)一六〇頁。
(29) 注(25)に同じ、一〇三頁。
(30) 千宗室編『茶道古典全集』一一巻(淡交社、一九七七)二三二頁。
(31) 千宗室編『茶道古典全集』三巻(淡交社、一九七七)四二八頁。
(32) 千宗左監修『江岑宗左茶書』(主婦の友社、一九九八)三〇頁。
(33) 同右、六三頁。
(34) 注(31)に同じ、三七五頁。
(35) 注(25)に同じ、一〇九頁。
(36) 同右、一一四頁。
(37) 野間光辰『刪補西鶴年譜考證』(中央公論社、一九八三)二七九・四〇八頁。
(38) 原田伴彦編『茶道人物辞典』(柏書房、一九八一)一一頁。
(39) 尾形仂ほか編『俳文学大辞典』(角川学芸出版部、二〇〇七)一三一頁。
(40) 八尾嘉男「近世中期摂北地域の茶湯―その交流関係からうかがえる特徴」(仏教大学『鷹陵史学』30号、鷹陵史学会、二〇〇四)二一三～二四六頁。
(41) 注(37)に同じ、三八九・三九二頁。
(42) 長谷あゆす「『名残の友』の考察」(『国文学』78号、関西大学、一九九九)三三四頁。
(43) 注(15)に同じ、九六～九七頁。
(44) 長谷あゆす『「西鶴名残の友」研究』(清文堂出版、二〇〇七)二三四頁。
(45) 西島孜哉「小説家・西鶴」(『鳴尾説林』2号、武庫川女子大、一九九四)二一～二二頁。

第七章　西鶴と「わび」

第一節　はじめに

西鶴は「わび」に対して特別な思い入れを持ちあわせていたのか。そのことが明確になれば、第二部第六章でとりあげた『西鶴名残の友』巻五の六「入れ歯は花の昔」の西鶴自作についての真偽も確定できるかもしれない。「入れ歯は花の音」には「惣じて詫びたる事のよいといふ事はなし。あたま数の焼物、猫といふもの世に住ば、用心して、替釜かけ置、茶の湯ありたき物ぞかし」という「わび」にかかわる直接的な批評があるものの『西鶴名残の友』の成立事情を考えた時、それをそのまま西鶴自身の発言として判断するには困難がともなう。しかし、西鶴に茶の湯に関する一定の知識と感性があったことは、第一部での西鶴の俳諧師としての知識基盤の検証や、第二部における『好色一代男』から『西鶴名残の友』までの各作品を茶の湯と関連させて読みすすめた結果わかってきた。西鶴はいわゆる「茶人」ではなかったけれども、茶の湯に関して無知無関心ではなかった。現代的な感覚では、茶の湯愛好者を流儀茶の愛好者か骨董蒐集を趣味とする数寄者に限定して考えがちである。実際にそれ以外の範疇に属する茶の湯愛好者が見当たらないので、それもいたしかたないかもしれないが、西鶴の生きた時代の茶の湯はそうした閉ざされた環境ではなかったようである。現代の経営者たちの多くがゴルフに興じ、その素養がないとビジネス界での交際が広がらないのと同様に、俳諧や茶の湯は元禄の武家や町人社会での交際術の必須の素養となっていた。俳諧師としてそうした人びととの交際を求められた西鶴が、茶の湯とまったく距離を置いた文化環境にいられたかといえば、むしろその方が難しかったと判断すべきであろう。

では、西鶴の受容した茶の湯はどのようなものであったのか。明確な流儀茶の意識はなかったにせよ、西鶴が接した茶の湯のなかで彼の嗜好と合致した茶の湯は少なからずあったはずである。それがおそらく『西鶴名残の友』でもとりあげられている「わび茶」であろう。元禄三（一六九〇）年に利休百回忌を迎えるにあたり、社会的にも利休の茶の湯が称揚され、利休を原点とした「わび茶」の正統に回帰しようとする茶の湯界の風潮が西鶴の時代には確実にあったといえる。(1) しかし、そうした社会風潮に即応して西鶴が「わび茶」を自己の文芸へと受け入れたと結論づけるのはあまりにも短絡的である。では、西鶴の心はなぜ「わび茶」に向かっていったのだろうか。

第二節　「わび」とは何か

茶の湯を歴史的にみると、将軍などの正式な接待のため書院などでなされたいわゆる「書院台子の茶」といわれる形式と千利休に代表される「草庵わび茶」とに大きく二つに分けて考えられている。道具のうえからみれば、唐物荘厳の茶の湯と侘び道具の茶の湯(2)ということになる。つまり、中国からの舶載の茶道具で茶を点てて人をもてなすやり方と、国焼のさほど高価でない茶道具で茶を点てて人をもてなすやり方があったとするわけである。茶の湯という文化的に大きな存在をこうしたステレオタイプで分類してしまうことには問題がないわけではないが、論点を明確にするために本章はこの分類に当面従うこととする。茶の湯界では後者のような形式を名物道具も持ち合わせられない貧しい人が実践した茶の湯という意味合いで、「わび茶」と称するようになった。[3] たとえば、茶杓は象牙に対して竹であり、茶を入れるのも唐物茶入に対して棗ということになる。現代人が茶の湯をイメージする時には、多くは「わび茶」のイメージを茶の湯としているのではなかろうか。

「わび」という語は、数江教一氏が「実はよく考えてみると、これほどわけのわからぬ曖昧な言葉もない」[4] と指摘するように、しばしば日本文化を代表する美意識の概念として使われているものの、その実態がなかなか把握されにくい。筒井紘一氏は、この語が「他の場合とは比較にならない程の両面性を持」つとし、茶の世界以外では「わび」は決して肯定的に使われることはなく、美的理念となることもないとも指摘する。[5]

中井和子氏は、平安時代の宮廷貴族にとって、住むべき「宮廷社会からの脱出を余儀なくされることは『侘び』しいことであった」とする。[6] それに対して、数江氏は、「わび茶の歴史的な展開」をたどることで、この語の概念に迫り、王朝の「わび」と中世の「わび」の違いを、

おちぶれた身の上を嘆いたり、淋しい心境をかこつ王朝時代のわぶと同じではない。むしろうらびれた境遇にかえって風流なものを見出だそうとする心のゆとりを含むものであろう。[7]　（傍点は数江氏）

と指摘し、さらに、そのうえで「紹鷗侘の文」の「侘と云ふこと葉は、故人も色々に詠じけれ共、ちかくは正直に慎しみ深くおごらぬさまを侘と云ふ」の一節を引用し、「正直とか慎しみとか、あるいはおごらぬ態度というのは、誰人にも要求されるべき道徳上のすぐれた徳目」で、「これはなにも茶の湯ばかりでなく、人間の望ましい在り方として、誰人にも要求される道徳的態度であろう」とする。[8] 諏訪春雄氏も「心のゆとり」に近い見解を示し、「不如意をたのしむゆとりある境地をさしている……中世までの緊張をときほぐして、ゆとりとおかしみをこのことばにあたえている」[9] とする。

芳賀幸四郎氏はわびの成熟期を古代から五段階に分けて論じ、最終的には千利休で完成したとし、「単なる消極的・否定的な隠者の美ではなくして、生命力の極度に充実した潜勢的な『無』の美であり、また『すねくしさ』と『しほらしさ』、冷たいきびしさとほのぼのとした暖かさとを統一した永劫不易の美でもあった」[10]と指摘している。渡辺誠一氏は、世阿弥・禅竹・正徹・心敬・珠光・紹鷗・利休らを分析することによって、「彼らが各自の美意識を転換させ、その美的境地に到達し得たのは、すべて、無一物の境涯を目指す禅の思想を獲得した結果」だとし、「禅の導入がなかったなら、恐らく今日の『侘び』は誕生しなかったであろう」と述べ、「わび」と禅とのかかわりの深さを指摘する。[11] 神原邦男氏は、「わび」について、

わびるということが文芸・芸道に取りあげられるとき、その言葉は豪華なものとの対比において、当時あくどい商法によって富を蓄財したものの精神性と、貧しいが清らかな精神の豊かさということが考えられてその比較から、物質的貧しさと精神的豊かさを兼ねもつものとされ、茶道においては対称美としての〝わび〟という具合に理念化されるのであろう。[12]

と、物質的な貧しさがかえって豊かさに通じるものとして当時の人びとに受容されていたことを指摘する。

「わび」を語学的に分析した河野喜雄氏は、「わび」を「私たち自身の肉体の『長いものを曲げて、円くした』『鬱屈の姿勢』が見られるとともに、同時に、私たちが物事のギリギリまで、つまり、その『極限』にまで追い詰められたという、『極限』の概念が窺われる」[13]としている。中世文学とのかかわりから「わび」を論じた島津忠夫氏は、「わび」とは「隠者の生活の中から見いだされてきた自然質朴な美をもととし、更に茶道の展開とともに確立された美意識」[14]とし、この理念が茶の湯から芭蕉の俳諧の「わび」へと流れ込んでいくとする。

こうした諸説をまとめてみると、[15]「わび」はけっして社会に対して消極的な生き方を推進して脱俗・退隠を目

指すものではなく、貧しさの極みに立って生きることを再認識し、それを表現する積極的な営為であったと考えられる。

第三節　西鶴の「わび」

西鶴と同時代に生きた芭蕉（寛永二一～元禄七年／一六四四～九四）には、「侘びてすめ月侘斎が奈良茶歌」（『武蔵曲』）の句にみられるように、「わび」への傾倒が顕著にみられるとする島津氏のような指摘は、これまでもなされてきた。それについてさらに詳しく述べている尾形仂氏は次のように指摘する。

侘び数寄の唱道は、大名茶の豪奢に対する反措定として成立したものといわれる。けれども、それが大名や上層町人の茶席を舞台として行われるものであるかぎり、それはあくまでも〝わび〟の演出の域を出ない。茶書に説くところもまた、「侘ハ各別ノ事也」（茶道便蒙抄）と言って、まったくの侘び人（貧乏人）のケースは区別し、「富有なる人のむさと侘しき体するは、みなつくり事なればこのものしからず。去ながら、侘る心入はさもあるべし」（杉木普斎伝書――『茶道文化研究』二所収）と言うにとどまっている。

茶会記や茶書を繙いて見ればわかるように、それらの演出や心得を通して侘び茶の精神を悟得することは、実のところけっして容易ではない。それを可能にしたのは、芭蕉の天才的直観と求める心とによるものであろう。可燃ガスの充満した部屋には、マッチ一本でも火がつく。芭蕉は、茶書が説得の対象から除外した正真の侘び人の境涯に徹し入ることによって、自己なりに悟得した「侘る心入」を、俳諧の上に生かそうとしたのである。とすれば、芭蕉の〝わび〟は、二重の意味（つまり、大名茶と、「富有なる人のむさと侘しき体する」侘び数寄に対しての）において、近世の時流に対する批評精神の上に成り立っていた、といえる。(16)

こうした芭蕉の「わび」への志向は、同時代に生きた俳諧師西鶴にも共通するのだろうか。談林の俳諧師であった西鶴に、蕉風の「わび」や「さび」の文学理念を見い出そうとすることは、これまでの文学史の常識からすれば当然違和感がある。野間光辰氏は、元禄五年、西鶴が五一歳の正月の真蹟懐紙「花十八門松琴を含かな」の前書き「俳諧時勢をうとふに、我年ふりておかし。されども古詞ニ花十八名曲也」とあることをとりあげて、

……俳諧における時勢粧は、もはや談林に非ずして芭蕉俳諧に移つてゐた。『猿蓑』(元禄四年刊)の一集に凝結した芭蕉の寂び・しほりが、俳諧に遊ぶ人々の心を強く捉へて、芭蕉俳諧が当時の俳壇を風靡してゐたことは西鶴といへども素直に認めざるを得なかつた。……時代の推移に順応するには、西鶴はあまりに年をとり過ぎてゐた。さうした彼の寂しい感慨が、おのづからこの前書きとなつて示されたものだと思ふ。[17]

とし、西鶴が当時の蕉門隆盛の俳壇から取り残されていた疎外感を抱いていたとする。

事実、西鶴と芭蕉は直接には交流の機会は持たなかった。ただしお互いに意識しあっていたことは、それぞれが互いを意識した言辞を残していることからもわかる。西鶴の芭蕉に対する批評は、『西鶴名残の友』巻三の四「さりとては後悔坊」に、

又武州の桃青は、我宿を出て諸国を執行、笠に「世にふるはさらに宗祇のやどりかな」と書付、何心なく見えける。これ又世の人の沙汰はかまふにもあらず、只俳諧に思ひ入て、心ざしふかし。

とあり、芭蕉の批評は『去来抄』のなかで、

先師曰、世上の俳諧の文章を見るに、或は漢文を仮名に和らげ、或は和歌の文章に漢字を入レ、辞あらく賤しく云なし、或は人情を云とても今日のさかしきくまぐ〵を探り求め、西鶴が浅間しく下れる姿有。吾徒の文章は慥かに作意を立、文字はたとひ漢字をかるとも、なだらかに云ひつゞけ、事は鄙俗の上に及ぶとも、

懐しくいゝとるべしとなり。(18)

と述べる。井上敏幸氏は、この西鶴の芭蕉への批評を検討し、西鶴は「芭蕉の新風を認めることにおいて、初めて芭蕉の生き方そのものを肯定」し、芭蕉を「皮肉」るどころか、「芭蕉の生き方そのものにたいする賛嘆であり」、そこには「西鶴の『まこと』を求める素直な心の現れを読みとるべきだ(19)」としている。

しかしながら、この二人の存在をそうした対抗意識による単純な対立構造で理解してしまってよいのだろうか。芭蕉の西鶴批判が残されているからといって、西鶴の文学者としての存在が芭蕉と正反対であったと即断できまい。西鶴も芭蕉と同時代を生き、同じ文化環境にふれるなかで、「わび」への関心も抱いたかもしれないし、ひいては芭蕉の晩年の「わび」への志向と同様な感情を抱いていた可能性を考えてみる必要はないのだろうか。

西鶴は文学的には晩年まで「元禄新風俳諧と自らの接点を見いだし、それを実践しようとする積極的な試みに満ちた」状況にあって、自身の文芸の理念を模索し続けたことは水谷隆之氏により明らかにされている。(20)

尾形氏の指摘にもあるように、「わび」は趣向であり、演出である。文学作品の創作に趣向は不可欠の存在である。西鶴が文学者として誠実な創作を意図していく時、自らの作品に「わび」の趣向を取り込み豊かな作品世界を醸成しようとする行為は不自然ではない。俳諧師として上流町人階層とも交流があればこそ、なおさら「わび」を趣向として取り入れ、「わび」を理解する読者を巧みに引きつけようとした可能性は高い。

小島吉雄氏は「好色一代男などといへばエロの総本山のやうに考へ」られていた昭和初期の状況から、「わたくしは西鶴の作品には、もつと真剣なものが、もつと真面目なものが存在していると思ふのである」とし、

彼は、その作品の中で、ただ人生の侘びしさを物語らうとしてゐるのであつて、人物や筋は、ただこの人生の侘びしさを物語る方便にすぎない。

と指摘した。さらに山田宗偏『茶道要録』（元禄四・一六九一年刊）の「わび」の定義を引用し、

茶道でいふ侘は、此の物事が意の如くならないところからして、人生逃避的になつた哲学的心境をいふのであるが、わたくしのいふ西鶴の侘びの心境もやはり此の茶の湯の方の心境に類似したもので、なやみの人生の姿を諦視してゐるうちに、おのづから開けてくる諦念の世界、それが侘の世界である。

と述べ、芭蕉の侘びと西鶴の侘びとの間に、俳諧精神に出発点があること、生活態度の根本が同一点帰着すること、どちらも非人情の世界を目指しているという三つの共通点を指摘した。そして、第三点については、西鶴が人間世界に非人情を求めたのに対して、芭蕉は自然界にそれを求めたとする。[21] この芭蕉特有の感性とされてきた「わび」を西鶴も晩年を迎えるとともに志向するようになってきたとする考え方は、けっして不自然ではないと考える。

西鶴が「わび」に対してなんらかの感慨を持っていたであろうことは、芭蕉の「わび」への志向に『撰集抄』の強い影響を認める野毛孝彦氏の指摘も参考になる。野毛氏は『撰集抄』について、

とくに芭蕉において、この説話集は、西行の理想像として取り上げられた「乞食」のエピソード集として読まれていたことが分る。

とし、芭蕉が、「乞食」に求めたものは、「遁世」と徹底した「名利否定」であったとする。[22] 芭蕉自身も「翁みづからいふ。たゞ貧也と（随斎諧話）」と述べたとし、「この淡如とした一言に、侘びの主人公となりおおせた芭蕉が静かに立っている」（傍点は浪本氏）とする浪本澤一氏の指摘もある。[23] 芭蕉が「わび」をみたとする『撰集抄』と西鶴との深い関係は、貞享四（一六八七）年五月刊行の『西行撰集抄』に挿絵を描いていることからもわかる。[24] 挿絵を描くほどであるから、おそらくは内容にも理解がおよんでいたことはほぼ間違いない。西鶴の持つ物

質的な「貧しさ」にみられる精神的な「豊かさ」への理解は『撰集抄』などからもえられていたのではなかろうか。

西鶴の諸作品における「わび」の用例を通覧すると以下の通りである。

『諸艶大鑑』巻二の四「男かと思へばしれぬ人さま」での江戸吉原の散茶遊びについて、

　侘びたる人の遊び所、爰なるべし。

とある部分で、麻生磯次・冨士昭雄両氏は「隠居した人の洒落た遊び所は、こういった場所であろう[25]」と現代語訳し、この「侘びたる人」を「隠居した人」とする。また、『武家義理物語』巻四の一「成ほどかるひ縁組」のなかで、備中松山の浪人が和州郡山に昔使っていた小者を頼っていき、そこでみつけた家の様子を描いた場面の、

　幸い近所に、此程迄針立の住れし明家、南うけに菱垣のきれいに、詫人に似合たる宿なれば、是をかりつぎて、

という部分については、「わび住居の者には誂え向きな家であったから[26]」としている。このように、一見すると西鶴は「侘び」という語を茶の湯における「わび」には特定して用いていない。そのことは、以下の例でも同様である。

『好色五人女』巻三の二「してやられた枕の夢」の、

　侘ぬれば身を浮き草のゆかり尋て、今小町といへる娘ゆかしく、見にまかりけるに、

とある部分は「わびぬれば身を浮き草の根を絶えてさそふ水あらばいなむとぞ思ふ　小野小町」(古今和歌集)の歌に依拠する例であり、『好色一代男』巻三の二「袖の海の肴買」にある、

　旅のこゝろを書きつゞけて行に、左に天野川、磯嶋といへるにも舟子の瀬枕、しのび女有所ぞかし。右の方

には西行「仮の舎り」と詠まれし君の跡とて、榎の木・柳がくれに、わびしき一つ庵のこせり。

が「世の中をいとふまでこそかたからめ仮の宿りを惜しむ君かな　西行法師」（新古今和歌集・山家集）という和歌の伝統に依拠している例と同様である。西鶴が「わび」について直接的な発言をしているのは、前掲の『西鶴名残の友』巻五の六「入れ歯は花の昔」の「是をおもふに、惣じて詫たる事のよいといふ事はなし」という部分だけである。これは表面的に読めば明らかな「わび」批判である。だが、これはむしろ似非「わび」に対する批判として読むべきではなかろうか。西鶴が「わび茶」に関心があったことは、『西鶴織留』巻三の二「芸者は人をそしりの種」で、

茶の湯は道具にたよれば、中〳〵貧者の成がたし。「万事あるにまかせて侘たるをよし」といひ伝へり。是利休の言葉にもせよ、貧家にてはおもしろからず。ことのたりたる宿にして、物好をさびたるかまへにいたせる事ぞかし。しかじ世に住めるからは、巧者の中程に居て、人並に呑ほどの事は知るべし。

の部分からも読みとれる。この他にも西鶴の作品には、㋐から㋖のように「わび」の雰囲気が漂う例があげられるけれども、そのいずれも批判的な描かれ方にはなっていないと考えられる。

㋐『日本永代蔵』巻四の二「心を畳込古筆屛風」

空定めなきは人の身代、われ貧家となれば、庭も茂みの落葉に埋もれ、いつとなく葎の宿にして、万の夏虫野を内になし、諸声哀れなり。

㋑『日本永代蔵』巻四の五「伊勢海老の高買」

むかし連歌師の宗祇法師の此所にまし〳〵、歌道のはやりし時、貧しき木薬屋に好ける人有りて、各々を招

き、二階座敷にて興行せられしに、

㋒『西鶴諸国ばなし』巻三の四「紫女」

松・柏の年ふりて、深山のごとくなる奥に、一間四面の閑居をこしらへ、定家机にかゝり、二十一代集を、明暮うつしけるに、

㋓『西鶴諸国ばなし』巻五の一「灯挑に朝顔」

奈良の都のひがし町に、しほらしく住なして、明暮茶湯に身をなし、興福寺の花の水をくませ、かくれもなき楽助なり。

㋔『懐硯』巻一の一「二王門の綱」

おもしろおかしき法師の住所は、北山等持院のほとりに閑居を極め、ひとりは結ばぬ笹の庵各別にかまへて、

㋕『懐硯』巻一の五「人の花散る疱瘡の山」

（専九郎が左馬之丞を見そめて）我屋にかへり、猶し弥増恋の柵《しがらみ》、涙川のふかくぞおもひこみ、侘しうき住居のたちゐ苦しく、

㋖『懐硯』巻二の四「鼓の色にまよふ人」

清見潟心を関にとゞめかねて、未明《あけぼの》いそぐ鐘の声、旅宿の夢を松寒ふして、風におどろく三保が崎、田子の入江にさしかゝり、弓手にさつて山気うとく、哀猿叫んで物侘しく、磯辺は鵆むらだち、猶淋しさ真砂地を行に、

これらの用例からわかるように、西鶴は「わび」の風情を好意的に受けとめていたようである。同時に「わ

び」の語をむやみに用いてもいない。ある特定の語を頻繁に用いていないということは、その語に対して無関心であったことの表れとして判断できる一方で、その語を特別視していたからこそ安易に用いなかったという可能性も考えられる。西鶴の「わび」に対する姿勢は、おそらく後者であったのではなかろうか。「入れ歯は花の昔」における「詫び」は、似非「わび」なのであり、だからこそわざわざ世上に流行する「詫び」をとりあげて批判している。似非「わび」の批判というならば、「似非『わび』」というを直接用いて批判すべきであるという見方もできようが、「入れ歯は花の昔」全体を読めばわかる通り、「わび」を標榜しているものの、それとはほど遠い実態である当世のわび茶人への批判に満ちている。だからこそ、「あたま数の焼物、猫といふもの世に住ば、用心して、替釜かけ置、茶の湯ありたき物ぞかし」と茶化した表現で章を結んだにちがいない。

第四節　おわりに

『山上宗二記』には、

一、茶湯者は無能なるが一能なりと、紹鷗、弟子どもにいう。注にいわく、人間は六十定命と雖も、その内、身の盛んなる事は二十年なり。茶湯に不断、身を染むるさえ、いずれの道にも上手は無きに、彼是に心を懸くれば、悉く下手の名を取るべし。ただし、物を書く文字ばかりは赦すべしと云々(27)

とあり、人生を六〇年と定めて考えた場合の茶の湯への心得が示されている。「盛んなる事は二十年なり」という表現には、避けては通れない人間の性である「老い」についての予感が当然読みとれる。さらに、

一、孔子のいわく、十有五にして学を志し、三十にして立つ、四十にして惑わず、五十にして天命を知る。六十にして耳順う。七十にして心の欲する所に従いて矩を踰えず。注にいわく、茶湯の仕様、十五から三十ま

では万事を坊主に任せるなり。三十から四十までは我が分別を出だし、習骨法普法度、数寄雑談は坊主の伝を仕り、作分、数寄の仕様は主次第なり。ただし、十の物五つ我を出だすべし。是を四十にして道に迷わずという事なり。五十まで十年は、坊主と西を東と違えてするなり。その内に我がりゅう出でて、上手の名取りをするなり。一段茶湯を若くするなり。……(28)

という経年による茶の湯修行の心得には、桑田忠親氏が「これは、明らかに、世阿弥の『花伝書』の年来稽古条々の影響である(29)」と指摘するように、芸道の修行過程における年齢層ごとの理想型が述べられていると考えられる。ちなみに『風姿花伝』「年来稽古条々」は「七歳」から始まり「五十有余」で終わっている。それは「亡父」である観阿弥が「五十二と申し五月十九日に死去」しているからだという。(30)本書第二部第二章でも『西鶴諸国ばなし』へのこの部分からの影響の可能性を考察した通り、西鶴はこのことを意識していた可能性が高い。

田中善信氏による「『みなしぐり』が出版されたあと、芭蕉はそれまでの俳諧を一旦白紙に戻し、新しい文芸の確立にむけて第一歩を踏み出したと考えて誤るまい(31)」という、芭蕉が晩年に「わび」へと傾倒していったとする指摘や、先の尾形仂氏の指摘、さらには堀信夫氏の芭蕉が「わび」によって「人生を整序し」たという見解(32)も考えあわせると、「わび」は芭蕉の晩年の新たな文芸への理念として獲得された存在であったと考えられる。そこから敷衍して考えたとき、西鶴にも晩年に求めていった新たな文芸の理念の存在を考えてみる必要性を覚える。先の水谷氏の指摘にもあるように西鶴は晩年にいたっても自己の文芸の理想の実現を目論んでいたことはまちがいないからである。

さらに田中氏は、芭蕉は深川に居を移し、点を付けることをやめようと決意したことにより、「俳諧を精神的な営み」としたとする。(33)貞享二（一六八五）年とは芭蕉の亡くなる元禄七（一六九四）年をさかのぼること九年前、四二歳の時である。先の『山上宗二記』に照らしてみれば、「五十まで十年は、坊主と西を東と違えてするなり。その内に我がりゅう出でて、上手の名取りをするなり」とある年齢層である。芭蕉は五一歳で世を去るわけであるが、さまざまな理由があったにせよ、最後の約一〇年間にいたり、「わび」の生活へ没入していったのである。

暉峻康隆氏は、西鶴が晩年にたどり着いた文芸理念について、「教訓の仮面をすてた戯作者西鶴」が「人間が人間であるがゆゑに持合せてゐる弱さや醜さを受入れようとする、謙虚な、しかしゆるぎのない境地に到達したのである」と述べる。(34) また、吉江久彌氏は西鶴晩年の心境は「まこと」へと向かっていったと指摘する。(35)

浮世草子作家西鶴は『好色一代男』により四一歳で誕生した。西鶴が人生の終焉を何歳と目していたかは、『西鶴置土産』の、

辞世　人間五十年の究り、それさへ
　我にはあまりたるに、ましてや
浮き世の月見過ごしにけり末二年

という辞世を読めば明白である。「人間五十年」の残り一〇年間をどう生きるのか、そのことを西鶴が真剣に考え、自分の文芸の完成期にふさわしい理念を探すことを模索していた。その結果、西鶴も奇しくも「わび」へと向かったとは考えられないだろうか。

俳諧師の時代に培った西鶴の「茶の湯知」が、浮世草子の創作における「わび茶」の描写を通して次第に具体化し、最終的には文学理念としての「わび」への志向に結びついた。そして、その「わび」は、西鶴が先の暉峻氏の指摘にあった「謙虚な、しかしゆるぎのない境地」に到達するための大きな原動力の一つとなっていたにち

がいない。

（1）堀信夫「芭蕉のわびと茶」（『茶道雑誌』二〇〇一年五月号、河原書店、三二〜三七頁）では、芭蕉の「わび」がこの風潮の影響下にあることを指摘している。
（2）谷端昭夫『茶道の歴史』（淡交社、二〇〇七）では、「わび茶」に対して「書院台子の茶」という語が構造的に造語されたとし、元来は「しつらえ」だけで点茶の作法としては存在していないとする。この考え方が近年の一般的な考え方であるが、ここでは便宜上用いた。
（3）中村修也「わびと数寄」（『言語と文化』25号、文教大学大学院付属言語文化研究所、二〇一三、一九六〜一五八頁）では、歴史的資料の検討から利休の茶の湯を「わび茶」とすることに問題提起がなされ、「わび茶」は江戸中期にいたって形成された概念であることを指摘しているが、本稿では従来の説にしたがった。
（4）数江教一『わび』（塙書房、一九七三）九頁。
（5）筒井紘一『茶の湯事始』（講談社、一九八六）一九五頁。
（6）中井和子「『ものゝあはれ』と侘び・さび」（『茶道雑誌』一九七六年二月号、河原書店）一〇五頁。
（7）注（4）に同じ、三八頁。
（8）同右、一三〇〜一三一頁。
（9）諏訪春雄「近世文学の術語」（『國語と國文學』一九九六年一一月号）九〇頁。
（10）芳賀幸四郎「わび茶の歴史とその理念」（『わび茶の研究』、淡交社、一九七八）一五六頁。
（11）渡辺誠一「美意識の転換――侘びの萌芽」（『侘びの世界』、論創社、二〇〇一）三四頁。
（12）神原邦男「茶道における芸道観の系譜――定家の『詠歌大概』を中心として――」（『日本茶道成立史演習』、非売品、一九六七、一四頁／初出：『文化史研究』15号、同志社大学日本文化史研究会、一九六三）。
（13）河野喜雄「侘び論」（『わび・さび・しをり』、ぺりかん社、一九八三）九七〜九八頁。
（14）林屋辰三郎ほか編『角川茶道大事典』（「侘」の項、角川書店、一九九〇）一四七一頁。

(15) 千宗員「千家における茶の湯理念の変遷」(『近世前期における茶の湯の研究』、河原書店、二〇一三) でも、「わび」に関する先行研究が端正に整理されている。また、江藤保定「わび」(栗山理一編『日本文学における美の構造』、雄山閣出版、一九九一、一七〇~一八九頁) も史的展開を検討している。

(16) 尾形仂「芭蕉の〝わび〟とその成立」(『続芭蕉・蕪村』、花神社、一九八五) 一六四~一六五頁/初出:『成城国文学』1号、一九八五)。

(17) 野間光辰『刪補西鶴年譜考證』(中央公論社、一九八三) 四四四~四四五頁。

(18) 潁原退蔵校訂『去来抄・三冊子・旅寝論』(岩波書店、一九五九) 五八~五九頁。

(19) 井上敏幸「西鶴と芭蕉―『名残の友』における桃青評―」(『雅俗』5号、九州大学文学部国語学国文学研究室、一九九八) 四二~五八頁。

(20) 水谷隆之「『団袋』の西鶴―団水との両吟半歌仙について」(『国語と国文学』二〇〇九年七月号、東京大学国語国文学会) 二九~四二頁、のち『西鶴と団水の研究』所収、和泉書院、二〇一三。

(21) 小島吉雄「わびの心境―西鶴好色一代男出板二百五十年目に際して―」(『九大國文學』2号、九州大学国文学研究会、一九三二) 一〇八~一一二頁。

(22) 野毛孝彦「芭蕉における『わび』」(『明治大学人文科学研究所紀要』43冊、一九九七) 二五五~二六六頁。

(23) 浪本澤一「芭蕉の『わび』と去来の『さび』」(『俳句』一九八〇年九月号、角川書店) 六七頁。

(24) 注(14)と同じ、三三七~三三八頁。

(25) 麻生磯次・冨士昭雄『諸艶大鑑　決定版　対訳西鶴全集2』(明治書院、一九九二) 八四頁。

(26) 麻生磯次・冨士昭雄『武家義理物語　決定版　対訳西鶴全集8』(同右) 八五頁。

(27) 熊倉功夫校注『山上宗二記　付茶話指月集』(岩波書店、二〇〇六) 九〇~九一頁。

(28) 同右、九八頁。

(29) 桑田忠親『山上宗二記の研究』(河原書店、一九九一、初版一九五七) 二〇八頁。

(30) 表章ほか校注訳『日本古典文学全集　連歌論集・能楽論集・俳論集』(小学館、一九八〇) 二一七~二二四頁。

(31) 田中善信『芭蕉』(中央公論新社、二〇一〇) 一四六頁。

（32）注（1）に同じ、三二〜三七頁。
（33）注（31）に同じ、一一一〜一一四頁。
（34）暉峻康隆『西鶴　評論と研究・下』（中央公論社、一九五〇）二五二頁。
（35）吉江久彌『西鶴　人ごころの文学』（和泉書院、一九八八、九九頁／初出：「西鶴の芸道観――『西鶴名残の友』を中心に」、『西鶴論叢』、中央公論社、一九七五）。

終章

茶の湯がわが国の伝統文化を代表する存在として、国際的に理解されていることは、昨今の「ジャパニーズ・クール」ブームに始まることではない。(1) たとえば、オランダ人に初めて日本を紹介したリンスホーテン『東方案内記』(一五九六年)では、「茶の湯の儀式や茶器を日本人が高く評価している」ことについて、

……裕福な人や地位のある者は皆、この飲物(石塚注：茶のこと)をある秘密の場所に保存している。これらの方々は自らこれを調整し、友人や客を大いに手厚くもてなそうと思う時はこの熱湯を出す。また、この熱湯を煮立てたり、薬草を貯えるのに用いる壺やそれを飲むための土製のカップを、我々がダイヤモンドやルビー、その他の宝石を尊ぶように、とても高貴なものとして扱う。(2) その新しさによってではなく、その古さと名匠の作であるということによって尊ばれるのである。……

とみられ、さらに「茶の湯や茶道具についてはイエズス会の宣教師の書簡で詳しく紹介されており、リンスホーテンは前述のマッフェイ『インド史』(石塚注：一五八九年刊)に収められているイエズス会士の書簡からこの情報を得たのだろう」とクレインス・フレデリック氏が指摘している。また、平戸のオランダ商館長を勤めたフランソワ・カロンの一六四〇年一一月の日記にも、「商品覚え書」として、「これらは一六四〇年に、大小七十四隻のシナジャンク船で、日本の長崎の市場にもたらされ、次の値段で売られた」とする品物のなかに、

古い石の壺　二六〇個　日本の茶を入れるのに適したもの。一個に付、一〇〇、八〇、三〇、二〇、五テールに売れた(3)

とする記録もある。このように、茶の湯文化は茶人の交際範囲や茶室という空間にとらわれることなく、日本と海外との交流が開かれて以来、海外においても古くから興味と関心を抱かれてきたのである。ただし、その関心のあり方は日本人の多くが抱くような精神性へと向かう関心ではなく、あくまで商売の点からであったことは否めない。しかし、動機づけはどうあれ、外国人が茶の湯文化に関心や興味を抱き続けたことは事実である(4)。外国人からすれば時として奇異な営為ともみられる茶の湯が、逆照射すれば日本の伝統的文化として外国に類をみない「文化資本(5)」として蓄積されてきたこともまた事実なのである。

今後の日本が世界に向けて国家的戦略を考慮した場合、この「文化資本」の活用が必須であることは実業界からのさまざまな発言を俟つまでもないであろう(6)。もちろん、茶の湯のような伝統文化を政治や経済の道具として利用することについては異論があるかもしれない。だが、江戸時代における茶の湯文化の隆盛が、町人たちが経営者として社会的な地位を確立するための「文化資本」として茶の湯文化を利用していたことに由来することから考えても、茶の湯文化を今後のわが国の国際社会での地位確保のための政策的展開に活用することはけっして悪用にはならないはずである。益田鈍翁（嘉永元〜昭和一三年／一八四八〜一九三八）をはじめとする近代の数寄者たちの茶の湯も、実業家としての地位と名声を誇るのみのものではなく、上流階層における交際のための「文化資本」として茶の湯文化が求められたことに由来している。ただし、そうした近代の文化人たちの茶の湯への傾倒は国内での現象にとどまっていて、広く海外への日本文化としての普及はみられなかった点で、アニメーションなどと比較すれば、今後も茶の湯は世界に対してあまり影響を期待できないのではないかという批判もあろう。

しかし、茶の湯文化には、たとえば熊谷圭知氏が、

日本は場の文化だといわれる。血縁よりも、場所を共有することによって生まれる連帯や共同性を評価するダイナミズムが日本の社会のなかにあり、それが雑種や混沌の文化を育ててきた側面があることは確かである。(7)

と指摘するような、わが国の文化の特質を代表する側面が如実にあらわれている。とくに本書で扱ってきた「わび茶」は道具の鑑賞よりもその「場」を共有しあう人間の交流に重きを持つ茶の湯である。茶の湯が江戸時代の町人社会で果たした役割をより克明に解明し、その特質を明確にすることは、「場」を重視するわが国の文化の持つ一つの側面を明らかにすることでもあったのである。その点で、江戸時代の町人社会での茶の湯文化の定着のあり方を、町人社会を中心に描いた西鶴の作品を手がかりとして探究したことは意義あるものだといえる。

では、なぜ西鶴なのか。それは染谷智幸氏が指摘しているように、西鶴はアジア文化圏のなかにいた作家であったからである。染谷氏は、網野善彦氏の「『職人』的な海民」に対する「注目すべきは列島の商人が、少なくとも江戸前期までについては、そのほとんどすべてが海民出身であったという事実である。魚・塩をあつかう商人だった千利休、江戸時代に入って、紀伊国屋文左衛門、和泉佐野の唐かね屋、紀伊栖原の栖原角兵衛など、その事例は枚挙にいとまないといってよい」(8)との指摘を受け、こうした海民の文化の中心に西鶴を置いてみた場合、どのような西鶴論が展開できるかを試みている。(9)こうした西鶴への視座は刺激的であり、西鶴研究の国際化を示唆する大切な問題提起にもなっている。

本書でも、『日本永代蔵』にみられる長崎への中国趣味の流入の影響関係について論じた部分がある。今後の日本文学ならびに日本文化の研究を展望した場合、茶の湯の研究も西鶴の作品研究も、もはや日本の文化的土壌

のなかにのみとどまって論じていては、新たな研究的な視座は得られまい。
わが国を代表する伝統文化の一つとされる茶の湯が、わが国の文化にどれほどの影響をもたらしたのかを、ある一人の作家への影響関係を克明に追究したとしても、それが文化全体への影響の解明に即座に結びつくわけではない。今回の成果を次にどのように文化研究として展開していくことができるか、そのことが課題として残されている。

本書をきっかけとして、さらに江戸時代やそれ以降の時代についての文芸作品における茶の湯の影響関係を広く考究していく方向性は当然必要であろう。筆者自身が一つずつ耕していくことはもちろんであるが、茶の湯の文学への影響についての研究が必要であることを、本書を通じて理解していただけた諸賢にも、さらなる研究を広げてくださることを期待する。

また、このような検証を通して、茶の湯はやはりわが国を代表する伝統文化であり、知らず知らずのうちに作家たちにも影響を与え、それが読者にも自然と伝わっている可能性がわかった。このことは、茶の湯の特異性のみを強調してきた日本文化研究のあり方への問題提起となると考える。茶の湯は特異な分野として特別視される存在ではなく、わが国の文学史と融合しているきわめてオープンな文化であることを、西鶴にとどまらず諸作品を通して再認識することは、国際的にわが国の文化を理解してもらうためにもとても重要な基盤となろう。茶の湯は作法や道具などにばかり目がいきがちであるけれども、茶の湯という文化がわが国の文化に五〇〇年にわたり影響を与え続けてきた根本的な理由にまで踏み込んだ紹介が、近い将来に国際化社会で必ずや求められる可能性が高いと予想されるからである。

現代社会は、この五〇年来、早くて便利で物質的に豊かであることを追求してきた。「わび茶」はそうした世界観とはまったく相容れない世界である。たとえば近来もてはやされている日本の「おもてなし」とは何か。それは「実際に眼前にない存在」をどこまで想像力で補完し得るかを基盤とし、客の心を忖度する能力に支えられたサービスということであろう。「わび茶」は物質的に十分に対応できない部分を精神的に補い客に満足感をいかに与えられるかを考え抜いた文化である。日本の「おもてなし」は、まさに茶の湯文化の存在なしには語り得ないといっても過言ではない。ことに物質的な不自由さを精神で補う「わび茶」にこそ、「おもてなし」の原点があることを日本人はもっと知るべきである。「わび茶」では客の不自由を想像し、趣向と工夫を凝らす。これこそが創造力の原動力となるのである。文学研究が社会的なリスペクトをなかなか得られない現代にあって、一方で教育界では創造力の育成がさかんに叫ばれている。文学を主体的に読み、その造詣を教養として身につけることなくしては創造力は身につけられまい。また、国際化社会にあって自国の文化への深い知識と造詣がなくては、真のグローバル人材にはなりえない。

キリスト教文化圏とイスラム文化圏との間にあって互いを融和できる共通の文化の存在として、「茶」はますます国際社会で重さをましてくる可能性が高い。宗教上アルコールや豚肉が禁じられているイスラム社会との交際にあって、茶や出汁の食文化は違和感なく受容されうるからである。しかしながら、そうした文化交流も茶の湯や日本料理に対する日本人としての造詣の深さと誇りなくしては生まれまい。「賢者は歴史に学び、愚者は体験に学ぶ」とはビスマルクの言である。西鶴に国際化社会での日本人のあり方の指針をみつめてみることも賢者の道であると考える。

（1）　東浩紀『日本的想像力の未来――クール・ジャパノロジーの可能性』（日本放送出版協会、二〇一〇）。

(2) クレインス・フレデリック『十七世紀のオランダ人が見た日本』(臨川書店、二〇一〇)六二～六三頁。
(3) 永積洋子訳『平戸オランダ商館の日記』四輯(岩波書店、一九七〇)四三五頁。
(4) 岡田章雄『外国人から見た茶の湯』(淡交社、一九七六)。
(5) ピエール・ブリュデュー『ディスタンクシオン[社会的判断力批判]I』(石井洋二郎訳、藤原書店、一九九〇)。訳者まえがきでは〈文化資本(capital culture)は広い意味での文化に関わる有形・無形の所有物の総体を指す。具体的には、家庭環境・学校教育を通して各個人のうちに蓄積されたもろもろの知識・教養・技能・趣味・感性など(身体化された文化資本)、書物・絵画・道具・機械のように、物資として所有可能な文化財的物(客体化された文化資本)、学校制度やさまざまな試験によって賦与された学歴・資格など(制度化された文化資本)以上の三種類に分けられる〉としている。
(6) 福原義春『文化資本の経営』(ダイヤモンド社、一九九九)、日下公人『新・文化産業論』(東洋経済新報社、一九七八)など。
(7) 熊谷圭知「グローバル化の中で日本の空間はどう変わるか」(小林誠ほか編『グローバル文化学』、法律文化社、二〇一一)一三七頁。
(8) 網野善彦「海と海民の支配」(秋道智彌編『海人の世界』、同文館出版、一九九八)一四〇頁。
(9) 染谷智幸『西鶴小説論―対照的構造と〈東アジア〉への視界』(翰林書房、二〇〇五)。

■参考文献一覧（古典籍は除く）■

浅野晃・谷脇理史編『西鶴物語』（有斐閣、一九七八）
浅野晃・谷脇理史ほか編『講座元禄の文学』（勉誠社、一九九二）
芦屋町教育委員会編『芦屋釜の図録』（芦屋町教育委員会、一九九五）
東　浩紀『日本的想像力の未来―クール・ジャパノロジーの可能性』（日本放送出版協会、二〇一〇）
麻生磯次「西鶴の描いた茶会」（『淡交』一九五五年八月号、淡交社）
阿部喜三男ほか校注『古典俳文学大系6』（集英社、一九七二）
網野善彦「海と海民の支配」（『海人の世界』、同文館出版、一九九八）
井口海仙ほか編『茶道全集』（創元社、一九三七）
井口海仙『茶道名言集』（社会思想社、一九六八）
石川順之『詩仙堂』（淡交社、一九九五）
市川道雄「『西鶴名残の友』をめぐって」（『文学研究』49号、日本文学研究会、一九七九）
市川光彦「西鶴のなかの丈山―西鶴における自由とその周辺、第二」（『後藤重郎教授停年退官記念国語国文学論集』、名古屋大学国語国文学会、一九八四）
市野千鶴子校訂『古田織部茶書二』（思文閣出版、一九七六）
石田吉貞『中世草庵の文学』（河原書房、一九四一）
位田絵美「西鶴の描いた『異国』―天和～元禄期の大阪から見た異国商人」（『国文学解釈と鑑賞』別冊、至文堂、二〇〇五）

伊地知鐵男ほか編『俳諧大辞典』（明治書院、一九七四）
出光美術館『館蔵　茶の湯の美』（一九九七）
伊藤善隆「近世初期における『遵生八牋』受容―丈山・三竹・読耕斎を中心として―」（『近世文芸研究と評論』54号、一九九八）
井上敏幸校注『新日本古典文学大系　西鶴名残の友』（岩波書店、一九八九）
井上敏幸「西鶴と芭蕉―『名残の友』における桃青評―」（『雅俗』5号、九州大学文学部国語学国文学研究室、一九九八）
乾　裕幸『初期俳諧の展開』（桜楓社、一九六八、一九八二）
岩井茂樹『茶道と恋の関係史』（思文閣出版、二〇〇六）
上野洋三『江戸詩人選集』一巻（岩波書店、一九九一）
上野洋三「慶安刊本『御手鑑』について」（『館報池田文庫』4号、一九九三）
浮橋康彦編『日本永代蔵』（桜楓社、一九八八）
有働　裕『西鶴はなしの想像力』（翰林書房、一九九八）
有働　裕「西鶴の『はなし』を読む」（『江古田文学』51号、江古田文学会、二〇〇二）
江本　裕「西鶴武家物についての一考察」（『国文学研究』31集、早稲田大学国文学会、一九七一）
潁原退蔵『日本文学書目解説（5）』（岩波書店、一九三三）
潁原退蔵『潁原退蔵著作集』（中央公論社、一九八〇）
江馬　務『江馬務著作集』（中央公論社、一九七七）
大谷旭雄編『聖聡上人典籍研究』（大本山増上寺、一九八九）
大藪虎亮『日本永代蔵新講』（白帝社、一九三七）

岡田章雄『外国人から見た茶の湯』（淡交社、一九七六）
岡田　哲「『日本永代蔵』の構成」（『日本文学論究』85冊、國學院大學国語国文学会、二〇〇〇）
尾形　仂『続芭蕉・蕪村』（花神社、一九八五）
岡　雅彦「西鶴名残の友と咄本」（『近世文芸』22号、日本近世文学会、一九七三）
小川武彦『石川丈山年譜　本編』（青裳堂書店、一九九四）
小田栄一『茶道具の世界』5（淡交社、二〇〇〇）
表章ほか校注訳『日本古典文学全集　連歌論集・能楽論集・俳諧論集』（小学館、一九八〇）
笠井　清「西鶴の剪燈新話系説話」（『西鶴研究』9号、西鶴学会、一九五六）
笠井　清『俳文芸と背景』（明治書院、一九八一）
数江教一『わび』（塙書房、一九七三）
片岡良一『片岡良一著作集』（中央公論社、一九七九）
加藤逸庵『釜』（茶道文庫2、河原書店、一九三八）
加藤楸邨ほか監修『俳文学大辞典　普及版』（角川学芸出版、二〇〇八）
金井寅之助『西鶴考　作品・書誌』（八木書店、一九八九）
金子和正・大内田貞郎「天理図書館西鶴本書誌」（『ビブリヤ』28号、天理大学出版部、一九六四）
河野喜雄『さび・わび・しをり』（ぺりかん社、一九八二）
神原邦男『日本茶道成立史演習』（非売品、一九六七）
神原邦男『速水宗達の研究』（吉備人出版、一九九八）
日下公人『新・文化産業論』（東洋経済新報社、一九七八）
楠元六男・大木京子編『西鶴選集　西鶴名残の友（翻刻）』（おうふう、二〇〇七）

栗田理一編『日本文学における美の構造』（雄山閣出版、一九九一）
クレインス・フレデリック『十七世紀のオランダ人が見た日本』（臨川書店、二〇一〇）
熊谷圭知「グローバル化の中で日本の空間はどう変わるか」（『グローバル文化学』、法律文化社、二〇一一）
熊倉功夫『茶の湯』（教育社、一九七七）
熊倉功夫『茶の湯文化史』（日本放送出版協会、一九九五）
熊倉功夫『近代数寄者の茶の湯』（河原書店、一九九七）
熊倉功夫校注『山上宗二記　付茶話指月集』（岩波書店、二〇〇六）
熊倉功夫『現代語訳南方録』（中央公論社、二〇〇九）
桑田忠親編『新修茶道全集』（春秋社、一九五六）
桑田忠親編『茶道辞典』（東京堂出版、一九五六）
桑田忠親『山上宗二記の研究』（河原書店、一九五七）
桑田忠親『日本茶道史』（河原書店、一九五八）
神津朝夫『千利休の「わび」とはなにか』（角川書店、二〇〇五）
古賀十二郎『新訂丸山遊女と唐紅毛人』前編（長崎文献社、一九九五）
小島吉雄「わびの心境―西鶴好色一代男出板二百五十年目に際して―」（『九大國文學』2号、九州大学国文学研究会、一九三一）
小林幸夫『咄・雑談の伝承世界―近世説話の成立―』（三弥井書店、一九九六）
小林幸夫「長谷観音の古帳―『日本永代蔵』巻三の三について―」（『東海近世』9号、東海近世文学会、一九九八）
小西甚一「『しほり』の説」（『国文学言語と文芸』49号、大修館書店、一九六六）

小西甚一編『芭蕉の本』（角川書店、一九七〇）
駒澤大学禅学大辞典編纂所『禅学大辞典』（大修館書店、一九九三）
坂井利三郎「再び『心を畳込古筆屏風』について」（『文学研究』40号、日本文学研究会、一九七四）
佐藤喜代治編『講座日本の語彙』一〇巻（明治書院、一九八三）
佐藤　悟「『灯挑に朝顔』の構造」（『実践国文学』33号、実践国文学会、一九八八）
佐藤鶴吉『日本永代蔵評釈』（明治書院、一九三〇）
重友　毅『日本永代蔵評論』（文理書院、一九七四）
品川晴美「『日本永代蔵』の敦賀譚について―都市のイメージを中心に―」（『国文学研究』10号、群馬県立女子
大学、一九九〇）
篠原　進「『日本永代蔵』の主題」（『弘前大学国語国文学会学会誌』7号、一九八一）
島田勇雄「西鶴本のかなづかい(七)」（『研究』47号、神戸大学文学会、一九七一）
白倉一由『西鶴文芸の研究』（明治書院、一九九四）
白幡洋三郎『大名庭園』（講談社、一九九六）
杉本つとむ『西鶴語彙管見』（ひたく書房、一九八二）
杉本好伸「西鶴と雷・地獄―作品背景としての発想基盤―」（『安田女子大紀要』23号、一九九五）
杉本好伸「『死出の旅行約束の馬』考」（『文教國文学』38・39合併号、一九九八）
諏訪春雄「近世文学の術語」（『國語と國文學』一九九六年一一月号）
関守次男「芭蕉の『しをり』の吟味」（『山口大學文學會誌』5号、一九五四）
千　宗員「千家における茶の湯理念の変遷」（『近世前期における茶の湯の研究』、河原書店、二〇一三）
千　宗左編『不審菴伝来元伯宗旦文書』（茶と美舎、一九七一）

千　宗左ほか編『利休大事典』（淡交社、一九八九）
千　宗左監修『江岑宗左茶書』（主婦の友社、一九九八）
千　宗室編『茶道古典全集』（淡交社、一九五六）
曽我部陽子・清瀬ふさ『宗旦の手紙』（河原書店、一九九七）
染谷智幸『西鶴小説論―対照的構造と〈東アジア〉への視界』（翰林書房、二〇〇五）
瀧田貞治「西鶴遺稿集をめぐる諸問題」（『西鶴研究』2冊、西鶴学会、一九四二）
多田侑史『数寄―茶の湯の周辺―』（角川書店、一九八五）
田中邦夫「『武家義理物語』にあらわれた西鶴の町人思考」（『大阪経大論集』134号、大阪経大学会、一九八〇）
田中善信『芭蕉』（中央公論新社、二〇一〇）
谷　晃校訂『金森宗和茶書』（思文閣出版、一九九七）
谷端昭夫『近世茶道史』（淡交社、一九八八）
谷端昭夫『茶道の歴史』（淡交社、二〇〇七）
谷脇理史ほか『西鶴を学ぶ人のために』（世界思想社、一九九三）
谷脇理史・江本裕編『西鶴事典』（おうふう、一九九六）
谷脇理史校注訳『新編日本古典文学全集　井原西鶴集三』（小学館、一九九六）
谷脇理史「自主規制とカムフラージュ」（『文学語学』154号、全国大学国語国文学会、一九九六）
筒井紘一『茶書の研究』（淡交社、一九九三）
筒井紘一「認得斎と若杉喜得郎」（『淡交』一九九五年一〇月号）
筒井紘一「千利休の懐石・その三」（『淡交』一九九六年八月号）
筒井紘一『茶の湯事始』（講談社、一九八六）

筒井紘一『懐石の研究―わびの食礼』（淡交社、二〇〇二）
筒井紘一『茶人交遊抄』（淡交社、二〇一一）
堤　邦彦『近世説話と禅僧』（和泉書院、一九九九）
坪井泰士「西鶴『武家義理物語』の武家モラル」（『語文と教育』8号、鳴門国語教育学会、一九九四）
暉峻康隆『西鶴　評論と研究・上』（中央公論社、一九四八）
暉峻康隆『西鶴　評論と研究・下』（中央公論社、一九五〇）
暉峻康隆『西鶴研究ノート』（中央公論社、一九五三）
暉峻康隆校注訳『日本古典文学全集　井原西鶴集二』（小学館、一九七一）
暉峻康隆訳注『日本永代蔵』（角川書店、一九六七）
暉峻康隆ほか『西鶴への招待』（岩波書店、一九九五）
戸田勝久『武野紹鷗―茶と文藝―』（中央公論美術出版、二〇〇六）
永井義憲「長谷寺と十穀聖」（『豊山教学大会紀要』14号、豊山教学振興会、一九八六）
永島福太郎ほか監修『原色茶道大辞典』（淡交社、一九七五）
中嶋　隆『西鶴と元禄メディア』（日本放送出版協会、一九九四）
中野政樹「茶の湯釜鑑賞4」（『茶道の研究』488号、茶道之研究社、一九九六）
長野垤志『茶の湯釜の見方』（泰東書房、一九五六）
長野垤志『あしやの釜』（便利堂、一九四五）
中井和子「『ものゝあはれ』と侘び・さび」（『茶道雑誌』一九七六年二月号、河原書店）
永積洋子訳『平戸オランダ商館の日記』四輯（岩波書店、一九七〇）
中村　元『仏教語大辞典(上)』（東京書籍、一九七五）

中村修也「わびと数寄」(『言語と文化』25号、文教大学大学院附属言語文化研究所、二〇一三)
中村幸彦『中村幸彦著述集』(中央公論社、一九八二)
浪本澤一「芭蕉の『わび』と去来の『さび』」(『俳句』一九八〇年九月号、角川書店)
西島孜哉『西鶴と浮世草子』(桜楓社、一九八九)
西島孜哉『日本永代蔵』(和泉書院影印叢刊、一九八七)
西島孜哉「上方遊里文学論」(『国文学　解釈と教材研究』38号、学燈社、一九九三)
西　隆貞『茶道銀杏之木陰』(永沢金港堂、一九二三)
西部文浄『茶席の禅機画』(淡交社、一九九〇)
西堀一三『日本茶道史』(創元社、一九四〇)
西山松之助校注『南方録』(岩波書店、一九八六)
西山松之助『茶杓百選』(淡交社、一九九一)
日本国語大辞典編集委員会『日本国語大辞典　第二版』(小学館、二〇〇二)
野毛孝彦「芭蕉における『わび』」(『明治大学人文科学研究所紀要』43冊、一九九七)
能勢朝次『能勢朝次著作集』(思文閣出版、一九八五)
延廣眞治編『江戸の文事』(ぺりかん社、二〇〇〇)
野間光辰校注「校注余録」(日本古典文学大系月報40、岩波書店、一九六〇)
野間光辰校注『日本古典文学大系　西鶴(下)』(岩波書店、一九六〇)
野間光辰『西鶴』(天理図書館、一九六五)
野間光辰編『西鶴論叢』(中央公論社、一九七五)
野間光辰『刪補西鶴年譜考證』(中央公論社、一九七八)

野間光辰『西鶴新新攷』（中央公論社、一九八一）
長谷あゆす「『名残の友』の考察」（『国文学』78号、関西大学、一九九九）
長谷あゆす『「西鶴名残の友」研究』（清文堂出版、二〇〇七）
芳賀幸四郎『わび茶の研究』（淡交社、一九七八）
芳賀幸四郎『禅語の茶掛続一行物』（淡交社、一九八六）
羽生紀子「『日本永代蔵』の構造―創作姿勢と教訓のあり方―」（『鳴尾説林』2号、狂孜会、一九九四）
浜田義一郎ほか編『日本小咄集成』（筑摩書房、一九七一）
林屋辰三郎校注『日本思想大系　古代中世芸術論』（岩波書店、一九七三）
林屋辰三郎ほか編『角川茶道大事典』（角川書店、一九九〇）
早川光三郎「西鶴文学と中国説話」（『滋賀大学学芸学部紀要』3号、滋賀大学学芸学部、一九五四）
原　道生『校注日本永代蔵』（武蔵野書院、一九九三）
原田伴彦編『茶道人物辞典』（柏書房、一九八一）
ピエール・ブリュデュー『ディスタンクシオン［社会的判断力批判］I』（石井洋二郎訳、藤原書店、一九九〇）
東　明雅校注『日本永代蔵』（岩波書店、一九六八）
樋口家編『庸軒の茶』（河原書店、一九九八）
平泉　洸校注『明恵上人伝記』（講談社、一九八〇）
広嶋　進『西鶴新解』（ぺりかん社、二〇〇九）
福原義春『文化資本の経営』（ダイヤモンド社、一九九九）
藤井乙男『評釈江戸文芸叢書一　西鶴名作集』（講談社、一九三五）
藤井　隆「西鶴諸国ばなし小考」（『名古屋大学国語国文学』4号、名古屋大学国語国文学会、一九六〇）

堀切　実『読みかえられる西鶴』（ぺりかん社、二〇〇一）
堀切実訳注『日本永代蔵』（角川書店、二〇〇九）
堀口捨己『利休の茶（復刻版）』（鹿島研究所出版会、一九七八）
堀　信夫「芭蕉のわびと茶」（『茶道雑誌』二〇〇一年五月号、河原書店）
前田金五郎「西鶴雑考」（『国文学　言語と文芸』52号、東京教育大学国語国文学会、一九六七）
前田金五郎『好色一代男全注釈』下巻（角川書店、一九八一）
前田金五郎『西鶴大矢数注釈』一巻（勉誠社、一九八六）
前田金五郎『西鶴連句注釈』（勉誠社、二〇〇二）
真下三郎「しほ・しほらし」（『近世文芸稿』17号、広島近世文芸研究会、一九七〇）
松田修校注『日本古典集成　好色一代男』（新潮社、一九八二）
水谷隆之『西鶴と団水の研究』（和泉書院、二〇一二）
宮本由紀子「丸山遊女犯科帳」（『江戸の芸能と文化』、吉川弘文館、一九八五）
三田村玄龍『西鶴輪講　好色一代男』（春陽堂、一九二八）
南方熊楠『南方熊楠全集』（平凡社、一九七二）
源　了圓『義理と人情』（中央公論社、一九六九）
宗政五十緒『西鶴の研究』（未来社、一九六九）
村田　穆校注『日本古典集成　日本永代蔵』（新潮社、一九七七）
森　耕一『西鶴論―性愛と金のダイナミズム』（おうふう、二〇〇四）
森　銑三『森銑三著作集続編』（中央公論社、一九九三）
守田公夫『名物裂の成立』（奈良国立文化財研究所学報・20冊、文化庁、一九七〇）

森田雅也『西鶴浮世草子の展開』（和泉書院、二〇〇六）
八尾嘉男「近世中期摂北地域の茶湯―その交流関係からうかがえる特徴」（仏教大学『鷹陵史学』30号、鷹陵史学会、二〇〇四）
安田　章「ハ行転呼音の周辺―ホの場合―」（『文学』42号、岩波書店、一九七四）
矢部誠一郎「石川丈山と煎茶道」（『國學院雜誌』70号、國學院大學、一九六九）
矢部良明『茶の湯の祖珠光』（角川書店、二〇〇四）
矢野公和「『日本永代蔵』冒頭の文章について」（『国語と国文学』74号、東京大学国語国文学会、一九九七）
矢野公和『虚構としての『日本永代蔵』』（笠間書院、二〇〇二）
矢野夏子「『俳諧茶の湯』の興行の実態」（『茶の湯文化学』4号、茶の湯文化学会、一九九七）
山口　剛『日本名著全集　西鶴名作集』（同刊行会、一九二九）
山脇悌二郎『長崎の唐人貿易』（吉川弘文館、一九六四）
湯川　制『利休の茶花』（東京堂出版、一九七〇）
横山宏章『長崎唐人屋敷の謎』（集英社、二〇一一）
吉井始子『翻刻江戸時代料理本集成』（臨川書店、一九七九）
吉江久彌『西鶴文学研究』（笠間書店、一九七四）
吉江久彌『西鶴　人ごころの文学』（和泉書院、一九八八）
吉江久彌『西鶴文学とその周辺』（新典社、一九九〇）
若木太一「『西鶴名残の友』挿絵考」（『語文研究』28号、九州大学国文学会、一九七〇）
渡辺誠一『侘びの世界』（論創社、二〇〇一）

■初出一覧■

序　章　西鶴の茶の湯環境　新稿

第一部

第一章　俳諧師西鶴と茶の湯文化
筑波大学大学院人文社会科学研究科文芸・言語専攻紀要『文藝言語研究』文藝篇55（二〇〇九）
原題：西鶴作品の茶の湯知識の基層――俳諧辞書『類船集』を中心に――

第二章　西鶴の茶の湯文化への造詣
筑波大学文芸・言語学系紀要『文藝言語研究』文藝篇33（一九九八）
原題：西鶴の「しほらし」――茶の湯との関連を中心に――

第二部

第一章　『好色一代男』にみられる茶の湯文化
――巻五の一「後には様つけて呼」・巻七の一「其面影は雪むかし」を中心に――
筑波大学文芸・言語学系紀要『文藝言語研究』文藝篇31（一九九七）
原題：『好色一代男』の登場人物にみる西鶴の表現方法――吉野と高橋の描写を中心に――

第二章　『西鶴諸国ばなし』と茶の湯――巻五の一「灯挑に朝顔」に何を読むか――
『江戸文学』23号、ぺりかん社（二〇〇一）
原題：『西鶴諸国はなし』に何を読むか――「灯挑に朝顔」を中心に――
筑波大学文芸・言語学系紀要『文藝言語研究』文藝篇42（二〇〇二）
原題：『西鶴諸国ばなし』巻五の一「灯挑に朝顔」再考――茶道伝書との関係を中心に――

第三章　『武家義理物語』巻三の二「約束は雪の朝食」再考――茶の湯との関連から――

筑波大学文芸・言語学系紀要『文藝言語研究』文藝篇35（一九九九）
原題：「約束は雪の朝食」再考――茶の湯との関連から――

第四章　『日本永代蔵』巻四の四「茶の十徳も一度に皆」考
筑波大学文芸・言語学系紀要『文藝言語研究』文藝篇37（二〇〇〇）
原題：「茶の十徳も一度に皆」考――「茶の十徳」を中心として――

第五章　『日本永代蔵』の「目利き」譚――巻三の三「世はぬき取の観音の眼」・巻四の二「心を畳込古筆屏風」から――
『茶道学大系9　茶と文芸』（淡交社、二〇〇一）
原題：井原西鶴の文芸への茶の湯の影響――日本永代蔵巻三・四の「目利き」譚を中心として――
『国文学解釈と鑑賞』別冊『挑発するテキスト　西鶴』（至文堂、二〇〇五）
原題：只ひすらこきは日本

第六章　『西鶴名残の友』巻五の六「入れ歯は花の昔」にみる茶の湯文化
『江戸文学からの架橋――茶・書・美術・仏教』（竹林舎、二〇〇九）
原題：西鶴の茶文化――『西鶴名残の友』巻五の六「入れ歯は花の昔」を中心として――
筑波大学大学院人文社会科学研究科文芸・言語専攻『文藝言語研究』文藝篇61（二〇一二）

第七章　西鶴と「わび」
原題：西鶴の「わび」――「わび茶」と関連させて――

終　章　新稿

※なお、原題の論文を本書に収録するにあたり、少なからず加筆・補訂をおこなったので、今後は本書に拠っていただけたら幸いである。

あとがき

そもそも、この本がなぜ世に出ることになったのか。その経緯についてここに書いておきたい。私が、江戸時代に対して関心を持ち始めたのは小学生の頃であった。私は父の比較的遅い子どもであったため、同世代の家庭と比較すると、わが家の文化は一世代古かったような気がする。父が浪曲好きであったため、物心ついた頃からラジオからは浪曲が流れ、「ヒロサワトラゾウ」などという名前にもなぜか親しみのある子どもであった。テレビからもプロ野球やプロレスではなく、あの波の映像から始まる東映の時代劇映画やテレビ時代劇が茶の間にはよく流れていた。講談社のくすんだ茶色の布表紙の分厚い『落語全集』を父の蔵書にみつけ、初めて読んだのは小学校の低学年の頃だったと記憶している。古くさい活字で読みづらかったが、どこか郷愁にも似た不思議な感覚を覚えた。その後は江戸時代という時代に引きこまれていき、時折、なんで自分は江戸時代に生まれてこられなかったのだろうかなどという妙な妄想を抱いた時期すらあった。

大学に進む時、すでに父が亡くなっていて母子家庭であったため、国立ならば文学部でも認めるとの母の一言にすがり、自分は国立大学で江戸文学をやるのだと勝手に決めつけていた。しかし、進学にあたり、あれこれと調べてみると、江戸文学の教員がいる国立大学は限られていることがわかった。当時は今と異なりインターネットで簡便に大学について調べられる時代でもなく、自分が受験することになった筑波大には、もしかすると江戸文学の先生がいないかもしれないと半ばあきらめつつも、なんとか比較文化学類に合格を果たし入学したのであった。

そうしたなかで、筑波大学日本文学会の新入生歓迎会の席で谷脇理史先生に初めてお目にかかった。知らないということはまことに恐ろしいもので、当時、まさに西鶴研究のトップを走っていらっしゃった先生に向かって、宇都宮高校卒業時に同窓会から記念品としてもらった岩波文庫の『好色一代男』すら満足に読んでいない分際で、なんと「私は江戸文学をやりに来ました」と宣言してしまったのである。それからは毎週月曜日の放課後に谷脇研究室での輪読会に参加することになる。もともと少ない学生数の国立大にあって、さらに江戸文学という高校教育では親しみのない分野であるため、毎年、専攻する学生は一人か二人がせいぜいという環境であったから、谷脇先生とはほぼ家庭教師並みの距離感でお付き合いいただくことになった。ただ、凡人というものは贅沢に慣れるのも早く、研究会の後の呑み会ばかりに勢力を費やし、そうした学究的な環境のありがたさをなぜもっとしっかりと受けとめて勉学に励まなかったのか、今となっては悔やまれるばかりである。

こうして、谷脇先生には『好色一代男』に関する卒業論文と『日本永代蔵』での修士論文の指導教官をお引き受けいただき、ついには結婚にさいし、先生と登喜子奥様に媒酌人をお願い申し上げることになった。その披露宴のご挨拶で、その時にはすでに茶道の稽古を始めていたため、私の自己紹介欄になにげなく「茶道」と書いてあったのを、先生は目ざとく取りあげられ、「新郎の趣味は……茶道っ……と書かれています」と例のはにかみ笑いでおっしゃられたため、会場が大笑いに包まれたことをよく覚えている。やがてその「茶道っ」が「西鶴」と出会い、この本につながったというわけであるから、世の中の縁とは、まことに奇妙としか言いようがない。

茶の湯と私とのかかわりは、昭和六一年に筑波大学修士課程教育研究科を修了し、栃木県立宇都宮高校に赴任したさい、教員という仕事はともすると学ぶ側の立場を忘れがちになるものであるので、自戒の意味も込めて何か習い事をしようと考え、新米教員の校務の合間でなかなか稽古もままならなかったが、上野宗成先生に入門したのが始まりである。四年後に筑波大学附属駒場中高校に転任したが、東京でもなんとか続けようと、あれこれと伝手を頼ってやっと見つけた紺谷宗津先生の下では約二〇年間お稽古させていただいた。その間、紺谷先生を手伝っていた柴田宗成先生にも何かとお世話になった。六年後に筑波大に転出したが、つくばから中野の教室まで常磐線や高速バス、やがてつくばエクスプレスと交通機関も変わるなかで毎週通いつづけた。また、たまたま入会した茶書の研究会で筒井紘一先生とのご縁が生まれ、曜子奥様ともども折々にお導きいただいている。同じ会でご一緒の菱田宗義先生も、茶の湯のことをさまざまお教え下さるありがたい存在である。

こうして茶の湯とのおつきあいも四半世紀におよぶことにあいなった。しかも、この道は進めば進むほど奥深く、これからも生涯にわたりおつきあいせねばならないような気配である。

半ば道楽に近い茶の湯を西鶴と結びつけたのは、恩師谷脇理史先生とのご縁が第一であるが、平成八年に附属駒場中高校から大学の共通科目「国語」の担当の一員として文芸・言語専攻へと赴任したことも大きな契機であった。教育現場から大学という研究と教育の場に移り、何か自分なりの研究分野を開拓していかなくてはならないと切実に考えるようになったからである。学生に論文の書き方を講じていながら自分が何も論文を書かないわけにはいかないと、新たな研究分野を模索していた。そうした時、西鶴作品の茶の湯を扱った部分で先賢たちの注釈に不十分な箇所をみつけ、もしかしてそこを丁寧に耕していけば西鶴研究において自分なりに何かできることがあるのではないかと、西鶴と茶の湯についての考究を始めることにした。しばらく近世文学の研究とは離れていて研究仲間とていない風来坊の身の上であるうえに、ときに突飛な小論を発表したにもかかわらず、篠原進先生をはじめとする西鶴研究会のみなさまは温かくお見守りくださり、研究会などでご懇切にご批正くださった。また茶の湯と文学という分野ですでにご活躍であった戸田勝久先生も一面識もないにもかかわらず、お送りした小論にご関心をお持ちくださり、何かとお励ましくださった。近年の学術論文においては、「氏」の敬称を付さない方が客観的であるとする風潮が優勢であるけれども、本書であえて「氏」を付したのは、ここにお一人お一人お名前をあげられない先賢への敬意と謝恩を示すためである。このことについては、徳川美術館館長であられた徳川義宣氏が茶道文化学術賞（三徳庵）の審査委員長として授賞式の時に、茶の湯という人と人との交流を基本とする分野の研究においては、いかに著作物のなかであっても客観性の名の下に先賢を呼びすてにすることは厳しく戒めたいと述べられたことにも強く影響されていることを申しそえておきたい。

こうして、みなさまのおかげでまとめられたのが本書のもととなった筑波大学での学位論文「西鶴の文芸と茶の湯」である。

「西鶴の文芸と茶の湯」は、平成二四年度筑波大学大学院人文社会科学研究科国際日本研究専攻において佐藤貢悦教授を主査として博士（学術）論文と認められ、さらに、このたび公益財団法人三徳庵の茶道学術研究助成金一般図書刊行助成によって、著作として刊行できることになった。学位論文の審査をしてくださった先生方、田中仙堂三徳庵代表理事、編集を担当してくださった思文閣出版原宏一様、校正を手伝ってくださった頼もしい後輩である信州大学西一夫教授にも、ここに深く御礼申し上げる。

宇都宮高校、筑波大附属駒場中高校、そして筑波大学でも、良き教え子たちに囲まれ、すばらしい上司・仲間にも恵まれたおかげで、凡才の私でもなんとか著作を上梓することができたことに、わが身の幸せをあらためて思わざるをえない。また、家族の支えもなくしては研究を継続することもできなかったことと思う。ただ感謝あるのみである。

平成二五年一二月

石塚　修

◎著者略歴◎

石塚　修（いしづか・おさむ）

1961年栃木県生まれ．1985年，筑波大学大学院教育研究科修了．博士（学術）．現在，筑波大学人文社会系准教授．専門分野は日本近世文学・国語教育．

『茶道学大系９　茶と文芸』（共著，淡交社，2001年）・『江戸文学からの架橋』（共著，竹林舎，2009年）・『知っておきたい古典名作ライブラリー32選』（共著，明治図書出版，2009年）・『講座　日本茶の湯全史　第３巻近代』（共著，思文閣出版，2013年）など

西鶴《さいかく》の文芸《ぶんげい》と茶《ちゃ》の湯《ゆ》

2014（平成26）年２月20日発行

定価：本体6,000円（税別）

著　者　石塚　修
発行者　田中　大
発行所　株式会社　思文閣出版
〒605－0089　京都市東山区元町355
電話　075－751－1781（代表）

印　刷
製　本　シナノ書籍印刷株式会社

© O. Ishizuka 2014
ISBN978-4-7842-1730-4　C3095

索　　引

（研究者・参考文献は除く）

【人　名】

あ

青砥藤綱　147
明智光秀　148
足利義政　41
新井君美　119
荒木村重　148
有岡道瑞　217,253
安楽庵策伝　57

い

家原自仙　253
石川自安　208
石川子復　146
石川丈山　11,136〜138,142,144〜147,149〜157,159〜166
石田三成　256
板倉重郷　57
板倉重宗　57,146,151
一休　231
井筒（遊女）　56,62
伊藤担庵　119
糸屋十右衛門　207
稲垣休叟　130

う

上田秋成　139
宇喜多秀家　41
雲歩　176

え

栄西　184
江村専斎　119
遠藤元閑　39,125,164
延命院　107

お

大谷刑部　256
大平源右衛門　132
小川信庵　150
織田信忠　41
織田信長　41,133
鬼貫　8,253,254
小野小町　267

か

貝原益軒　5
貝原好古　64,76
荷兮　108
金森宗和　98,130,131
神屋宗湛　247,229
川口宗恒　228

き

義雲　176
祇園南海　65
其角　7
菊本嘉保　208
去来　46
許六　51

く

久保権大輔　250

こ

江月宗玩　151
鴻池道億　208
小枝略翁　130
湖月　188

近衛家凞　40
古筆了仲　150
小堀遠州(政一)　35,153
後水尾院　146
言水　8,252,253,254
金春禅鳳　58

さ

柴屋軒宗長　163
西行　268
西鷺　149
酒井忠勝　35
佐野(灰屋)紹益　89,91,92,97,155,219
佐野紹由　92

し

重頼　19
島井宗室　229
珠光　23,58,61,80,262
紹鷗　57〜59,61,62,75,119,162,262
松花堂昭乗　150,151
正徹　262
松葉軒東井　183
心敬　262

す

杉木普斎　106,110,156,194,197
住友家　228

せ

世阿弥　57,262,271
聖冏　193
聖聡　193
瀬田掃部　131
千宗佐(随流斎)　190
千宗左(逢源斎)　119,250
千宗左(覚々斎)　253
千宗旦　98,106,130,131,152,195
禅竹　262
千宗室(仙叟)　132,155
千利休　6,8,12,13,40,41,59〜63,63,75,82,98,107〜110,119,131,189,246,249,260,262

そ

宗珠　58

た

大文字屋栄甫　41
高橋(遊女)　11,56,62,78,89,97,103,105,107〜113,166
多田南嶺　129
立花実山　29

ち

近松茂矩　91,92,99,244

つ

辻玄哉　7
津田宗及　41,107

て

鄭成功　227

と

徳川家康　41,145
徳川綱吉　41
智忠親王　97,98
豊臣秀吉　40,41,107,133
鳥居引拙　41

な

苗村丈伯　5
永井堂亀友　57,109
名越三昌　38,39
名越昌乗　38
鍋島直条　124

に

西村道冶　188,190
西山宗因　239
如儡子　180

ね

根岸鎮衛　109

は

楳條軒 180
梅盛 24
芭蕉 12,47,48,51,52,57,79,262〜266,271,272
速水宗達 189
針屋宗春 107
春道列樹 35
伴蒿蹊 147

ひ

樋口成房 158
日野屋長左衛門 18
百丸 253

ふ

福井随時 194
藤村正員 132
藤村庸軒 132,158,159
藤本箕山 92
藤原家隆 40
藤原定家 41,80,97
フランソワ・カロン 276

へ

ゝ貫 162

ほ

北条団水 238,239,241,254
細川三斎 39
甫竹 42,43
本阿弥家 92
本阿弥光悦 156
本阿弥光甫 39
本多忠統 192

ま

牧野将監 138
益田鈍翁 277
松平忠直 41
松本見休 164
松屋 56
松屋甚十郎 119
松屋久重 164

み

三熊花顛 147
三井三郎左衛門 18
三井高平 18
三井高房 18,207,208
源実朝 184
明恵 187〜189,198,199

む

無住道暁 184

も

毛利貞斎 139

や

藪内紹智竹心 109,249
山井弥兵衛 248
山科道安 39,119
山田宗徧 5,106,165,266
山上宗二 6,59

ゆ

湯浅経邦 92
酉水庵無底居士 103

よ

吉野(遊女) 11,56,62,78,89〜103,105,112,113

ら

蘭叔 184

り

リンスホーテン 276

ろ

臘月庵(浅野屋次郎兵衛) 155
盧仝(同) 29

【事　項】

あ

暁の水　161
朝顔の茶事　41, 119
朝顔の茶の湯　120, 123〜127, 129, 132, 133
朝茶　164
『曠野後集』　108
『有岡逸士伝』　253

い

『生玉万句』　9
生け花　30
『和泉式部歌集』　153
糸割符　226, 228
『猗蘭台集』　192
『因果物語』　176

う

浮世草子　3, 9, 10
『烏鼠集』　161

え

『江戸点者寄会俳諧』　50, 81
ゑびすの朝茶　55, 172
『円機活法』　138, 140, 141
『遠州流茶書』　123

お

大坂新町　103, 105
小倉色紙　41, 119, 231, 232
『男重宝記』　5
おもてなし　280
『御手鑑』　230

か

『槐記』　39, 119
海民　278
『可笑記』　180, 184, 189, 194
桂離宮　97
『花伝書』　112
『鎌倉諸芸袖日記』　129
『釜師由緒附名物釜所持名寄』　188, 190
『漢織並に茶入記』　216
唐の茶湯　119
唐物　4, 61, 225, 226, 232, 260, 261
『漢書』　138
『堪忍記』　177, 178

き

『戯言養気集』　129
北野天神連歌十徳　182
『喫茶幽意』　189
京都島原　89, 105, 113
『去来抄』　51, 264

く

口切り（茶事）　31, 39, 89, 107, 111
国焼　260
工夫　203, 280

け

『華厳経』　198, 199
『毛吹草』　10, 19, 21〜23, 30, 34, 35, 183
『源流茶話』　109, 110, 126, 185, 249

こ

後入り　112
『好色一代男』　9, 10, 31, 40, 52, 66, 67, 70, 76, 89, 91, 92, 94〜99, 102, 110, 114, 125, 166, 267, 273
『好色一代女』　69, 72
『好色五人女』　66, 68, 125
『好色盛衰記』　22, 53, 70, 74
『江岑夏書』　119, 250
『鴻池家道具帳』　208, 216, 231
『後漢書』　137, 138
『古今和歌集』　35, 267
『古今和漢万宝全書』　208
後座　31, 99
『後西院茶会記』　217
『諺草』　64
古筆　12, 220, 229〜232

さ

才覚 175,203
『西鶴置土産』 8,238,240,272
『西鶴織留』 43,54,125,238,247,250,268
『西鶴諸国ばなし』 7,11,41,52,118,122,127,132,243,269,272
『西鶴俗つれづれ』 239
『西鶴大矢数』 10,36,38,41
『西鶴名残の友』 12,54,67,108,238〜241,244,245,253,255,259,260,264,268
『西鶴評点歌水艶山両吟歌仙巻』 8,50,81
『西鶴評点湖水等三吟百韻巻断巻』 48,80
『西鶴評点山太郎独吟歌仙巻』 49,80
『西鶴評点政昌等三吟百韻巻』 49,80
『西行撰集抄』 267
さび 264
『申楽談義』 112
『山家集』 153,268
『三斎公伝書全』 164
『三礼口訣』 5

し

『色道大鏡』 92,94〜96,99,100,102
『詩訣』 65
『私聚百因縁集』 198
詩仙堂 147,163
時代裂 210,213〜216,218,220,230
市法 226,227
しほり 46〜48,50〜52,57,58,61,63,79,81,82
『沙石集』 184
ジャパニーズ・クール 276
『拾遺和歌集』 153
『十三冊本宗和流茶湯伝書』 131,162
趣向 95,97,98,100,101,103,106〜108,110,112,113,119,161〜163,166,214,265,280
「珠光古市播磨法師宛一紙」 23
『酒茶論』 184,185,194
『十訓抄』 23
書院台子の茶 260
『紹鴎遺文』 57,60,112
正午茶事 8
定高制度 226,227
『松風雑話』 130
蕉風 264
蕉門 48,81
『諸艶大鑑』 30,35,40〜42,54,68,72,267
『序語類要』 194
初座 31,99,126
初風炉 40
『新可笑記』 17〜19,43,53,242
『新古今和歌集』 80,268
『新編覆醤集』 146,151,152

す

『随流斎延紙ノ書』 190
『杉木普斎伝書』 110
数寄者 4,42,259,277
数寄雑談 6,133,166,167
数寄道具 220
炭点前 29,30

せ

『醒睡笑』 57
『石州三百ケ条』 110,123,158,249
『世間胸算用』 54,67,208,240
遷界令 227
千家流 111〜113
煎じ茶 55
『撰集抄』 266,267
煎茶 29,150,151
『禅鳳雑談』 58
『禅林小歌註』 185,192〜194,197

そ

『宗春翁茶湯聞書』 124,157,161,163
『草人木』 5,108,153,246
『宗湛日記』 247,256
『宗長日記』 163
宗和流 111,113
『続近世畸人伝』 147
『続覆醤集』 152
『蘇摩訶童子経』 194

た

立炭(止炭・名残の炭)　30

ち

茶入　4,216
『茶家酔古襍』　188,192
茶事　8,22,30,31,39,41,99,103,106〜108,111〜113,125,127,129,133,159,161,163,244,245
『茶事集覧』　130
茶書　5,6,60,106
茶道具　12,18,22,29,34,36,38,41,42,55,56,152,209,215,217,219,220,233,260
『茶道直指抄』　155
『茶道四祖伝書』　164
『茶道便蒙抄』　5,106
『茶道要録』　165,185,266
茶の十徳　11,179〜185,187〜199
『茶の徳を誉むる所の書』　184
『茶之湯聞書』　131,132
『茶湯古事談』　244,246,248,252,253
『茶湯献立指南』　164
『茶湯三伝集』　39
『茶の湯十徳伝』　196
『茶湯十徳伝』　196
『茶湯百亭百会之記』　217,253
『茶之湯六宗匠伝記』　125,162
『茶話指月集』　8,40,107,124,158,160
『長闇堂記』　250
『町人考見録』　18,42,207,208

つ

『通航一覧』　223
敦賀　171,178,179
『徒然草』　153

て

点前　58,62
展海令　227
『天正九年紀銘伝書』　60
『天正九年野村宗覚宛・天正一三年ハイフキヤ常徳宛伝書』　59
伝統文化　277,279

と

道具　12,75,106,109,111,207〜209,220,233,260,279
唐人　211,221,224〜229,231,232
『東方案内記』　276
『栂尾明恵上人伝記』　188
『梅尾明恵上人物語』　188
『咄覚集』　164
とり売目利　219,220,230,233

な

長崎商い　222,228
『長崎閑話』　232
『長崎初発書』　228
長崎貿易　222〜229
中立　31
名残の茶事　39
『難波鉦』　103,105
『男色大鑑』　22,66,69,70,73
『南方録』　29,40,60,62,107,110,154,157,158,161,162,229

に

『にぎわひ草』　92,97,155,219
『日葡辞書』　64,65,210,219
『日本永代蔵』　5,11,30,42,53,74,111,171,172,174,197,198,203,204,208,211,219,220,226,227,229,231〜234,256,268,278

は

俳諧　9,10,19,24,36,41,46〜48,81,183,260,266
『俳諧女歌仙』　72
俳諧師　7,9,10,19,38,40,43,44,48,183,264,265
俳諧書　9,19,36,39,41,43
『俳諧問答』　46,47
『俳諧類船集』　10,24,29,30,31,34,102,183
俳茶会　108

初雪の茶事 105,106
はなし(咄) 6,7,127,133,214,240,241,242,246,247,249,255
『はなし大全』 129

ひ

東山御物 4
『譬喩尽』 183
『尾陽鳴海俳諧喚続集』 49

ふ

『楓国叢談』 124
『風姿花伝』 51,57,271
『風流茶人気質』 57,109
『覆醤集』 146,150〜152
『武家義理物語』 11,136,137,143,144,146,147,149,161,267
『普公茶話』 194
『普斎伝書』 195,196
『武道伝来記』 66,74
『懐硯』 53,74,128,269
『古田織部正殿聞書』 156
文化資本 277

ほ

『逢源斎書』 250
墨跡 231
『細川三斎茶湯之書』(『細川茶湯之書』『細川三斎茶書』) 5,109,155,156
『発心集』 23
盆点 246
『本朝二十不孝』 73

ま

『松屋会記』 23
丸山(長崎) 220,231,232

み

味噌屋肩衝 42
『耳襄』 109

む

『昔咄』 91,92,94〜96,99,102

め

目明き 219
『名器録』 216
名物 208,246
名物裂 216
名物道具 97,260
目利き 11,36,203,209,210,212〜214,216,218〜220,229,230,232,233,253

や

『山上宗二記』 6,7,34,59,80,122,123,128,157,209,270,272

ゆ

雪の茶事 108,110,166
柚味噌 160〜162

よ

『庸軒茶湯被嫌事』 132
『吉野伝』 92,96
『よだれかけ』 180,184,190,194
『万の文反古』 238

り

利休回帰 82,109
『利休茶湯書』 29,30,59,62,121,123,125
『利休伝書』 60
利休百回忌 6,82,98,260
利休流 12,98
『利休流聞書』 195
『利休流茶湯習法』 156

れ

連歌 7,47,52,58,59,163
連歌十徳 182
連句 36,108

ろ

炉 4,39,40
『老人雑話』 119
『老談一言記』 119
六条三筋町 89

わ

和歌　3, 41, 120, 123, 127
わび　61, 78〜80, 82, 103, 217, 259, 261〜272
わび数寄　166
わび茶　8, 11〜13, 43, 61, 62, 78, 79, 82, 109, 111〜113, 160, 162〜164, 166, 247〜251, 253〜255, 260, 261, 268, 272, 279, 280
和物　232